江上 剛

銀行支店長、追う

実業之日本社

実業之日本社文庫

銀行支店長、追う／目次

第一章　発　端　5
第二章　詐欺グループを追う　43
第三章　雪乃はどこ？　77
第四章　金融支援を頼む？　114
第五章　貞務、決断する　152

第六章　うなばら銀行へ迫る影　188
第七章　詐欺、それとも支援者？　226
第八章　フヅキ電機、危機一髪　265
第九章　悪い奴は誰だ？　306
第十章　人質交換？　347

主要登場人物

＜うなばら銀行関連＞
貞務定男　Ｔ支店支店長
柏木雪乃　Ｔ支店行員
久木原善彦　頭取、貞務の同期
木下勇次　情報会社社長、貞務の協力者
藤堂三郎　勇次の相棒、元マル暴刑事
久木原芳江　善彦の母親
石黒譲二　雪乃の異母弟

＜フヅキ電機＞
佐藤恵三　現専務で次期社長、久木原の同級生
木川道尚　現社長
桧垣泰助　会長
野村一美　専務
北川数馬　財務グループリーダー

＜国際経済科学研究所＞
西念仁三郎　所長
黒住喜三郎　秘書室長

北川亨　詐欺グループの手下、譲二の後輩
並川弥太郎　元暴力団組長
鯖江伸治　並川の元子飼い

第一章　発端

新宿《しんじゅく》区T町とある住宅
六月二日（火）午後一時

久木原芳江《くきはらよしえ》は受話器を握りしめた手に汗が滲《にじ》み出すのを感じていた。恐ろしくて心臓が激しく打ち始める。それが手の汗と繋《つな》がっている。

夫が亡くなってから一人暮らしを続けているが、特に心配なこともなく暮らしてきた。それが今、壊れようとしている。そんな不安に気を失いそうだ。

受話器からは孫の孝雄《たかお》の声が聞こえている。久しぶりに聞く孝雄の声はやけにかん高い。尖《とが》った声だ。

こんな声だったかしら。あら、ちょっと待って。なぜこの声を孫の孝雄だと思っているのかしらね。確かに電話口で孝雄だよ、と言ったような？

いいえ、それは私が「孝雄かい」って聞いたからかしら。どうだか分からなくなってきた。

泣いている。しくしくと、時折、鼻水を啜《すす》り上げる嫌な音がする。誰かに叱られたのだろうか。もうとっくに大人になっているはずなのに。最後にあったのはいつだっただろうかねぇ。

七年前の夫の葬儀の時に息子の善彦《よしひこ》が「孝雄だよ」と紹介してくれたことがあったのを芳江は思い出した。

あの時、孝雄は詰襟の学生服を着ていた。来年からW大学に入学するんだと善彦が自慢げに話していた。善彦はなかなか子どもに恵まれなかった。芳江も善彦の嫁に、子どもが早くできるといいね、などと余計なプレッシャーをかけないように我慢していた。そうしてようやく生まれたのが孝雄だった。

「あれまぁ、もう大学生になるの。この間まで善彦の後ろに隠れていたおチビさんだったのにねぇ」

善彦は、仕事一辺倒の人間で、めったに孫を連れてゆっくりと遊びに来ない。だから孫たちは気づかぬうちに大きくなっている。善彦の服の裾を持って芳江を見つめていた孝雄は、目の涼やかな可愛《かわい》い少年だった。

それが七年前に「来年から大学生……」ということは、順調なら今は大学を卒業して社会人三年生といったところなのか。

あの時は、葬儀でばたばたとしていたからゆっくり話す時間はなかった。真面目《まじめ》そうな青年だった記憶がある。声はこんなにかん高かっただろうか。

芳江には善彦と清美《きよみ》という二人の子どもがいるが、夫が亡くなっても世話にならずに一人暮らしを選んだ。

その方が気楽だからだ。幸い夫が残してくれた貯《たくわ》えが残っている。年金もある。それらを合わせればつつましやかに暮らすには十分だ。だから子どもたちも安心しているのか、あまり顔を見せることはない。便りがないのがいい便りだ。来年には八十四歳になる。まだまだ身体《からだ》に悪いところはなく元気だが、この年になるとそろそろお迎えが来る覚悟はしている。むしろいつでも来いと、待っているくらいだ。望むことは唯一つ。ピンピンコロリ、それだけだ。

電話の周りがうるさい。他にも人がいるようだ。いったいどこから電話をしているのだろう。

〈金がいるんだ。おばあちゃん、助けてよ〉

焦っている。孝雄の唾《つば》がこちらまで飛んできそうだ。

「いったいどうしたんだい」

〈会社の金を使い込んでしまったんだよ〉

「会社って、確か、五凌《ごりょう》商事だったでしょう?」

W大学を卒業して五凌商事に入社したと、善彦から電話で連絡があったことを思い出した。

息子がまともな会社に就職してくれてやっと安心だという善彦の声が耳に残っている。

善彦の口利きで就職したのかい、と尋ねたら、笑いながら、あいつ、親父《おやじ》の世話にはならないって偉そうに言ってね、たいしたものだよ、と自慢げに話していた。

〈そうだよ。その会社の金さ〉

「なんでそんなことをしたの」

〈株、株だよ。今、株が上がっているだろう?〉

株なんてやらないから全く知らない。

アベノミクスとやらで株価が上昇しているとニュースで聞くが関心はない。お金は増えなくても銀行かゆうちょ銀行でしっかり預かってくれているのが一番安心だ。

「よく知らないけど、そうなの?」

〈今、株が大変な勢いで上昇していてさ。僕も儲《もう》けたいと思ったのさ。それで友達がやっているベンチャービジネスの会社に投資したんだ。ベンチャーの方が株が上がると思ったからね〉

「そのベンチャーってなんのことだか、おばあちゃんには分からないね」

〈若くて勢いのある会社のことだよ。それに三百万円も突っ込んだんだ。そうしたら倒

産してしまった。ああ、なんてことだろう。みんなパーさ〉

「三百万円も！」

〈自分の金で投資してればよかったんだけど、お金がなくて、取引先の会社から集金したお金があったから、それをつかってしまったんだよ〉

「他人様《ひとさま》のお金をなんてことしたの！」

〈ごめんなさい。ほんの出来心でさ。必ず儲かると思っていたんだ。仲間も投資するって話してさ。焦っちゃったんだ。乗り遅れるなって思ったんだ。ごめんなさい〉

　また鼻をぐずりだした。

　世の中に必ず儲かるものはない。そんなことも分からないのか。まだまだ社会経験が浅いからこういうことになるのだ。

　善彦はいったいどういう教育をしてきたのだろうか。一人息子だからと言って甘やかしたのだろう。だいたい善彦の嫁が悪い。愛想なしで、私が何か美味《おい》しいものを送っても礼状一枚も寄こさない。常識をわきまえない母親に育てられたから、他人様の金に手をつけるような真似《まね》をしてしまうのだ。

「だいたいね。あなたの母親がね、あなたを甘やかすからこんなことになるのよ」

　芳江は、つい不満が口をついて出てしまった。

〈僕が悪いんです。すみません〉

案外素直じゃないの。いい子だわ……。

「周りに人がいるようだけど、どうしたの」

〈ああ、僕の友達だよ。みんなで投資したからね。全部で一千万円以上にもなるんだ。それで手分けしてお金を集めているんだ。僕も必死なんだ〉

「ひえっ！　一千万円以上も損したのかい。あなたが集めないとみんなが大変なことになるんだね」

〈そうなんだ〉

耳を澄ますと、〈ママ、ごめんなさい。赦《ゆる》してください〉〈お父さん、なんとか金を工面して〉という声が聞こえる。これは大変な事態だ。もし孝雄がお金を集めなければ孝雄の友達にも迷惑をかけることになる。

〈みんなで必死にお金を集めているんだ。急がないと大変なことになるんだ〉

「馘首《くび》になるのかい」

〈ああ……〉空気が一気に抜けてしまったかのように力のない声だ。〈そうだよ。もうすぐ監査が入って、取引先のお金を使い込んだことがばれてしまう。馘首になってしまうんだ。最悪の場合、警察に突き出されて、逮捕されてしまう。僕の一生は終わりだ！〉

電話の声が途切れた。

「ど、どうしたの」

逮捕？　孝雄が逮捕される？　もう芳江は気を失いそうだ。

電話の向こうから荒い息が聞こえる。

〈たとえ監査を上手《うま》く切りぬけてもお客様には使い込んだことがばれてしまう。このお客様は怖い人でさ。ヤクザなんだ。僕はきっと殺されてしまうかもしれない。だから僕もみんなも必死なんだ。頼れる人は、僕にはもうおばあちゃんしか残っていないんだ〉

本格的に泣き出した。涙の滴《しずく》が受話器から飛んでくるような気がする。孝雄の周りがどんどん騒がしくなっていく。

「善彦は助けてくれないのかい」

〈お父さんね……〉

孝雄の声が消え入りそうに弱くなった。

「私に頼る前に善彦に頼るべきでしょう？」

〈こんなこと言えるわけがないよ。お父さんに殺されてしまうさ。頼むよ、おばあちゃん……〉

善彦は堅い銀行マンだ。お金には厳しい。孝雄が他人様のお金を使い込んだと知ったら、どんな仕打ちをするか知れたもんじゃない。孝雄が、殺されてしまうというのももっともだ。

いったいどうしてやればいいんだろう。こんなに孝雄が困っているのに……。

「私はどうすればいいんだい」

〈お金、貸してくれないかな。必ず返すから。もう絶対に株なんかやらない。真面目に働くからさ。助けてよ！〉

　孝雄の必死の声が耳の奥から脳へとずんずん入り込んでいく。脳の中で、助けてよ！という言葉が数億個にも増殖する。もうその言葉以外、なにも浮かんでこない。

　芳江は覚悟を決めた。これだけ必死に孝雄が助けを求めているのになにもしないわけにはいかない。助けてやろう。金で済むことなら一番簡単だ。どうせ使い道がない金だ。持って死ねるわけではない。

「分かりました。おばあちゃんに任せなさい。それでいくら用意すればいいの？」

〈三百万円全部と言いたいけど、僕の方で百万円はなんとかするから、二百万円。とにかく急ぐんだ〉

　二百万円……。芳江はすぐに銀行の預金残高を思い浮かべた。それくらいはいつでも用立てることはできる。それで孝雄が助かるなら安いものだ。

「すぐに銀行で下ろしてくるから。孝雄、お前の口座に振り込めばいいのかい」

〈ありがとう。おばあちゃん。振り込まなくてもいいよ。とにかく急ぐんだ。僕の方で取りに行くから。三時にT駅前広場の噴水の前に来てくれないかな。僕の友達を使いに行かせるかもしれない。彼には「週刊時代」という週刊誌を持たせるから、分かると思

う。その男に渡してくれるかい〉

「お前が来ないの？　久しぶりに顔を見たいのにね」

〈ごめんね。こんどゆっくり訪ねるから。今は、とにかくこの問題をみんなで協力して片付けなけりゃならないんだ〉

「『週刊時代』だね」

〈すぐ分かると思うよ。ありがとう。おばあちゃん。お父さんには絶対に内緒にしてね〉

「ああ、分かったよ」

電話が切れた。

テーブルの上の置時計を見た。今、一時。急がなくてはならない。お金を下ろして、三時には駅前広場の噴水の前で待っていないといけない。

ふと、影が差した。部屋の中にではない。心の中にじゅわっと滲《にじ》むような影……。

芳江は「これはオレオレ詐欺じゃないの？」と呟《つぶや》いた。

電話をしてきたのは本当に孝雄なのか。善彦に電話してみようかしら。でも善彦に知られたくないと言っていた。詐欺に騙《だま》されたくはないけど、もしも本当だったらこれから先、ずっと孝雄に恨まれることになる。

最悪なのは、善彦からどうして息子を助けてくれなかったのかと文句を言われることだ。母さんは、家族を信用できなかったのかと責めたてられるかもしれない。

私の家の電話も知っていたし、善彦の名前も知っていた……。あれ？　その名前って私が言ったのかしら。ああ、どうなのか分からない。

「こんどゆっくり訪ねるから……」

芳江は孝雄の言葉を繰り返した。

あれは私の家を知っている口ぶりだった。詐欺なら私の家を知っているはずがない。間違いないわ。あれは孝雄だ。七年前の夫の葬儀の時、すべてが終わってほっとひと息ついていたら、孝雄が近づいてきて、そっと私の肩に触れ、囁《ささや》いた。こんどゆっくり訪ねるからって……。

時計は午後一時十分を差していた。

千代田《ちよだ》区丸《まる》の内《うち》フヅキ電機会長室
同日午後一時五十分

佐藤恵三《さとうけいぞう》は東証一部上場の大手電機メーカーフヅキ電機の専務取締役だ。

次期社長を狙っているが、社内にはライバルがひしめいている。野村一美《のむらかずみ》専務、佐原《さはら》仁《ひとし》常務の誰がなってもおかしくはない。すべては会長の桧垣泰助《ひがきたいすけ》の胸先三寸だ。なにせ桧垣は二十年以上もフヅキ電機に君臨している。九〇年代半ばに社長になったのだが、その後は会長、社長を兼務し、ようやく五年前に木川道尚《きがわみちなお》に社長の座を譲り、会長になった。しかし、木川は傀儡《かいらい》社長であり、実権はすべて桧垣が握っている。フヅキ電機の社長になるには、まず桧垣に気にいられる必要がある。それにはライバルを押しのける実績を上げなくてはならない。

今月の二十九日には株主総会が行われる。なんとか取締役として再任されることにはなったが、株主総会を乗り切るまではなにがあるか安心できない。

先ほど桧垣から直接電話があった。会長室に来てくれと言う。いつもは秘書を通じて連絡があるが、直接というのは珍しいことだ。なにか特別なことがあったに違いない。

最近、取締役会でも桧垣と話すことは少ない。野村専務ばかり重用しているのが目立つのだ。嫉妬心を抱かないわけではない。次期社長レースは野村専務で決まりなのか。いや、まさか私に社長をお願いしたいということなのだろうか。

君にお願いしたい。いや、私などは実力不足ですから。嫌なのかね。いえ、そういうわけではございません。あまりにも突然のことで驚いております。それならこの申し出を受けてくれ。会長としてサポートするから。木川社長には副会長になってもらう。どうも業績が今一つだから、木川社長には満足していない。

社長打診の際のやりとりが嵐のように頭の中に渦巻く。頭蓋骨をぶち割って外に飛び出す勢いだ。

妄想と笑う奴《やつ》もいるだろう。笑いたい奴は笑え。しかしもうそこまで、手が届くところまで社長の座が来ているのだ。これに期待を膨《ふく》らませ、これを摑《つか》もうとしない人間はいないだろう。

私にだって多くの応援してくれる部下や取引先がいる。彼らのためにもその座を摑むまで往生してはいけない。可能性はある。木川社長への不満が嵩《こう》じているのは間違いない。業績も落ちている。桧垣は、思い切って人心一新を考えている可能性が充分にある。

しかもそれは突然、株主総会で発表されるかもしれない。

勇んで会長室のドアを開けると、そこには桧垣と木川社長と野村専務が待っていた。

――なぜ、野村がいるんだ。

「佐藤君、忙しいところ悪いね。そこに座ってくれたまえ」

桧垣の声がいつになく沈んでいる。

「はい」

佐藤は、言われるままに桧垣の前に座った。隣には野村、その隣には木川がいる。重い雰囲気だ。誰もが憂鬱《ゆううつ》な表情をしている。解決できない重荷を背負っているようだ。

いったいなにがおきているのか。

「実は困ったことになったんだ」

桧垣がじっとこちらを見つめている。

佐藤は桧垣の視線を避けるように隣の野村を見た。野村と視線が合った。野村も佐藤を見つめていたのだ。

佐藤は野村を信用していない。ライバルだからというだけではない。つるりとした公家《くげ》風の顔立ちで物腰は柔らかいが、相当な策謀家なのだ。ライバルを追い落とすためならなんでもするという男だ。

若いころからその傾向がある。ある会社との大型契約を佐藤は、野村と一緒に獲得したことがある。それはいつの間にか野村だけの手柄になっていた。彼が報告書を改竄《かいざん》したのだ。信じられなかった。報告を上げておいたからね、と野村に言われ、ありがとうと返事をした。佐藤はおおいに地団駄を踏んだ。しかしもはや手遅れだったのだ。そんなずるがしこいことをしながらも上の覚えがめでたいため、順調に出世した。専務になったのも私より早い。財務畑を歩んだのだが、どうせ桧垣の裏金でも管理しているから出世したのだろうと噂《うわさ》されていた。

「どうされたのですか」

「株主総会を乗り切れそうにないんだ」

「いったいどういうことですか？　唐突すぎて理解できません」

「木川が社長を降りたいと言っているんだ」

「えっ」

佐藤は、絶句して木川を見つめた。背中を丸め、誰の意見も寄せ付けないというような空気を醸《かも》し出している。もともと秘書、企画畑でそれほど逞《たくま》しさは感じない人物だ。とにかく桧垣に尽くすことで社長になったような男だ。それが株主総会を今月末に控え、社長を降りたいとは……。

「驚いたと思うが、事実だ。もうやれないと言うのだ」

桧垣は醜《みにく》い物でも見るように憎々しげな視線を木川に浴びせている。

「な、なぜですか？」

「驚くのも無理はない」

桧垣は重苦しい表情ではあるが、口調は諦《あきら》め気味の淡々としたものだ。

「木川が説明するのが筋だが、動揺しているから野村君、説明してくれないか」

「はい」

野村は桧垣に一礼すると説明を始めた。

野村の説明を聞くうち徐々に佐藤の表情が強張《こわば》っていく。まるで辺りの空気が冷え、池の表面に薄氷がピシピシと音を立てて広がっていくようだ。

佐藤は、喉《のど》に激しい渇きを覚えた。同時に身体が芯から冷え冷えとしてきた。それはあまりにも野村の説明が衝撃的だったからだ。それを野村はなんの感情も覚えないかのように事務的に話す。その時、木川を見たが、その身体がものすごい勢いで遠のいていくような不思議な幻覚が見えた。

野村の説明を簡単に言うと、フヅキ電機には千二百億円もの飛ばし、すなわち簿外損失があるということだ。

「なんということ……」

佐藤は言葉を失った。

飛ばしの端緒は、バブル崩壊だ。八〇年代後半から九〇年代はじめにかけて業績の穴埋めのために盛んに財テクが行われていた。フヅキ電機も同様に財テクで大幅な利益を上げていた。

ところが株価が暴落し、証券会社に預けていた資金に大幅な損失が発生した。同時に大蔵省が行きすぎた財テクを懸念し、証券会社に資金を一任勘定、すなわち運用を任せっぱなしにすることを禁じた。そのため一気に損失を表面化させねばならなくなったのだ。

一部は、証券会社が自らの責任を認め、損失補填《ほてん》をしてくれたが、全額というわけにはいかなかった。そこで当時常務だった桧垣は、部下の木川や野村らに命じ、損失を簿外にすることを命じたのだ。いわゆる飛ばしだ。

木川や野村たちは、当初は海外投資ファンドなどを使う形で損失を簿外に飛ばした。

いずれ株式市況が回復すれば、損失は埋まるはずだった。その頃は五百億円程度だったらしい。ところが株価は一向に上昇せず、リーマンショックも起き、損失はさらに膨らんだ。

そこで彼らはベンチャー投資を使うことにした。ベンチャー投資ファンドを立ち上げ、そこに資金を預け、簿外損失を買い取らせるとともに、実際に多くの投資を行ったのだ。ベンチャー投資に成功すれば、それによって損失を穴埋めするという考えだった。

ところがことごとく失敗し、遂《つい》に損失は千二百億円となってしまったという。

「もう私には耐えられないんです」

木川が顔を上げた。

「情けない奴だ。この男は、自分が処理してきた簿外損失なのに最後まで面倒を見きれんというのだ」

桧垣がののしるように言った。

「全く存じ上げませんでした」

佐藤は、ようやく少しずつ落ち着いてきた。自分が、こうした飛ばしの処理に関わりがなかったことに安心した。

同時に桧垣、木川、野村、彼らの他にもいるかもしれないが、この飛ばしという不正に関わり合ったお蔭《かげ》で出世してきた連中が存在するのも事実だろうと思った。まるで秘密結社のようなものだ。秘密を共有し、裏切らないことで共に地位を引き上げてきたのだ。

「株が上がったからなんとか処理できるのかと期待していたんだが、ベンチャー投資が失敗してね。どうしようもないんだとさ」

桧垣は眉根を寄せ、吐き捨てるように言った。その言い方はまるで他人事《ひとごと》だ。

「どうされるお考えですか」

佐藤は桧垣に聞いた。

彼らは損失を作り、それを簿外に飛ばし、失敗した。彼ら自身で始末をつけるべきだろう。

佐藤は、営業畑を歩いてきた。だから簿外への損失飛ばしなどを知らない。教えてもらえないのは仕方がないことだ。

野村を見た。この簿外損失の責任を取らされて、もはや社長の目はないだろう。ざまあみろという気持ちだ。

だが、なぜか名状しがたい胸騒ぎがする。気にくわない取引先と対峙《たいじ》した時のような居心地《いごこち》の悪さだ。

野村はなぜ無表情なのか。木川のようにもっと嘆き、苦しんでもいいではないか。

それになぜこの場に自分がいるのかということだ。桧垣がこの場に呼んだのだが、その理由はなんなのか？

「なあ、佐藤君、君が社長になってくれないか」

桧垣は薄く笑いながら、ちょっと使いを頼むとでも言いたげな気楽な調子で言った。

「はあ」

頭の中が真っ白になるというのはこのことを言うのだろう。間違いなく桧垣は、社長になってほしいと言った。

佐藤は、自分はこの瞬間を待ちに待っていた。何度も何度も、妄想を抱き、シミュレーションを繰り返していた。この瞬間にどう対応するか。それは嬉《うれ》しさを隠して謙虚に振る舞うためだった。

やったぞ、などという下品な態度はできない。どういう態度であれば、社長を受諾するのに相応《ふさわ》しい態度なのかを模索していた。

しかし、今は違う。嬉しさは湧いてこない。繰り返したシミュレーションは全く役に立たない。湧き上がるのは、なぜ、自分が社長なのかという不安と疑問だけだ。いくら私でも今が自分に危機であることぐらいは分かる。損失飛ばしが千二百億円もある会社の社長になれば、それをどんなことをしても処理しなくてはならない。そんな貧乏くじを引くわけにはいかない。なんとかこの場を凌《しの》がねばならない。

——簿外損失というのは不正経理だ。このつけを自分に回されてたまるか……。

しかしことはそれほど単純ではない。もし社長を引き受けなければ、逃げたと責められ、二度と社長の目はなくなってしまう。

「私では力不足ですが……」

佐藤は渋面を作った。

桧垣が鋭い目で睨《にら》んだ。

「断るのかね」

桧垣の口調は、お前はもうこれで終わりだと言わんばかりのきつさが感じられる。

「いえ、はぁ、なんとも」

「私たちはこの会社のために苦労して損失を隠してきた。それは悪いことだとは思っていたが、いつか業況が好転してすべてが丸く収まると信じてやってきたのだ。すべては会社のためだ。その間の苦労は並大抵ではなかった。確かに早めに公表して処理すればいいではないかと言われるのは承知だ。そんなのは当たり前だ。しかし経営というのはそれほど単純ではない。今日、景気が上向いているが、今までは厳しさばかりだった。そんな時に損失を公表したら、我が社はどうなっていたと思うかね」桧垣は佐藤の方に身を乗り出した。「経営は土台から揺らいでいただろう。私たちには選択肢がなかったんだよ」

「それでは今、この簿外損失を公表して処理しようということでしょうか」

佐藤の顔に血の色が差した。

社長に就任したとしても飛ばしに関与せず、かつそれを処理する立場であれば責任問題は避けられるだろう。

桧垣の顔に憎しみとも思えるほど険しさが宿った。動揺して佐藤は隣の野村を見た。彼の顔にも同じ険しさを発見した。

「君は、この簿外損失を公表しようというのかね。そんなことをすれば私たちの今までの努力が水の泡だ。それればかりじゃない。私たちは責任を取らされるだろう。会社のためにやったことなのに会社に損失を与えたかのように非難されるだろう。今、景気は上向いている。千二百億円の簿外損失を帳消しにすることは可能だ。毎年の利益の中から上手く消していけばいいのだ」

「私は営業畑の人間ですし、このことも今日初めて聞いたものですから……」

佐藤はどう答えていいか分からないが、言葉を慎重に選んだ。

「ここまで私に言わせて、それでも逃げるのか。見損なったよ。しかしね、今日、君はこの話を聞いた。もはや逃げられない。同罪だ。覚悟しろ」

桧垣が激しい口調で言った。

――同罪？　なぜ同罪なのだ。何年もの間、不正経理を続けた者と私がなぜ同罪になるんだ！

　佐藤は叫びたかったが、言葉を飲み込み、桧垣を見つめた。

「君を社長にしたいと考えたのには事情がある。実は、野村君でいいかと思ったのだが、彼はこの件に深く関わりすぎている。今後、どんな不測の事態が起きるかもしれないからね」

「不測の事態とはどういう事態でしょうか？」

　佐藤は恐る恐る聞いた。

「木川が社長を降りたいと言ってきたのは、そのことなんだよ。おい、木川、自分の口で言いたまえ。そもそもは君が情けないことを言い出すからだ」

　桧垣は存在を消し去ろうとするかのように身体を縮める木川に容赦なく厳しい言葉を浴びせた。

　木川は重い石を背中に載せられたかのようにゆっくりと身体を起こした。その顔は、佐藤が今まで見たことがないほど暗く、うつろだった。

「腹心の部下が先月突然退社したんです。北川数馬《きたがわかずま》という財務グループリーダーです。彼は簿外損失の実務担当です。なにもかも知っているんです。なぜ辞めるのかと問いただしましたが、理由は言いませんでした。私と同様に簿外損失を飛ばし……」

「飛ばしと言うな！」

　桧垣が怒鳴った。

「会長、飛ばしですよ、これは。早く処理すればよかったんだ！」

木川が目を潤《うる》ませ、大声で反論した。神経の糸がプッツリと切れてしまったのだろう。そうでないとここまで本気の口調で桧垣に反論ができるわけがない。

「まあまあ、木川さん。お気持ちを抑えてください」

野村が木川の膝《ひざ》に手を置いた。木川は肩で大きく息をした。気持ちを抑えているのだ。

「失礼しました。北川は私に情報はどこにも洩《も》らしませんと約束しましたが、それは嘘《うそ》です。彼はどこかにこの飛ばし処理の実態を告発しようと考えているに違いないのです。もうこんなことは止《や》めましょうと言っていましたから。私は彼の退職以来、もう不安で、不安でついに体調を崩してしまったのです。彼の情報がいつ、どこで爆発するかと思いますと……」

木川は再び身体を折り曲げるように項垂《うなだ》れた。

「……ということだよ。まあ、杞憂《きゆう》だとは思うがね」

桧垣は木川に反論されたことが面白くなかったのだろう。不愉快そうに口元を歪《ゆが》めた。

「そういうことならここは思い切って公表して処理した方がいいのではないでしょうか」

佐藤は言った。木川の悩み具合からすれば決して杞憂ではない。事態は切迫しているのだ。株主総会の直前に雑誌で記事になり、追及されることもあるかもしれない。その怖《おそ》れを桧垣も自覚しているに違いない。

「それはならん！　絶対にならん！　だから君なんだ！」

桧垣の言う意味が分からない。佐藤は眉根を寄せ、首を傾《かし》げた。

「佐藤さん、あなたがうなばら銀行の頭取の久木原さんと大学同窓で極めてお親しいからですよ」

野村が囁くように言った。

佐藤は驚いて野村の顔を見た。そこにはのっぺりとした、いったいなにを考えているのか分からない、まるで能面のような顔があった。

「どういうことなんだ？」

佐藤は目を剝《む》いた。

新宿区うなばら銀行T支店
同日午後二時

「だから早くしてって言っているでしょう」

声を抑えながらも芳江はきつい調子で窓口の女子行員に迫っていた。胸のネームプレートを見たら、柏木雪乃《かしわぎゆきの》と書いてある。あまり銀行には来ないので初めて会う女子行員だ。なかなか可愛いが、そんなことは今、関係ない。とにかく急いでいる。

「久木原様、大変申し訳ございませんが、二百万円という高額のお引き出しですので使い道をお伺いしています。失礼とは思いますが、お教えいただけないでしょうか」

「私のお金です。どう使おうと私の勝手です。とにかく急ぐの。早くしてください」

「最近、ご年配のお客様がオレオレ詐欺の被害にお遭いになるケースがございまして、私どももご注意申し上げております」

「私が詐欺に遭っていると言うの？　失礼ね。そんなことは絶対にありません」

芳江は、女子行員に自分が何者かを大声で言ってやろうかと思った。息子がお宅の銀行の頭取なのよ、って。そんな息子の母親が、いくら年を取ったからといってオレオレ詐欺に騙されるなんてことがあるものか、と若いころなら啖呵《たんか》を切るところだ。しかし、息子が偉いだけにこんなところで怒った姿を見せたら、どんな迷惑がかかるか分からない。芳江はじっと我慢した。

「しばらくお待ちください」

女子行員が立ち上がった。ようやく引き出しに応じてくれるようだ。銀行というところはなにかとうるさいということが今さらながら分かった。このことは暮れにでも息子の善彦にあったら言ってやろう。自分の金が自由にならないなんておかしいだろうと……。芳江は女子行員の後ろ姿を目で追った。そして腕時計をちらりと見た。二時十分だ。急げば駅前広場の噴水前に三時に間に合うだろう。芳江の指は、苛立《いらだ》ちを表すかのようにカウンターをカツカツと叩《たた》いていた。

新宿区うなばら銀行T支店
同日午後二時十分

「課長！」

雪乃は業務課長の平塚博之《ひらつかひろゆき》の前に立っていた。

「どうしたのですか？」

平塚はびくっと首をすくませた。ワイシャツの襟《えり》の辺りに汗を滲ませ、薄ぼんやりとした顔をゆっくりと上げた。まだ夏の盛りというわけじゃないのに今からこれでは先が思いやられる。

雪乃は女番長と怖れられている。何事にも怖れずまっすぐにぶつかっていくからだ。

「怪しいんです」

「事件ですか」

もう平塚はそわそわし始めた。なんとかややこしい問題はどこかに回したいという気持ちが表れている。

「オレオレ詐欺のようです」

　雪乃は芳江がいる窓口の方に視線を向けた。平塚もその方向を見た。

「あのご婦人が詐欺師なんですか？」

「そんなわけないでしょう」雪乃は平塚の頭をこつんと殴ってやりたくなった。「被害者ですよ。急いで二百万円を下ろすようおっしゃっています」

「お客様のお金なんだから好きにさせたらいいじゃないですか」

　額に面倒なことに巻き込まれるのはゴメンというテロップが流れている。

「課長！」雪乃は机を両手でドンと叩いた。平塚は驚いて身体を反らした。「被害を未然に防ぐのは金融機関の義務でしょう！」

「そうでした。そうでした。すみません。それでそれは確かなんですか」

「お客様は詐欺に騙されていないと思っているから、早くお金を下ろせすようにおっしゃるんです。騙されていることに気づいておられたらそんなことはおっしゃいません」

　平塚、てめえちょっとはしっかりしろよ。雪乃は心の中で叫んだ。

「それは困りましたね。お客様の要望にもお応えしないといけませんしねぇ」

　平塚はなにも考えていないくせに腕組みをしてさも深刻そうな表情をした。

「課長、これを」

　雪乃は、預金台帳と言うべきファイルを平塚の前に出した。平塚はそれを手にとった瞬間、「ひぇっ」と小さく悲鳴を上げ、顔からたちまち血の気がなくなった。おそるおそる顔を上げた。雪乃を見つめる目は、もはやすべての判断力を失い、呆然自失《ぼうぜんじしつ》という表現そのままだ。

「……頭取」

「そうです。久木原頭取のお母様です。もし頭取のお母様が詐欺の被害に遭われるのを未然に防がなかったら……」

雪乃は手刀を作り、平塚の首に当てた。

「ひぃーっ」

平塚は本当に首が飛んだかのように身体を思い切り後ろに反らした。

「どうしましょう。どうしたらいいんですか」

平塚の視線が落ち着かなくなり左右に揺れた。

「どうしようって、どうにかしましょう」

雪乃は厳しい口調で言った。

「さ、貞務《さだむ》支店長に相談しましょう。それがいいです。柏木君、支店長にお願いしてください」

平塚は、関わりたくないという態度を明確にするために机にへばりつくようにうつ伏せになった。

雪乃は平塚の汚れたワイシャツの襟首を摑んだ。汚くて堪《たま》らなかったが、仕方がない。

平塚を机から引き剝がした。

「なにをするんですか」

「一緒に行くんです。課長でしょう」

「わ、分かりました」

平塚は雪乃に引っ張られ、よろよろと立ち上がった。

雪乃は、平塚を前に立たせ、支店長室に向かった。

支店長室のドアが閉まっている。来客なのだろうか。構うものか。こっちは急いでいる。

雪乃はドアをノックするや否や勢いよく開けた。

新宿区うなばら銀行T支店支店長室
同日午後二時二十分

支店長室では支店長の貞務定男《さだお》が、情報会社社長の木下勇次《きのしたゆうじ》、元警視庁刑事藤堂三郎《とうどうさぶろう》を迎えていた。三人は昔からの親しい仲だ。勿論《もちろん》、雪乃とも親しい。

貞務たちは一斉に雪乃を見た。そしてテーブルの上に置いてある紙幣を藤堂が慌ててズボンのポケットに隠した。

「柏木君、どうしたのかね」

貞務が何事もないような顔で言った。

「なんだ、勇次さんや藤堂さんが来ていたんですか？」

「雪乃ちゃん、久しぶり。相変わらずきれいだね」

藤堂が笑みを作った。

「テーブルにお金を置いて、なに、悪いことをしていたんですか？　仕事中ですよ」

雪乃が厳しい表情を貞務に向けた。

「いやぁ、ちょっと精算してたのさ」

勇次が苦笑した。

「何の精算ですか？」

「競馬でね。頼んでいた馬が入ったんでね。それで配当を……」

「それノミ行為じゃないでしょうね」

「まさか、それはないよね」

三人は顔を見合わせて同時に言った。

「そんなことより大変です」

雪乃は、彼女の後ろに隠れるようにしていた平塚の腕を摑むと前に押し出した。

怯《おび》えたような態度で平塚は雪乃の前に出た。

「どうしたの？　セクハラかな」

貞務が聞いた。

「いえいえ、柏木君にセクハラだなんて、そんなこと……」

平塚は大仰に手を振って否定した。

「そりゃないわな」

藤堂が笑った。

「久木原頭取の……」

平塚はようやく話し始めた。

「頭取がどうかしたって。落ち着いて話しなさい」

貞務の目が光った。久木原は貞務の同期でもある。

「はい」平塚は、音を立てて唾を飲み込んだ。「今、久木原芳江様という久木原頭取のお母様がご来店されておりまして、至急、二百万円を下ろして欲しいと……」

「二百万円？　大金だね」

「こちらがお願いしても理由はおっしゃらないようなので柏木君がオレオレ詐欺ではないかと……」

平塚は雪乃に視線を向けて、ホッと息を吐いた。

「なんだと、オレオレ詐欺！」

藤堂が声を張り上げ、立ち上がった。

「落ち着いて」

勇次が藤堂の上着の裾を摑んで無理やり、座らせた。

「藤堂さん、どうされたのですか？」

雪乃が驚いて聞いた。

「いやぁ面目ない」藤堂が頭を掻《か》いた。「うちも騙されたんだよ。息子が女で失敗したとかの電話でね。女房がパニクってしまって」藤堂は人差し指を立てた。

「百万円も！」雪乃は目を丸くした。

藤堂ががくりと項垂れ「元警視庁デカの家庭を騙すとは敵ながらたいしたものだ」と呟いた。

「藤堂さんの問題は後でじっくり聞くとして、オレオレ詐欺で間違いないのだね」

「間違いないと思います。相当、急いでおられます」

雪乃が勢い込んで言った。

「分かった」貞務は一瞬、考えるような表情をした。「兵とは詭道《きどう》なり」

「戦いは騙し合い。相手が騙すならこっちも騙せってことだな」

藤堂は呟いた。

「しかし久木原は、ちゃんと頭取をやってるみたいだな」

勇次が厳しい目で貞務を見つめた。

「ええ、怪我《けが》から回復してからというもの、なかなか頑張っています。いろいろありましたが……」

久木原は、暴力団組長並川弥太郎《なみかわやたろう》の配下にいた鯖江伸治《さばえしんじ》を自分の部下の様にして使っていたが、恨まれ、銃撃され、傷ついた。その上鯖江は、久木原の指示で行った、うなばら銀行の不正融資を警察で供述しそうになった。

しかし結局鯖江は、核心部分はなにも言わなかった。理由は分からない。並川が手を回したのかもしれないし、「沈黙は金」と悟ったのかもしれない。

もし鯖江がすべて供述していれば、久木原は頭取の座から転げ落ちただろう。しかし、何とか瀬戸際で踏みとどまった。それからは「人の噂も七十五日」の諺《ことわざ》通り、うなばら銀行を巡るスキャンダルはいつの間にか消えてしまい、久木原は今も頭取としての立場を守っている。

「貞務さんがすべての悪を腹に収めたからだ。あいつ、なにも感謝していないだろう」

勇次がわずかに苛立ちを見せた。

「他人にいちいち感謝などしていたら、頭取なんか務まりませんから」

貞務は笑ったが、また久木原のために面倒なことに巻き込まれなければいいが、と心が暗くなった。

新宿区T駅前広場噴水前
同日午後三時

「来たね」

藤堂が雪乃に囁いた。雪乃はドキドキという心臓の音が聞こえるようだ。興奮しているのだ。

「捕まえますか？」

雪乃は聞いた。

「いや、少し待った方がいい。どうせ中身は模擬紙幣だ」

勇次が言った。

芳江には貞務の指示で強盗に襲われた時に用意している精巧に作られた模擬紙幣を渡したのだ。芳江はそれを本物と思い、噴水の前に立っていた。

雪乃と勇次、藤堂は噴水の近くで芳江がよく見える場所にいた。さも人を待っているような様子で芳江を見張っていた。

芳江に近づいてきたのは、週刊誌を持った若い男だ。蒸し暑いのにきちんと黒のスーツを着ている。それがどうもわざとらしい。なぜならあまりスーツを着たことがないのか、身体に合っていない気がする。

「ありゃ高校生じゃないのかなぁ」

藤堂が言った。

「高校生！」

雪乃は目を見開いて少年をしっかりと見た。

「現金を受け取るのは『受け子』という役割でね。いいバイトがあるからと集められた若い奴だよ」

「バイトなんですか」

詐欺がバイトだなんて、いよいよ雪乃には分からない世界だ。

「あっ、封筒を渡しましたよ」

雪乃が小声で言った。芳江が少年に模擬紙幣の入った銀行名入りの封筒を渡したのだ。男は、無表情で封筒を小脇に抱えると芳江から離れていく。芳江は、不安そうな表情を浮かべながら少年に何度も頭を下げていた。よろしくお願いしますと真剣に頼んでいるのだろう。

「さあ、行くか」

勇次が言った。「はい」と雪乃は返事をしたが、ドキッとひと際大きく心臓の音が聞こえた気がした。

「芳江さんはどうしますか?」

「大丈夫だろう。後で説明すりゃいいさ」

藤堂が囁いた。

三人は、封筒を抱えた少年の跡を追った。雪乃は私服に着替えていた。会社の同僚が三人で歩いているように見えるかしらと心配になった。勇次と藤堂には独特の威圧感があり、普段はとてもサラリーマンには見えないからだ。しかし今日は違うと雪乃は思った。二人ともすっかりサラリーマンに成り切っている。歩き方も軽やかだ。尾行の鉄則である気配を消すことを実践しているのだろう。

少年は、広場を離れ、T駅方面に向かう広い通りの歩道を歩いていく。駅に向かう人の流れを縫うように歩く。背後を気にかけているようには思えない。

「あっ、曲がりました」

雪乃は声に出してしまい、慌てて手を口に当てた。

少年は、急に左に曲がり、ビルの間の路地に入った。三人で同じようにその路地に入れば尾行を悟られるかもしれない。

雪乃が藤堂の顔を見ると、眉根を寄せていたが、「うん」と頷《うなず》くと迷わず路地に入った。雪乃も勇次もそれに続いた。幸い全く人通りがない路地ではない。少年とは距離を充分にとって歩いていく。

路地の先には公園が見えた。小さな公園だ。子どもたちが母親に守られながら遊んでいるのが見える。少年が立ち止まった。なにかを確認しているようだ。公園の表示を見ているのだ。T町公園と書かれている。少年は、再び歩き出し、公園の中に入った。

「入りました」

雪乃が言った。藤堂と勇次が頷いた。少年に続いて三人も公園に入る。ベンチがある。

「あれに座ろう」

勇次が言った。公園の真ん中が広場になっていて、それを見渡せる場所に幾つかベンチが設置されていた。

雪乃の心臓はもうドキドキしていない。すっかり女探偵に成り切っていた。ベンチに座る。彼女を挟むように勇次と藤堂も座った。少年が視界に入っている。少年は広場の真ん中でなにかを探しているように首を左右に動かしている。そして見つけたのか、歩き出した。少年の先に蓋《ふた》付きの四角の金属製のゴミ箱が見えた。少年は、ゴミ箱の前に立ち、迷わず蓋を開けた。

「開けました」雪乃が言った。「シッ」藤堂が雪乃の唇に指を当てた。

少年は、持っていた封筒をゴミ箱に入れた。

「あっ」雪乃の唇に藤堂の指が再び触れた。雪乃は藤堂を睨んだ。声を出したのは悪いが、普通は自分の唇に指を当てるものだろう。私の唇に触れるなんてセクハラだ。しかし藤堂は全く気にする様子もなく、すっと立ち上がった。勇次もそれに続いた。

「悪いね。雪乃ちゃん、あのゴミ箱に近づく奴がいるか、ここで見張っていてくれ。ゴミ箱から封筒を取り出すはずだからね」

「分かりました。藤堂さんたちは？」

「犯人を捕まえて警察に渡してくる」

藤堂はにやりとした。「さあ、いきましょうか」「ああ」勇次が答えると、二人で再び少年を追跡し始めた。

雪乃は、藤堂たちの姿を追った。少年が公園を出た。二人も少年に続いて公園を出て、姿が見えなくなった。

急に周囲が静かになった気がした。子どもたちの声も耳に入らなくなった。不安な気持ちに支配されているのだ。女番長と言われているのにだらしないぞと自分を鼓舞する。

時間が過ぎていく。ゴミ箱をじっと見つめているが、状況は全く変わらない。あの封筒はどうなるのだろうか。そのままゴミ収集車が運んでしまうのだろうか。ひょっとしてあの少年は封筒の中身が模擬紙幣と気づいて、捨ててしまったのだろうか。

「早く勇次さんたちが戻ってこないかな」

いつからいたのだろうか。ゴミ箱の近くのベンチにホームレス男が座っている。服は汚れ、髪は伸び放題だ。傍《そば》に幌《ほろ》のない乳母車《うばぐるま》を置き、そこに布団などを載せている。乳母車を杖《つえ》のようにして男が立ち上がった。またどこかに流れていくのだろうか。どうしてホームレスになってしまったのか。余程、人生に嫌なことがあったのだろう。

ホームレス男がゴミ箱の蓋を開けた。食べ物か使える日常品でも探すのだろうか。

「ん？」

雪乃は目を見張った。

ホームレス男がゴミ箱の中から取り出した物は、あの模擬紙幣が入った封筒だった。

——ああ、それ取っちゃだめ。

雪乃は思わず叫びそうになった。

第二章　詐欺グループを追う

新宿区T町公園
六月二日（火）午後三時四十分

雪乃はホームレス男の跡をつけた。

絶対に怪しい。そう睨んでいた。ホームレスが、ゴミ箱を漁《あさ》って、銀行名の入った封筒だけを取り出すなんて……。

ホームレスなら食べ物か飲み物がないかを探すのが普通だ。

ホームレス男は、以前は白かったと想像されるが、今はすっかり灰色とも茶色ともつかぬほど汚れ、色がくすんだ作業服姿で、綿がはみ出た布団を載せた乳母車を押して歩く。封筒は、布団の上に、無造作に置かれている。

ホームレス男は特に背後や周囲を警戒する様子もなく、ゆっくりと歩いている。

公園では数人の子どもがブランコなどの遊具で遊び、その近くでお母さんたちがおしゃべりに興じている。いつもの通り、なにも変わらないのどかな公園の風景だ。

雪乃は、のどけさに反して、緊張し、目を凝《こ》らし、ホームレス男を追っている。景色を楽しんでいるOLには見えないだろう。

「あら？　猫」

ホームレス男が、公園の出口近くで止まった。そこへ一匹の茶トラ猫が尻尾《しっぽ》を高く上げて近づいてきた。

ホームレス男が、手を差し出した。すると、「ミャー」と鳴き、器用に乳母車の布団の上に飛び乗った。

ホームレス男は、猫の頭を撫《な》でると、ふたたび歩き出した。猫は、布団の上であばれもせず足を丸めて座っている。

「あの人の飼い猫なんだわ。あら、また」

ホームレス男が、止まった。するとまた公園の灌木《かんぼく》の中から、今度は二匹の猫が現れた。黒ネコとシマトラだ。

ホームレス男が手を差し出した。猫が「ニャー」「ニャー」と鳴き、布団の上に飛び乗った。先住猫である茶トラの傍に並んで座った。

雪乃は思わずほっこりとした気持ちになり、微笑《ほほえ》んだ。

ホームレス男は、三匹の猫を乗せ、公園の出入り口にあるベンチに座り、荷物の中から袋と皿を取り出した。猫に餌《えさ》をやるのかしらん、と思って雪乃も向かい側のベンチに座って見ていた。

銀色の皿を地面に置くと、その中に袋の口を近づけた。乾燥餌を、バラバラと皿に入れた。

布団の上の猫たちが、一斉に頭をもたげ、ひょいと地面に飛んだ。

「雪乃、こんなところでなにしてんの」

「譲二《じょうじ》！」

譲二が立っていた。相変わらず革ジャン姿だ。異母弟とはいえかっこいいと思う。

「座って、座って」

雪乃は譲二の革ジャンを摑んで、座るように促した。

「猫、見てるんだ」

譲二がホームレス男と猫に気づいた。

向かいに座るホームレス男がちらりと雪乃たちに視線を送った。

「しっ、黙って」

雪乃は厳しい顔をした。

「えっ、なんなの」

譲二は戸惑った。

「黙って。今、大事なところなんだから」

「ヘンなの」

譲二は事情が分からず不満そうにベンチの背に寄りかかった。

公園の出入り口からスーツ姿の男が歩いてくる。とりたてて急いでいる様子はない。一旦、立ち止まり、周囲を見渡しながら、歩き出した。

「あの人も猫好きなのかな」

譲二が退屈そうに言う。

「なに言っているの？」

雪乃はじっとホームレス男から目を離さない。

「スーツの人が猫に近づいていくよ」

「あっ」

雪乃は、声を上げそうになり、慌てて口を押さえた。

スーツ男がホームレス男の布団の上の封筒を摑んだ。

ホームレス男がスーツ男を見上げた。にんまり笑った。

スーツ男は、持っていた鞄《かばん》に封筒を入れ、何事もなかったかのようにまっすぐ、公園を歩いていく。

雪乃は立ち上がった。

「どうしたの?」

「つけるのよ。あのスーツ男」

雪乃は怖い顔で目を吊《つ》り上げた。

「なに、なにがあるんだよ」

「譲二はさ、あのホームレスのおじさんにスーツ男は何者か聞いてちょうだい」

ぴしりと言う。

「俺が、なぜ?」

譲二は戸惑う。

「説明は、後でね。いつものキングスバーガーで」

雪乃は、それだけ言い残すとスーツ男に向かって、足早に歩き出す。

「雪乃……、しょうがねぇなぁ」

譲二は、ぶつぶつと言いながら立ち上がり、ホームレス男に近づいていった。

新宿区T駅前広場噴水前
同日午後三時四十分

芳江は、気の抜けたようにスーツ姿の少年が去っていくのを見ていた。なにかがざわざわと心の中をかきむしる。頭の中で、わけの分からない物が暴れ、声を上げているような気がして、今、この場に崩れ落ちたい。

――あれでよかったのかしら？　孝雄は助かったのかしら？

「久木原さんですね」

芳江は声に驚き、振り向いた。そこには長身のグレーの地味なスーツ姿の男が立っていた。にこやかな笑みを浮かべている。

「あなたは？」

どこかで見たような気がする。気のせいだろうか？

「うなばら銀行T支店の支店長をしております貞務定男と申します」

貞務は名刺を差し出した。芳江は、それを受け取り、確かめるように名刺と貞務を交互に見た。

「支店の者からお話は伺いました。お孫さんがなにやら大変だとか」

貞務は笑みを絶やさずに言った。

「そう、そうなんです。それで私、今、孫の使いの人に……」

芳江は一気に話してしまいたい衝動にかられた。自分のやったことは間違いではないと言ってほしかったのだ。

「一緒に支店でお茶でも飲まれませんか？　実は、私、久木原善彦頭取の同期なのです。

親しくさせてもらっています」

「あら、善彦をご存じなのですか」

芳江は晴れやかな表情になった。

「ええ、今回のことは久木原頭取にはお話しになっていませんね」

貞務はあくまで穏やかだ。

「ええ、あの子、きっと怒るでしょうから」

芳江の表情が曇った。

「私から話しましょう。きっと分かってくれますから。さあ、ご一緒に参りましょう」

貞務が手を差し出した。

「ありがとうございます。では遠慮なく」

芳江はその手をそっと摑んだ。男の人の手にしてはゴツゴツしたところがなく、優しい感触だった。

――いい人なのだわ。

芳江は、ようやく心の中のざわつきが収まってきた。

千代田区丸の内うなばら銀行本店頭取応接室
同日午後三時四十分

「まだ空気が重い日は痛むのですよ」

うなばら銀行頭取久木原善彦は、太もも辺りをさすった。

久木原は頭取就任直後、銀行不祥事に絡んで暴漢に銃撃され、重傷を負った。幸い銃弾は内臓などを傷つけることなく、太ももを貫通しただけだったので回復は順調だった。

目の前には、最大手取引先、山の手《やまのて》製菓の会長生島赳夫《いくしまたけお》が座っている。

「よく回復されましたね」

生島は白い顎鬚《あごひげ》を左手で撫《な》でながら右手に持った湯呑《ゆの》みの茶を口に運んだ。

「いやぁまだ回復には程遠くて、弱っております」

久木原も茶を飲んだ。

「体調が戻りませんか」

生島は眉根を寄せた。

「いえ、体調より、業績です。銃撃されるような事態になり、いろいろとあることないことをマスコミに批判されましたので預金が相当流出しましてねぇ」

久木原は顔をしかめた。

「そうでしょうな。世の中はコンプライアンスに凝り固まっておりますからな。ちょっとでも問題を起こすと、皆でよってたかって責めてくる。なんですか、最近はＳＮＳとやらでみんなが繋がっておりまして、あの会社の悪口を言ってやろうと相談するのですよ。私たちも迷惑を受けることがございます」

「先輩の会社もSNSに攻撃されることがおありなのですか」

久木原は、生島のことを先輩と親しげに呼んだ。

生島は久木原の大学の先輩に当たる。そのためなにかと久木原を支援していた。また生島は、大学で相撲《すもう》部マネージャーを務めていた。身体は大きくないのでレギュラーになることはできなかったが、その管理能力を評価されていた。運動部出身ということもあり、久木原から先輩と呼ばれることを喜んだ。

「そりゃそうです。菓子が不味《まず》いだの、医薬品も作っておりますから動物実験を止めろだの、もう色々です」

生島はまるで楽しむかのように笑った。

「お互い、なかなか大変ですね。早く業績も信頼も回復させたいと思います」

久木原は生島を暗い目で見つめた。

「頭取、あなたが弱気になっちゃいけませんよ。私がいい人を紹介します」生島が身を乗り出してきた。「実は、今日、ここに参りましたのはそのためなんです。あなたの銀行の預金が流出したり、取引先が離れたりと大変だという噂をお聞きしたものですから。先ほどはなにも知らない振りをしましたが、それはあなたの存念を知りたかったためです。失礼しました」生島は、大きく目を見開き、久木原を強く見つめた。

「いい人ですか」

久木原は小首を傾げた。

「この方です」

生島はテーブルに名刺を置いた。

久木原は名刺を覗《のぞ》き見た。

名刺には「国際経済科学研究所所長　西念仁三郎《さいねんにんざぶろう》」と書いてある。住所は新宿区のT町だ。

「いったい……」

久木原は、小首を傾けたまま問いかけた。

生島の顔が急に大きくなった。久木原の目の前に迫ってきたのだ。

「この方は、蔣介石《しょうかいせき》の秘密資金を管理されているのです。蔣介石が毛沢東《もうたくとう》の率いる共産党軍との戦いに敗れて台湾《たいわん》に逃げる際、側近の方々が多くの財産を隠匿されました。それは貴金属の類であったり、現金であったり……。秘密資金の総額は八兆円にも上ります。後日、大陸へ反転進行するための資金でした。それは台湾に隠すと問題が多いため、蔣介石を支援していた旧日本軍の将校に託されました。彼は、非常に信頼のおける軍人で、その巨額の資金を隠し続けたのです。それらは長く日銀の奥深くの金庫に眠っておりましたが、戦後の平和が長く続く中、大手銀行や外資系銀行などを転々といたしました。それは蔣介石の頭文字を取って、S資金と言われています。これをごらんなさい」

生島が、バッグの蓋を開け、中からなにやら四角い紙を取り出し、テーブルに置いた。

「これは……元頭取ではないですか」

久木原は音を立てて唾を飲み込んだ。

生島がテーブルに置いたのは、記名式の使用済み小切手だった。金額はなんと五千億円！

「振出人はうなばら銀行の前身、大海洋銀行元頭取の樽木《たるき》信一郎《しんいちろう》、記名式のあて先は国際経済科学研究所……、うーん」

久木原は、小切手を手に取り、しげしげと眺めた。さわり心地といい、印刷の具合といい、本物であると思われた。

「何故、こんなものをお持ちなのですか」

「私はこれで助けられました。記念にと西念様にお願いしたら使用済みであるにもかかわらず、どこからともなく手に入れてこられて渡されたのです」

使用済み小切手が銀行以外の人の手に渡ることは通常ないのだが、不思議なことだと思い、久木原は再度小切手を見つめた。

「詳しく教えて下さい」

久木原は聞いた。

「あなたの銀行も秘密資金を管理していた時代があるのです。樽木さんは旧行の頭取を務めた方ですね。彼は元華族です。それで秘密資金の代理人たる資格を持っていたんですね。お聞きになったことはありませんか」

生島はソファに身体を預けた。

「そんな話は、聞いたことがありません」

久木原は金額の大きさに圧倒され、ため息混じりに言った。

「当然でしょうね。このことはごくごく親しい、信頼できる者にしか、明かしてはならないことになっていますから。そうでないと不測の事態も起こりかねないからです」

「不測の事態と言いますと」

久木原は、声を潜めた。

「ある資金管理者は、この資金を私的に使おうとしました。この資金はあくまで人助けのためにあるのです。それで鎌倉《かまくら》のホテルで心臓病で急死しました。明らかに組織の制裁です」

生島は肩をすぼめた。

「なんということを……。樽木のことですね」

久木原は樽木元頭取が、鎌倉のホテルで急死したのを覚えている。元気だったのに、なぜと疑問に思ったものだ。遺族は心臓が悪いとは知らなかったと言った。

「樽木さんとは言いませんが、私的流用は厳禁なのです」

生島は再びテーブルの湯呑みを摑んだ。口に運んだが、冷たくなっていたのか、目の下に皺《しわ》を寄せ、険しい表情になった。

「新しいお茶を持ってこさせましょうか」

久木原は慌てた。生島の機嫌を悪くさせると、面倒なことになる。礼儀作法にはひと際厳しく、失礼があると、取引解消も辞さない。

「いや、結構です。それより話を進めましょう。実は、私もリーマンショックの際、業績がどうしても回復しなくてこの資金を活用させていただきました。本当に助かったのです」

生島はゆっくりと湯呑みをテーブルに置いた。

「ところで今、資金を管理している銀行はどちらなのですか?」

「扶桑《ふそう》銀行です」

生島の言葉に久木原はのけ反った。最大手銀行だ。業績は極めて順調だ。

「ま、まさか……」

久木原は唸《うな》った。

「信じられないのも無理はありません。私だって信じられなかったのです。でもとても信頼できる方からの紹介でしたのでね。あなたも私を信頼するなら、この資金を利用して苦境を脱するのをお勧めします。西念様は、あなたに一兆円の資金を用意するとおっしゃっていました。どうですか」

「一兆円！」

久木原は、金額の大きさに驚きの声を上げた。まるで悲鳴のようだ。

「ははははは」生島は笑った。「西念様にとっては一兆円などたいした金額ではありません。もしあなたが望みならもっと用意してもらいますよ」

久木原は、急に遠くを見るような目になり、息を吐いた。そして生島に視線を戻し

「先輩、大変、失礼ですが、この話、よく聞くM資金ではないのですか」と神妙な面持ちで聞いた。

きょとんとした顔になった生島は、「そう言うだろうと思いましたよ。M資金というのは、終戦時にGHQのマーカット少将が隠匿した資金と言われ、多くの政財界の人間がその資金話に騙され、不幸な目にあったというものですね」と念を押した。

「ええ、その通りです。先輩の話は、まさにそのM資金のように聞こえるのですが……、むろん、私どもの銀行のことをご心配していただいてのことだと恐縮しておりますが、念のためということで」

久木原は生島の機嫌を損ねないように窺《うかが》い見るような卑屈な態度になった。

「この資金はそんな詐欺話とは違う。馬鹿にしてはいけません」生島は、大きく目を見開き、断固とした口調で言い切った。怒りもその表情から窺えた。久木原は拙《まず》いことをしたと思った。

「馬鹿になど……申し訳ありません」

久木原は苦しげに頭を下げた。

「私が実際に助けてもらったのです。うなばら銀行に対する批判は、すなわち頭取であるあなたへの批判ではないのですか。頭取の座を狙う人間はたくさんいます。また金融庁もいつでも理由をつけてあなたの首を取ろうと身構えているでしょう。あなたはスキャンダルにまみれて登場した頭取です。足元はまだまだ揺らいでいると思うべきでしょう。それを固めるには、早期に資金の流出を止め、経営を安定した上昇気流に乗せねばならないと考えますが、どうですかね」

生島は、獲物を狙う猛獣のような強く、冷静な目を剝きだしにした。その目の中に久木原のやや怯えたような姿が映っていた。

「おっしゃる通りです」

「私のことを信じていますか」

「も、勿論です」

「なら、一度、会ってみるべきです。あなたも西念様の素晴らしさが分かるでしょう。

いいね、一度会いなさい」

生島は強く言い放った。

「分かりました」

久木原は頷いた。

――会うくらいは仕方がない。生島の顔を立てなければ、取引関係に影響するだろう。

「トップというのは、いかにも厄介な立場です。なにかとわずらわしい。だが、苦境を乗り切ってしまうと、これほど居心地のいい立場もない。どれだけ批判されようとも、自分で降りると言わない限りは、死ぬまで座り続けることができるんですからね」

生島は、ぐっと顔を久木原に近づけると、「はははは」と声に出して笑った。

新宿区T駅改札辺り
同日午後四時

「トイレに入りやがった。つけますよ」

オレオレ詐欺受け子の少年が入ったT駅のトイレに藤堂も入る。勇次は出口のところで待っている。ひょっとして尾行に気づかれていたら、撒《ま》かれるかもしれない。

しばらくして藤堂が出てきた。

「どうした？」

勇次が聞いた。

「本当に大の方に入りましたよ。なかなか出てこないので……。こっちもそんなに小便が出ないしな」

藤堂が苦笑した。

「ほら、出てきたよ」

勇次が顎をつき上げた。藤堂が振り向くと、少年がＴシャツにＧパンという気楽な姿でトイレから出てきた。手には大きな紙袋を下げている。中にスーツが入っているのだろう。

立ち止まって周囲を見渡している。警戒している素振りだ。スーツを脱ぐと、さらに子どもっぽくなっている。

改札の方に歩き出した。

「電車に乗るつもりだ。面倒だが、追跡はここまでだ。奴を捕まえよう」

勇次が素早く動いた。藤堂がその後に続く。

「ちょっと君」

階段に足をかけようとした少年の肩を勇次が叩いた。

少年の足が止まった。身体をそのままにして首だけを回し、振り向いた。そこには、厳しい顔付きの勇次と頬の辺りに傷のある悪相の藤堂がいた。

「あっ」

少年は、持っていた紙袋を振りまわした。

「なにをしやがる。じたばたするんじゃない」

勇次は、少年の紙袋を持つ腕を摑んだ。藤堂が、少年の正面に立ち、もう一方の腕を摑み、ぐっと自分の方に引き寄せ、捩《ね》じった。少年は「いててっ」と言い、顔を歪めた。

「観念しろ。オレオレ詐欺の手先になりやがって。警察に行こうか」

勇次が低く太い声で言った。

「警察、勘弁してください」

少年は泣き出さんばかりの声を上げた。

改札を通り抜けようとする客たちが何事が起きているのだと立ち止まった。人の数が増え始めた。少年を人相の決していいとは言えない男が二人がかりで捕まえている、事件だと思ったのだろう。

「勇次さん、人が集まり始めた。場所を変えよう」

藤堂は言った。

「おい、大人しくしていれば悪いようにはしない。ついてくるんだ。じっくりと聞きたいことがあるからな」

勇次の声はどっしりとした重量感がある。この声で株主総会でじっくりと質問され、経営者がじわじわと追い詰められてしまったというのは頷くことができる。他の総会屋のように怒鳴ったり、暴力で脅したりしないインテリ総会屋として鳴らした木下勇次を支えたのは、この声だ。

少年は諦めたように頷いた。

「いったいどんなことでしょうか」

少年は、怯えながらもなんとか平静を保とうとしている。

「君は、先ほど噴水の前でおばあさんから封筒を預かったよね。そのことに関して聞きたいんだ」

「あんたら何者ですか？　警察なんですか？　警察なら手帳を見せてください」

少年は興奮した。

「俺たちはあのおばあさんのボディガードだよ。なにか文句があるのか。坊や、あまりがたがた言うなら警察に行こうか。観念したらどうだ！」

勇次が有無を言わせぬ口調で宣告した。少年の首がガクッと折れた。

「どうします。T町署の副署長は後輩ですから、署にしょっぴいていきますか」

藤堂が険しい顔で言った。

「なんとか警察は勘弁してくれませんか」

強気の口調が消え、懇願するようになった。

「貞務さんのところに連れていこう。今頃、あいつが久木原の母さんを支店に連れていっているころだよ、きっと」

「貞務さんがあのばあさんの世話をしているんですか？　それならいいや。こいつと会わせましょう。すぐに行きましょう」

藤堂は、集まり始めた人を見渡した。改札口の人通りを邪魔している。

勇次と藤堂が、少年の両腕を摑んだまま、挟んだ形で歩き出した。

「すみません。ちょっとどいてくれませんか」

藤堂が人々をかきわけた。事件が片付きつつあるような気配を感じて人々は急速に興味を失い、彼らに道を空け、改札へと向かっていった。

「赦してください。ラインで頼まれただけなんです」

少年は歩きながらか細い声で言った。

「ダメだな。オレオレ詐欺の片棒を担ぐような奴は、許すわけにはいかない」

「ラインで？」

藤堂が摑んだ腕に力を込めた。

勇次は少年の言葉を繰り返した。

「そうなんです。僕のスマホを見てください。ちょっと手を離してくれませんか」

少年の求めに応じて勇次が腕を摑む手の力を緩めた。

少年は尻のポケットに入れたスマートフォンを取り出し、片手で器用に操作すると、画面を勇次に見せた。

そこにはラインの会話が映し出されていた。

〈金、欲しくない？　いいバイトあるよ〉〈やるやる〉〈T町通りにあるスタバに来てよ。今すぐ、大丈夫？〉〈いくいく〉

「こんなもので誘われたのか」

勇次は画面を見つめながら呆《あき》れた顔で言った。

「ラインで呼び出されたって言ったが、知ってる奴からなのか」

藤堂は、まだ腕を捕まえている。

「知らない人からです」

「知らない人がラインに連絡してくるはずねえだろう。嘘つくな」

藤堂の怒声に少年は身体をびくりとさせた。

「おい、藤堂さん、怒鳴るのは止めろ。怖がっているじゃないか」

勇次が困惑した表情を浮かべた。

「だって勇次さん、ラインというのは仲間内の連絡に使われるもんでしょうが。いい加減なことを言うんじゃない。年寄りだと思いやがって」

藤堂が少年の頭を拳で軽く叩いた。少年が首をすくめた。

「たしかにラインは仲間内での連絡に使われているんですが、全く知らない人間から連絡してくることもあるんですよ。『友だち自動追加』という機能があって、自分の友達が使っていた携帯の電話リストをそのままにして、赤の他人に売った際などに起こるんです。それに最近は自分の友達の電話リストをいくらかの金で、僕の知らない人に売っちゃう者がいるんです」

「なるほどね。電話リストとはいえ友達を金で売るんだ。ひどい時代だね。全く……」

藤堂は口をへの字に曲げた。

「さあ、着いたぞ」

勇次が言った。

うなばら銀行T支店の看板を見上げて少年が一層、怯えた顔になった。

新宿区うなばら銀行T支店支店長室

同日午後四時二十分

「それで北川君、ラインで呼び出されたら、スタバに知らない男が来たというのかい」

貞務はゆったりとした調子で聞いた。

少年は俯《うつむ》いたまま顔を上げようとしない。テーブルの上には、学生証が置かれている。それには小さな顔写真が貼られ、T高校二年北川亨《とおる》という名が記載されている。

少年の前には、貞務と芳江が座っている。少年の脇を固めるのは勇次と藤堂だ。

「はい。全く知らない人です。黒いスーツを着ていて、髪も短く、ブルーの水玉のネクタイをして黒縁の真面目そうな眼鏡《めがね》をかけていました。サラリーマンに見えました」

「それで？」

「私に、さっと封筒を渡しました。中を見ると、二万円も入っていました。驚いてしまいました」

北川は、ポケットから封筒を取り出した。

「これは預かっておくから。悪いことをしたお金だからね」

藤堂がハンカチで封筒をつまみ上げ、用意したビニール袋に入れた。オレオレ詐欺犯の指紋がついている可能性が高い。

「えっ」

北川は小さく声を上げた。顔には諦めが浮かんでいる。

「男は名前もなにも言わずに噴水前で久木原さんから封筒を預かってこいと言ったのかい」

「とてもにこやかに言われ『週刊時代』を渡されました。こんな簡単なことで二万円ももらえるなんてヤバいんじゃないかと思いましたが、とても真面目そうな人だったし、大丈夫かなと思ったんです」

北川は貞務を盗み見るように顔を上げた。

「けっ、真面目そうが聞いてあきれるさ」

藤堂が吐き捨てた。

「私は、孫を名乗った人から『週刊時代』が目印だからと言われて、きょろきょろしていたらこの人が目に入ったのよ」

芳江が、口を挟んだ。表情は既に落ち着いている。

孫の孝雄とは全く無関係だったことが分かったこと、そして渡したのが本物の金ではなく模擬紙幣だったことに安心したのだ。

「ええ、すぐに分かりました。封筒を抱いて周囲を落ち着かない様子で見ておられましたから。それで近づいて封筒を受け取ったのです」

「中身は金だと思わなかったのか。これだけ世間ではオレオレ詐欺が問題になっているのに」

勇次が渋面を作った。

「ちょっと思いましたが、金が欲しかったので」

北川は情けない顔をした。

「でもあなた、孫が五凌商事に勤務してるってどうして知ってたの？」

芳江が険しい表情になった。

「それは私は、電話をしていませんので分かりません」

北川が苦しそうに言った。

「久木原さん、自分からお孫さんが五凌商事に勤務しているってお話しになったんじゃないですか。電話をかけるのは『かけ子』というプロですからね。なにげない会話から探り出すことがあるんです。久木原さん自身が喋《しゃべ》ってしまった可能性があるんですよ」

勇次が言った。

芳江が考えるような顔になり、笑顔で「あら、そうだったかもしれないわね」と自分の愚かさに初めて気づいたように笑った。

「『法とは、曲制・官道・主用なり』、だな」

貞務が呟いた。

「なに、それ？」

藤堂がきょとんと目を見開いた。

「孫子《そんし》によると戦いは、道、天、地、将、法の五つが基本だというんだよ。このうち法は、軍隊の編成や責任分担などのこと。オレオレ詐欺の連中は徹底的な分業、役割分担になっているんだ。彼はなにも知らない受け子だけを担わされているというわけだね」

貞務がしたり顔で言った。

二千五百年前、中国春秋戦国時代の呉《ご》で活躍した孫子は、兵法書を書き遺《のこ》した。これを多くの経営者が企業戦略の参考にしている。貞務も同様だ。そのためなにかと言えば、孫子の兵法を持ち出す、言わば癖となっている。

「そうであればこの北川でオレオレ詐欺の連中と糸が切れてしまうことになるんだが」勇次が考えるように首を傾げた。「北川、お前、その男の特徴をなにか覚えていないか?」

「特徴ですか」北川は天井に目を向け、一生懸命考えている様子だ。「全体に真面目で頼りない印象だったと思います。それと……、ここに小さなホクロがあったかな」

北川は左目の下を指差した。

「ホクロねぇ。お前、本当にその男を知らないのかい」

勇次は、疑い深そうな目でさらに攻めた。

「知りませんよ」

北川が反抗するようにむっとした。

「お前の他にもT高校の連中が受け子のバイトをやっていたのじゃあないのか。そのことを知っていたから簡単に男の誘いに乗ったのだろう」

勇次の追及に北川は黙りこんだ。

「黙っているところを見ると図星だな。こいつ、案外、喰《く》わせ者かもしれない。藤堂さん、T町署に知り合いがいたんだったね」

勇次は藤堂に、わざわざ知っていることを聞いた。左目を軽く閉じ、ウインクをした。

「いますよ。副署長が後輩だからね。高校生だろうがなんだろうが悪いことをする奴は、徹底してとっちめてくれますよ」

藤堂がにんまりと笑みを浮かべた。

「警察は勘弁してください。退学になってしまいます。僕、本当になにも知らないんです。ラインで呼び出されただけなんです。信じてください」

北川は今にも泣き出さんばかりだ。

「しかしT高校というと孫も卒業生なんだけどね。後輩に騙されるなんて情けないですね」

芳江がいかにもがっかりした様子で言った。

「お孫さん、僕の先輩なんですね。申し訳ありません」

北川は、悲しそうに視線を落とした。

急に支店長室のドアが開いた。若い男が入ってきた。貞務たちの視線が男に集中した。

「ちょっと、ちょっと待ってください。今、来客中ですから」

副支店長の近藤朋和《こんどうともかず》が、慌てふためいて男を止めている。

男は、スリムでなかなかのイケメンだ。革ジャン姿だ。

「おお、譲二じゃねえか」

藤堂が嬉しそうに目を細めた。

男は、譲二だった。雪乃の異母弟だ。

「みなさん、お久しぶりです」譲二は、にっこりと笑い、ぺこりと頭を下げた。

「近藤さん、大丈夫です。彼は私たちの友人ですから。その手を放してください」

貞務が、強張った表情で譲二の革ジャンの裾を握りしめている近藤を諭した。

「と、いうわけです。失礼」譲二は不安そうにする近藤を軽く揶揄《やゆ》するように言った。

北川が、わなわなと身体を震わせている。

「どうしたの？　北川君」

貞務が心配そうに問いかけた。

北川は顔を上げた。目の焦点が定まっていない。泳いでいる。

「北川……？　あれぇ」譲二が北川の顔を覗き込んだ。「おおう、北川、北川じゃないか！　なぜこんなところにいるんだ？」

「先輩！」

北川が泣き伏した。

新宿区T町外れの住宅街
同日午後四時二十分

——どこに行くんだろう。

雪乃はT町公園からずっとスーツ男を尾行している。

男は、黒のスーツに黒縁眼鏡。身長は百七十センチくらいか。年齢は三十代後半といったところ。特段、これと言った特徴はない平凡な顔立ちだ。あえて言えば左の目の、丁度、眼鏡の縁がかかるかかからないところに黒いホクロがあるくらいだ。

真面目そうな印象だ。どこかの企業に普通に勤務している風情だが、そんな男が、ホームレスから封筒を受け取った。それは雪乃が用意した模擬紙幣入りのものだ。

しかし模擬紙幣だと知っているのは、雪乃や貞務たちだけ。

——オレオレ詐欺の仲間に違いない。

雪乃は、気付かれないように息を潜めて男の跡をつける。

男は、T町の中心地から外れ、住宅街を歩いている。

T町は、T駅周辺の繁華街を取り囲むように住宅街がある。むしろ昔からの古い住宅街にT駅ができて、にぎやかになったと言った方がいい。

最近は、マンションが増えてきたが、割と大きな住宅もある。普段は人通りは少なく、閑散としている。

住宅が立ち並ぶ通りに男と雪乃の二人きりになることがあるが、男は後ろを振り返ることもなく歩く。

――オレオレ詐欺のアジトを突き止めてやる。

雪乃は男の背中を射すくめた。

男は、ビルの前に足を止め、見上げている。

ビルと言っても四階建て。真ん中に階段があり、左右に部屋がある構造だ。ビルが低いのは建築制限があるのだろうか。

――かなり古いビルね。

雪乃は息を飲んだ。住宅の植え込みの陰に隠れて、男を見張る。刑事ドラマの主人公になったような興奮を覚えた。どうも雪乃は危険の匂いを好む性癖があるようだ。

「あれがアジトかしら」

雪乃が一人ごちた。

男は周囲を見渡した。雪乃は植え込みに身を隠す。

男が、ビルの中に入った。何階に行くのか調べなければならない。雪乃は植え込みの陰から通りに進み出て、ビルの方に急いだ。危険はある。雪乃の尾行に気づいた男が、わざとビルに入り、待ち伏せをしているかもしれない。

雪乃はビルの前に立った。忍び足でビルに近づく。監視カメラがないか注意を払う。誰かに見られているかと思うと気味が悪いからだ。

――勇次さんや藤堂さんと付き合っていると、私まで探偵みたいになってきたようね。

くすっと笑う。

もう男は何階かに上がり、どこかの部屋に入ってしまっただろう。

雪乃は、バッグから手帳とボールペンを取り出す。

ビルの郵便受けの名前を書くのだ。ビルの名前はメゾン・Tだ。

――事務所ビルだと思ったけど、マンションなのね。

「なになに、山木《やまき》、桂《かつら》、関東産業、火の玉興業、いったいなんの会社？　佐山《さやま》、興国新報、右翼かな……木島《きじま》、国際経済科学研究所……」

個人と小さな会社の事務所が混在している。

「このどれかがアジトなのかしら」

名前を書き終え、手帳とボールペンをバッグにしまい込む。

「さてどうするか」

雪乃は腕を組み、郵便受けを睨んだ。

「ちょっと中に入ってみるかな」

雪乃はエレベーターを使わず、勇気を振り絞って階段に足をかけ、上り始めた。

ビルの階段には誰もいない。警戒しながらゆっくりと上る。人の気配はしない。あの黒いスーツの男はいったいどこに消えたのか。

各階には廊下が続き、左右にそれぞれ部屋があるのだ。

部屋の表示を見る。郵便受けにあった名前のプレートが差し込まれている。一階は、山木、桂。メーターを見ると、電気メーターが激しく動いている。中に人がいることは間違いない。

二階は関東産業、火の玉興業……。

三階、四階と上っても誰にも会わない。

「あの男はどこの部屋に入ったのかしら」

雪乃は、三階と四階の踊り場で考え込んだ。この部屋のどれかがオレオレ詐欺のアジトなのは間違いないのだが……。

「うん？」

下から靴音が聞こえてくる。コンクリート製の階段の手すりに耳を当ててみる。下から誰かが上ってくるようだ。

――まずい。見つかってしまう。どうしようか。

雪乃は焦った。四階まで上った。しかし隠れるところはない。

落ち着け、落ち着けと自分に言い聞かせた。

焦らず階段を下りて、外に出ればいいのだ。知らない振りをして歩き、去ればいい。雪乃のことを怪しいと思う者はいないはずだ。どこかの部屋の住人か、あるいは訪ねてきた友人だと思うだろう。

だって階段を上ってくるのは、このメゾン・Tの住人であって、なにも全員がオレオレ詐欺犯ではない。まさか、全員がそんな不逞《ふてい》の輩《やから》であるはずがない。

「よしっ」

雪乃は自分を励ました。下から靴音が聞こえてくる。一つではない。二つも三つもだ。何人かがこのビルに入ったのだ。踊り場から下を見た。

「あっ」

思わず声を上げた。見下ろした雪乃の視界に入ったのは、三人の黒いスーツの男だ。雪乃が尾行した男と同じような鞄を持っている。

一人の男が、二階の部屋に入った。確か火の玉興業と表示のあった部屋だ。後の二人が上ってくる。無言だ。

雪乃は手すりから身を乗り出して覗き込んだ。二人は三階のそれぞれの部屋に入った。手帳に書き留めた名前を思い出す。佐山、興国新報……。

「それにしても三人が全員、黒いスーツだわねぇ。同じ会社の人たちみたい。目立たない地味な色ねぇ」

雪乃は小声で呟いた。

背後にぞくぞくと寒気を感じた。黒く重い気配を感じる。恐る恐る振り向いた。

ドアが開いた。表示を見ると、国際経済科学研究所。雪乃は、逃げ出そうと思ったが、身体が動かない。ドアの中から発せられるなにかしら不思議な力に取りつかれてしまったかのようだ。

ドアの中から男が出てきた。雪乃は、「ひっ」と言い、続く言葉を飲み込んだ。

「お嬢さん、ここでなにを」

黒いスーツの男がにこやかに微笑んでいる。雪乃が尾行してきた男とは別人のようだ。

息ができない。苦しくて、目を剝いてしまう。黒縁眼鏡の左縁の下のホクロが揺れながら、ゆっくりと近づいてくる。

第三章　雪乃はどこ？

新宿区うなばら銀行T支店支店長室
六月二日（火）午後四時四十分

支店長室内に鼻汁を何度も啜り上げるずるずるという音が聞こえている。俯いたまま、両手で頭を抱えている北川亨が泣いているのだ。

「おい、なんとか言ったらどうだ」

譲二が厳しい顔つきで北川の肩を揺すぶる。

北川はなにも答えない。

「譲二君の後輩とは驚きですね」

貞務は哀れみの表情を浮かべた。

オレオレ詐欺グループの現金受け取り役の「受け子」となったのが、譲二が卒業したT高校二年の北川亨だったのである。

T高校は、公立高校だが優秀な人材を輩出することで知られている。オレオレ詐欺の被害に遭いそうになった久木原芳江の息子で、うなばら銀行頭取の久木原善彦も孫の孝雄も同校の卒業生だ。

北川は、譲二が入部していた野球部の五年後輩で、才能はあったのだが、二年生になってから休部していた。部活動と勉学の両立が難しいというのが理由だった。

譲二は、部活動と勉学を両立させ、T大に入学を果たした。そこで野球部に頻繁に顔を出していた譲二は、北川に両立は可能だと何度かアドバイスをしたが、徒労に終わった。両立が難しいというのは表向きの理由であり、実際は家庭の問題だったようだ。

「心配していたんだぞ、北川。お前が野球部だけじゃなく学校も休みがちになっていたから。でもどうしてこんなことをするようになったんだ」

譲二は怒っているのだが、悲しみに心を潰されているかのように苦悶《くもん》に満ちた表情をしている。

――優しい男だ……。

貞務はますます譲二を好ましく思った。

「私はどうしましょうかねぇ」

芳江が進展のない事態に退屈したのか、貞務の方に顔を向けた。

「そうですね。被害はなかったわけですから、お帰りになっても結構です。お時間をとらせまして申し訳ありません。もし警察などとの関係でなにかあるようでしたらあらためてご連絡します」貞務は、副支店長の近藤朋和を見て、「久木原様をご自宅までお送りしてくれませんか。支店の車で」と命じた。

近藤は、「はいっ」と返事をし、立ち上がった。

近藤は、転任してきたばかりで貞務のことをまだよく知らない。すご腕の支店長だという噂を耳にしているため、貞務の前では必要以上に緊張している。

「お蔭さまで詐欺に騙されなくてよかったわ。感謝します」芳江は貞務に頭を下げた。

「被害がなかったんだから、この子を許してあげてください」

北川が顔を上げ、芳江を見つめた。目が赤く染まっている。

「おい、あり難いお言葉じゃねえか。お礼を言いなさい」

元刑事の藤堂が北川の頭を抑えて、芳江に向かって礼をさせた。

「本当に申し訳ありませんでした。もう二度としません」

北川は、再び泣き出した。

「おいおいそんなに泣くんだったら、どうしてこんなことに手を染めたんだ。もう少し詳しく話してくれないかなぁ」

元総会屋の勇次が北川を促した。

北川は、真面目そうな黒いスーツで、黒縁眼鏡をかけた左目の下にホクロがある男にラインで呼び出され、「受け子」のバイトを頼まれただけだと話したが、それ以上は口をつぐんでいた。

貞務は北川の話を完全には信じていなかった。ラインで誘われたことは事実だろうが、北川はスーツ姿で芳江の前に現れ、全くおどおどせずに模擬紙幣入りの封筒を受け取った。何度か経験をしていなければできない芸当だろう。

北川は、全員を怯えたような表情で見て、再び目を伏せた。

「善彦にはお話しになりますか。できれば黙っていてくださいな。心配するだけですから」

芳江は貞務に小さく頭を下げた。

「そうですか。でもお話ししておいた方がよろしいのではないでしょうか」

貞務は、芳江が一人暮らしの孤独さからオレオレ詐欺に騙されそうになったと考えていた。こうした老人は、必ずもう一度か二度、騙される。詐欺師たちは騙しやすい老人の情報を持っているのだ。

「機会があれば私から話します。もし善彦とお会いになるのであれば、たまには孝雄を連れて遊びに来てくれるように言ってくださいますか」

「分かりました。でもくれぐれもお気をつけください。久木原様のご意向に沿って、頭取にはこの件は話さないようにしておきます。でもくれぐれもお気をつけください」

　貞務は立ち上がると、近藤に指示をして自宅まで車で送るように再度念を押した。

「ご一緒いたします」

　近藤は、腰を曲げ、芳江の前を歩こうとした。

「ちょっと待ってください」

　急に譲二が立ち上がった。

「どうした？　譲二」

　藤堂が驚いて聞いた。

「失礼ですが、久木原孝雄さんのご関係の方なのですか？」

　譲二が真面目な顔で芳江に聞いた。

「ええ、私は孝雄の祖母ですわ。それがなにか？」

　芳江は戸惑いつつ答えた。

「譲二君、こちらはうなばら銀行の久木原善彦頭取のお母さんで、頭取の息子さんである孝雄さんのおばあさんだよ。今回、北川君は、孝雄さんの名前を騙《かた》って詐欺を働くグループの『受け子』をしていたんだ。君は途中から話に参加したから分からなかったのかな」

　貞務は言った。

「はい、北川がなぜここにいるんだろう？　北川がなぜオレオレ詐欺なんかの片棒を担いだのだろうってずっと考えていました。まさか孝雄先輩の名前を使ったのだとは思いませんでした」

譲二は興奮気味に言った。

「孝雄のことを先輩って……。あなた孝雄をご存じなの？」

芳江が驚きと戸惑いに溢《あふ》れた表情になった。

「孝雄先輩、私、北川、みんな野球部です。年は離れていますが先輩後輩のつながりは今もあります」譲二は、なにかを摑んだような強い視線で芳江を見つめた。そして北川の方を振り向いた。「おい、北川、お前、大井《おおい》先輩と組んでいるのか」

譲二が厳しい口調で言った。

「すみません」

北川はすべてを諦めたように項垂れた。

「やっぱりもっと問い質《ただ》す必要がありそうだな。その大井先輩とは何者なのかな」

貞務は優しく呟いた。

新宿区T町外れメゾン・Tの一室
同日午後四時四十分

雪乃の背後のドアが閉められた。男がにこやかに笑みを浮かべながら近づいてくる。黒縁眼鏡の左下にあるホクロが揺れているようで気味が悪い。

「お嬢さんは、うなばら銀行の方なんですね。どうぞそちらにお座りください」

男は、落ち着いた様子で雪乃にソファに座るように勧めた。

雪乃も唾をごくりと飲み込むと、覚悟を決めたように固い表情でソファに座った。

入り口を入ると、雪乃の視界には部屋が二つ見えた。全体像は把握できない。一つの部屋には秘書らしい女性がいる。今、雪乃に差し出す茶を淹れているようだ。もう一つが雪乃がいる部屋。ここが男の執務室になっているようだ。

部屋には窓際に大きめの、その隣に少し小さめの執務机がある。書棚にはたくさんの書物が並んでいる。英語やその他の言語の背表紙が見える。日本語で読めるのは、経済や金融関係の書物が多い。雪乃の好きなミステリーや恋愛物はない。

――国際経済科学研究所……。

雪乃はドアのところにあったプレートを思い出していた。

――経済関係の研究所だからそういう関係の本が多いんだわ。

男が雪乃の前に座った。終わることがないにやにやとした笑みを浮かべている。唇が薄く、どうも性に合わない。

「当研究所に用事があったのでしょうか」

男が聞いた。

雪乃は、このメゾン・Tまでオレオレ詐欺グループの一味と見られる男をつけてきた。メゾン・Tは、住宅街の中に建つ四階建のマンションだが、雪乃はその四階にまで上り、男がどこに消えたのか確かめようとしていた。

すると、男から声をかけられたのだ。なにか用事ですか、と。雪乃はとっさに、「うなばら銀行です。いつもお世話になっています。本日はお願い事があって参りました」と言ってしまった。

お願い事なんてなにもない。失礼しましたと、さっさと階段を駆《か》け降りたら、なんでもなかったはずなのに、口から出まかせを言ってしまったおかげで、男に部屋の中に入るように言われてしまった。

男が名刺を差し出した。国際経済科学研究所研究員兼秘書室長黒住《くろずみ》喜《き》三郎《さぶろう》。

「あいにく所長の西念は不在にしておりまして申し訳ありません」

黒住と名乗る男は、相変わらず丁寧だ。

「すみません。名刺を持ってこなかったもので……」

雪乃は男の名刺を持ったまま、謝った。

「いいですよ、そんなもの。で、お名前は?」

「はっ」雪乃は目を見張った。まだ名乗っていなかったのだ。「柏木雪乃といいます。

今日は保険のセールスに参りました」

　――ああ、また出まかせを言ってしまった。

　雪乃の首筋がひんやりとした。汗は出ていないはずなのに冷たくなっている。血の気が引いているのだろう。動揺が激しい。落ち着け、落ち着け。

「いま、銀行は保険屋さんのようですからね。定期預金ではなく保険ばかりセールスする」

　黒住は愉快そうに相好を崩した。

「そうなんです。保険の方のノルマが大きいんです。保険の方が銀行が儲かるんでしょうね」

「ははは」黒住は声に出して笑った。「柏木さんは正直な人のようですね。銀行が儲かるなんて言った人は初めてですよ」

「すみません」雪乃は頭を下げた。「ところでこちらは経済系のシンクタンクなのですか」

　雪乃の話し振りに、余裕が出始めた。

「ええ、その通りです。世界の経済の動向を研究しています」

「難しいお仕事ですね。保険のことにも詳しいんでしょうね」

「ええ、柏木さんは、当然、保険に保険がかかっていることはご存じでしょうね」

「あっ、はい、あの」

雪乃はどぎまぎした。黒住の言っている意味が分からない。

「保険はリスクを補償するものですね。大きな災害が起きると、保険会社は大変な支払いを要求されます。それで別の保険会社などに保険をかけるんです。これを再保険といいましてね。ロンドンの金融マーケット・シティにはロイズという保険市場があり、ここには多くのお金持ちが集まって、そうした再保険を引き受けているんですよ。そこに参加できるのは大変なお金持ちです。私どもの所長も実は、そこに参加しています。そんな業務を行っています」

黒住は、滔々《とうとう》と話した。

再保険、ロイズ、シティ?

ロイズってチョコレート?

「すごいですね」

雪乃は意味なく感嘆の言葉を発した。

「ええ、すごいんですよ。世界には大変なお金持ちがいますからね」

黒住は、不気味な薄笑いを浮かべた。

雪乃は、黒住の笑顔を見ていると、不安な気持ちになり、席を立とうと思った。

「まあ、そんなに急がないでもいいですよ。じっくり保険のお話をお伺いいたしますから」

黒住は、手を伸ばし、雪乃が立とうとするのを制した。雪乃は仕方なく上げていた腰を下ろした。

ノックの音がした。

「入れ」

黒住が言った。居丈高だ。先ほどから雪乃に見せていた態度とは違う。

ドアが開くと、やはり黒住と同じ黒いスーツの男が入ってきた。雪乃が階段の上から覗き見ていた男たちのような気がする。あるいは自分が追跡してきた男だろうか。登場する男たちが同じ黒いスーツ姿なので、誰が誰だか見分けがつかない。

——まさか……。

雪乃はぞくぞくと寒気が走った。このビルにはいろいろな名義の個人や会社の部屋があるが、すべて一つではないのかと思ったのだ。全員が仲間なのか。

彼らが騙そうとしたのは久木原芳江という客ではあるが、その客に模擬の紙幣を渡したのはうなばら銀行だ。

雪乃は、部屋に入ってきた男を見た。男は黒住に耳打ちをしつつ、雪乃を鋭い目で見つめている。いわゆるキツネ目の男だ。追跡中は遠目だったので男の目つきまでは確認できなかった。

ああ、もう誰が怪しいのか、誰がオレオレ詐欺の男なのか……。早くこの場を逃げ出さないといけない。

「わ、私、これで失礼します」

雪乃は立ち上がった。そして玄関の方角へ一歩を踏み出した。

「待ちなさい」

黒住が座ったままでわずかに声を荒らげた。

男が入り口のドアのところに立った。

「どいてください」

雪乃は男に向かって言った。

「面倒なことをしてくれたじゃないか」

キツネ目の男は顔を歪めた。

「なんのことか分かりません。帰らせてください」

雪乃は厳しい口調で言った。

「偽の金を掴ませやがって。お前、銀行員だと言ったが、本当はこれじゃないのか」

男は額の真ん中を指差した。

追跡していたのは、このキツネ目の男だったのね。模擬紙幣のことを怒っている。この男たちオレオレ詐欺グループに間違いない。早く貞務支店長に報告しなくては……。

「どいて、どいて下さい」

雪乃は、男に手を伸ばし、身体をどけようとした。

「警察じゃないのかと聞いたんですよ。額を指差すのは、桜田門という私たちの隠語です。でもご存じないところを見ると、銀行の方のようですね」

黒住が背後から話しかけてきた。落ち着いた口調に戻っている。

雪乃は振りかえり、「ええ、うなばら銀行の行員です」と胸を張った。

「どうして素直に現金を渡してくださらなかったのですか。いけませんね」

黒住が顔を近づけてきた。

雪乃はおもいきり口を尖らせ、黒住にぺっと唾を吐きかけた。

黒住の頬にねっとりと雪乃の唾がついた。

黒住は、にやりと笑うと頬についた唾を手で拭った。しばらく眺めていたが、その手を口に運び、赤い舌を出して舐《な》め取った。

雪乃は目を逸《そ》らした。キツネ目の男が雪乃の肩を掴んだ。

「事情を聞かせてもらいましょうか」

黒住の赤い舌がゆっくりと唇を這《は》った。

新宿区うなばら銀行T支店支店長室

同日午後五時十分

貞務は、午後ずっと支店長室に籠りきりになったことを深く反省していた。

毎日の日課として午後は営業担当と一緒に取引先を訪問することにしていた。今日は、オレオレ詐欺騒ぎでそれができなかった。

「ねえ、近藤さん」

貞務は副支店長に言った。

近藤は結局、まだ芳江を送ってはいない。北川が肝心なことを話し出しそうで話さないため、芳江も帰宅せずに貞務の隣で所在なげに座っている。

「終礼ですね。一階に行かねばなりませんね。一日のけじめをつけましょうか」

貞務は一日の業務が終わる五時過ぎに一階のロビーに立ち、行員たちにご苦労さまと感謝の挨拶を言うのを日課にしていた。

普通、終礼というと支店長が威張って行員たちに一日の実績や仕事の報告をさせることが普通だが、貞務はそんなことはしない。行員に感謝を述べるのだ。今日は、オレオレ詐欺騒ぎがあった。このことを報告したい。

「そうですね。みんなも支店長の顔を見たがっていると思います」

近藤が神妙な顔つきで言った。

「私の顔など見たがっているとは思えませんが、オレオレ詐欺のことを報告しましょう。幸い久木原さんもいらっしゃるのでちょっとお話ししていただきましょうか」

貞務は芳江の方を振り向いた。

「私が、ですか」

芳江が当惑した表情を浮かべた。

「ご迷惑でしょうか？」

「いえ、そんなことはありませんが、なにを話せばいいですか」

「被害を防ぐことができたことと詐欺に遭う客をなくすように頑張ってほしいなど、行員を励ましてくだされればありがたいのですが……」

芳江は笑顔になった。「分かりました。感謝を込めて少し話させていただきます」

芳江は立ち上がった。貞務と近藤も立ち上がった。

「勇次さん、藤堂さん、北川君のことは譲二君に任せましょう。彼はなかなか言いにくいようですから」

譲二は、北川に大井先輩の名を挙げて詰問した。

大井先輩とは大井健介《けんすけ》。譲二や北川の先輩にあたり、文武両道に優れた才能を発揮し、T大法学部にやすやすと合格した。その後、官僚になるのかと思っていたら、ITベンチャービジネスを立ち上げた。それで成功し、一度は名前が世に出たのだが、その後は消えてしまった。今は、手にした資金でエロや出会い系など詐欺的なサイトの運営をしているという。

どうしてそんな悪い噂が譲二の耳に入ってきたかというと、野球部の後輩たちにいい仕事があると誘いをかけているという話を聞いたからだ。そのいい仕事とは、金にはなるが、他人に自慢できるようなものではないらしいのだ。例えばサイトにアクセスしてきた人にセールスの電話をかけさせたり、実際に接触して物販させたり……。

譲二は、北川が久木原孝雄を名乗って芳江を騙そうとしたオレオレ詐欺の片棒を担いだことから、ひょっとしてその詐欺グループの中に大井もいるのではないかと推測したのだろう。

「貞務さんの言う通りですね。北川のことは譲二に任せましょう。それでは、用間《ようかん》の戦術を使いますかね」

勇次がにやりとした。

貞務も笑みを返した。

「おいおい、嫌だね。二人で俺に分からない言葉で話さないでほしいな」

藤堂が膨れた。

「用間とはすなわちスパイ。『敵の情を知らざる者は、不仁の至りなり』ということ。敵の情報を入手しないで戦えるから、北川に我々に寝返ってもらって、スパイとして敵に送り込めることができるってことだよ。北川が、なにも知らない単なる『受け子』ではなく、少しは詐欺グループの事情を知っているとの前提だけどね」

「勇次さん、その通りです」

　貞務が満足げに答えた。

「なるほどね」藤堂は北川をじっくりと見つめた。

　北川はなにも話さないまま、項垂れている。

「こいつがどの程度、オレオレ詐欺グループの仲間のことを知っているかってことにかかっているわけだ」藤堂は北川の背中を軽く叩いた。「おい、スパイにならなければ、警察に連れていくぞ。分かっているな。俺たちの味方になって、まっとうな道を歩けよ」

「まあまあ、藤堂さん、若い子を脅かさないで」貞務は穏やかな表情を浮かべた。「北川君がなにも知らないのであればそれはそれでいいでしょう。しかしなにかを知っているなら、これ以上、オレオレ詐欺の被害者を増やさないためにも良心に従って私たちに協力してくれるんじゃないですか。今、なにも話さないのは彼なりに葛藤があるんでしょう。譲二君、頼みましたよ」

　貞務は、譲二に目配《めくば》せをして、芳江を案内して支店長室を出ようとした。

　ふと違和感を覚えた。なんだかいつもと違う。この感覚は、北川を問い詰めていたころからあったような気がする。

——何かがおかしい。

貞務は、立ち止まり支店長室内を見渡した。

「どうかなされましたか」

近藤が怪訝《けげん》そうな表情を浮かべている。

「ええ、ちょっと」貞務は生返事を返すと勇次を見て、「なにか足らない気がするんですが……」と表情を曇らせた。

「なにかって」勇次も考える様子で藤堂を見つめた。

「ああ、そういやぁ、雪乃はどうした？」

藤堂が言った。

貞務は、違和感の正体に気づいた。いつもなら騒ぎの中心にいるはずの雪乃がこの場にいないのだ。なぜ？　どこにいる？

近藤を見た。雪乃は通常業務についているのかもしれない。近藤は、貞務の疑問を即座に理解したのか、首を横に振った。

「俺たちは北川の後を追った。雪乃を公園に残したまま……」

藤堂が考え込むような顔をした。

「雪乃なら公園から黒いスーツ男の後をつけていきましたよ。俺にホームレス男を任せて……」

譲二が言った。

「なんですか？　そのホームレス男とは？」

貞務が探るような厳しい視線で譲二を見つめた。

「猫を飼っているホームレス男が封筒を黒いスーツ男に渡したんです。俺は、そのことをホームレス男に質すように雪乃に頼まれたんです。雪乃は、そのまま黒いスーツ男の後をを追いかけました。後でキングスバーガーで会おうってことになっていたんです。待っても来ないので、それで、失礼を承知で貞務さんのところへ……」

譲二の顔に不安が増していく。

「譲二君、柏木君に連絡を入れてください」

貞務は焦った。

譲二は、スマートフォンを取り出し、雪乃を呼び出す。

「通じません。切れているみたいです」

譲二の表情がさらに険しくなった。

「大丈夫さ。雪乃のことだ。ひょっこり顔を出すよ。藤堂さんってね」

藤堂がおどけた調子で言ったが、その顔には不安の影が差していた。

貞務は唇を引き締めた。雪乃はいったいどこにいるのか。何事もなければいいが……。

千代田区丸の内フヅキ電機専務室
同日午後五時二十分

事態は勝手に進んでいく。止めることはできない。止めれば、すべてが終わる。会社も自分も。

社長の木川道尚は勝手に社長の座を降りてしまった。実権を握る会長の桧垣泰助は、腹心の専務野村一美ではなく佐藤恵三を次期社長に指名した。

理由は簡単だ。千二百億円もの不良債権の飛ばしの存在。バブル期の財テクの失敗を今日まで処理せず、簿外に隠し続けていた。

隠蔽の主役は、桧垣、木川、野村。彼らをサポートする企画スタッフも複数いたことだろう。

事態が動いたのは、すべての実務を執り仕切っていた北川数馬という財務グループリーダーが急に退職してしまったためだ。今、彼とは連絡が取れない。

北川が飛ばしをマスコミに話せば、木川は責任を追及される。木川は不安に襲われ、神経を病み、体調を崩してしまった。そして社長を降りたいと言い出した。

たとえ社長を降りたとしても事態が明らかになれば責任を免れることはできない。それならば覚悟を決めて、社長を続ければいいものを、とにかくなにがなんでも苦痛から逃れたいという一心だったのだろう。なんとも情けない奴だ。

桧垣は、佐藤を後継社長に指名した。佐藤は社長になりたいと望んでいた。しかしそれはこんな形でではない。東証一部上場の優良名門企業の社長の座に座りたかった。不良債権を飛ばし、それを隠蔽するというコンプライアンス違反を行っている会社の社長ではない。

佐藤は、桧垣にすべて公表したらどうかと忠告した。桧垣は怒髪天をつく勢いで「絶対にダメだ」と言った。そして飛ばしの事実を知った以上、佐藤も同罪だと詰め寄った。

ああ、なんという言い草だ。散々、偉そうに経営をリードしておきながら、自分たちで行った不正を自白した途端に、お前も不正の仲間だとは！

佐藤は、飛ばしを知った、この瞬間に公表をすれば責任を免れるだろう。しかしそれはできなかった。そんなことをすればフヅキ電機はどうなる？　全世界二十万人以上の社員の生活はどうなる？

佐藤は、桧垣の強引な説得に折れ、社長を引き受けざるをえなくなった。

なぜ佐藤を社長にしようと桧垣は考えたのだろうか。その理由は、メイン銀行であるうなばら銀行の頭取である久木原善彦と大学の同期であり、極めて親しいからだ。たったそれだけの理由だ。野村の入れ知恵に違いない。

桧垣は、久木原に支援を頼めと命じた。飛ばしを誰にも知られることなく上手く処理できれば、佐藤の大きな手がらになると持ち上げた。

今さら持ち上げてもらってなにが嬉しいか！

佐藤は桧垣を殴り飛ばしたい気持ちだった。しかし一方で、この飛ばし問題を処理することができれば、桧垣も野村もフヅキ電機から追放してやると考えていた。会社を危機に陥れたのだから、当然のことだ。有無を言わせない。

しかし、一歩処理を間違えれば、佐藤自身が奈落の底に落ちることになる。

他社の例を見ても、実際に不良債権を作った経営者よりもその後を引き継いだ経営者が責任を取らされているケースが多い。

佐藤は、まさにそのケースに該当することになるだろう。このまま飛ばしを公表せず、隠蔽し、処理したとしたら。

迷うのは当然だ。天国に行くか、地獄に行くかの瀬戸際なのだから。しかし、この機会を逃せば、社長の目はない。危機さえ乗り切れば、中興の祖として君臨できる。今まで桧垣の風下で、びくびく過ごしていたがそんなことは全く考えなくてもよくなる。どれほど痛快なことか！

「久木原に会わなければならない。一日でも、いや、一時間でも早く」

佐藤は、卓上に置いていたスマートフォンを握った。

相手はメガバンクの頭取だ。常識的には秘書を通じてアポイントメントを打診する。しかし時間がない。株主総会までに飛ばし処理の目途《めど》をつけておきたい。何が起きるか分からない世の中だ。不測の事態も考えられる。

久木原の顔が浮かんできた。彼も頭取就任の直後、暴漢に拳銃で撃たれるという大変な事態に襲われた。しかし今は立ち直っているではないか。世間の非難を浴びたが、一方では同情も得た。世の中というのはそういうものだ。会社を守るために身体を張った者に対しては優しいところもある。佐藤は、自分も会社のために一肌も二肌も脱ごうとしている勇気ある経営者だと思うことにした。

電話番号リストから久木原を呼び出す。

佐藤は、じっと番号を見つめた。この番号にかければ、事態が進み出す。佐藤を天国に運ぶか、地獄につき落とすか、それは誰も分からない。

「番号を押さない限りなにも始まらない」

佐藤の指が架電マークを押した。

「私が社長になると伝えたら久木原は喜んでくれるだろうか」

佐藤は久木原と学生時代に楽しく遊んだ時のことをできるだけ多く想い出そうと努めた。

千代田区丸の内フヅキ電機会長室
同日午後五時二十分

「北川とは連絡が取れないのか」

桧垣の表情は険しく、苛立ちが浮き出ている。

「はっ、一向に連絡が取れません」

野村が平身低頭した。

「どうするんだ。あいつは重要な資料まで持ち出しているというではないか」

「そのようです。USBメモリに入れて持ち出したのです」

「セキュリティでデータを暗号化していなかったのか。お前は、くそっ役立たずだ」

桧垣の怒りは留《とど》まるところを知らない。

「北川がなにもかもの責任者でしたので。その北川が裏切るとは想定しておりませんでした」

野村は低頭したままだ。どんな事態になっても冷徹さを失わない野村だが、さすがに桧垣の怒りの凄《すさ》まじさに身体を細かく震わせている。

「北川を見つけ出し、USBを回収しろ。そしてどれだけ金を使っても構わんから、北川に早まるなと言え」

桧垣の声は会長室の壁を揺らすほどの勢いだ。

「分かりました」

野村は低頭したまま答えた。

「おい」

急に桧垣が野村に迫った。低頭した頭に手を伸ばし、後ろ髪を摑んだ。

「なにをなさるんですか」

野村は、無理やり上体を反らされた。

「分かりました、分かりました、と繰り返すんじゃない。元はと言えば、お前が悪いんだ」

桧垣は唾がかかるほど野村に顔を近づけた。

「苦しいです。会長、手を離してください」

野村が息も絶え絶えに言った。

ようやく桧垣が手を離すと、野村は大きく息を吐き、ネクタイの歪みを直し、桧垣に向き直った。

「お前がしばらく時間を稼ぎましょう、そのうち好転しますというから飛ばしてしまったんだ。あの時、すぐに処理をしておけばよかったんだ。分かっているのか」

桧垣の唾が飛んだ。野村の顔にかかった。野村はそれを拭おうともせず無言で桧垣を睨んだ。

「なんだ、その目は。私の責任だというのか。私は、どのように飛ばし処理がされていたのか、全く知らないんだぞ。ましてやいつの間にか千二百億円にもなったなどとは夢にも思わなかった。すべてお前が勝手にやったことだ。いいな、分かったな」

「はい。承知しております」

野村の頰の筋肉がぴくぴくと音を立てて引きつっている。

「北川は情報をどこかに売ったりはしないだろうか」

桧垣は会長室をまるで動物園の檻《おり》の中の獣のようにうろうろと動き始めた。

「退職する際、絶対に他言しないと約束をしました」

「ではなぜUSBにデータを保管して持ち出したのだ。どうしてどこに行ったのか分からないのだ」

桧垣は野村の前に立った。

「自分を守るためかと思われます」

野村は冷静に答えた。

「どういう意味だ」

桧垣が乱暴に聞いた。

「私どもが北川の口封じをすると怖れているのではないでしょうか」

野村の目が冷たく光った。

桧垣が「私たちはヤクザじゃないぞ。北川を殺すわけはないだろう」と言い、苦笑した。

「会長がどんな手を使ってもいいから北川を探し出し、絶対に飛ばし情報を流出させるなとおっしゃいましたので……」

野村は唾を飲んだ。

桧垣は目を剝き、野村の襟首を摑んだ。

「……お前、頼んだというのか」

桧垣の手に力が入った。

「はい。私たちの名前は出ることはありません。ご安心ください」

「誰に頼んだ！　私たち上場企業の人間は暴力団と接点を持ってはいけないんだぞ」

桧垣の唾が飛んだ。

野村は薄笑いを浮かべた。「暴力団ではありません。もう足を洗っています。鯖江伸治という男です。彼は、久木原頭取殺人未遂事件を起こし、刑務所に収監されていますから、その仲間になります。鯖江とは我が社の下請け企業が親しくしておりました。その関係で北川捜索の依頼を請け負ってもらいました」

「その鯖江という男は、本当に絶対に私たちのことを秘密にしたまま北川を探してくれるのだな」

桧垣は野村の襟首から手を離した。

「大丈夫です。幸いなことに彼は刑務所に収監中です。そんな男が外部に指示を出せると誰も思わないでしょう。北川の行方を探り、必ず告発できないようにします」

野村は、普通でも酷薄な印象を与える薄い唇を引きつらせるようにして笑った。

「その鯖江は久木原頭取を襲った男なのか……。襲われた久木原頭取に私たちは佐藤を通じて支援を依頼しようとしている。因果なものだな」

「鯖江は、久木原頭取の秘密を握っているという噂もあります。警察で久木原頭取のことを一切、なにも話さなかったお蔭で久木原頭取はスキャンダルにまみれなかったのだという人もいるくらいです。それで鯖江の評価が上がりました」

「分かった……。すべては君が仕組んだことだ。私はなにも知らない。それでいいな」

桧垣は大きく目を見開き、野村を見た。「いずれにしても早急に佐藤と久木原頭取の面会を実現せねばならない」疲れたように肩を落とし、大きく息を吐いた。

新宿区T町公園
同日午後六時二十分

夕方の公園に人影はない。ベンチや子ども用の遊具が所在なげな様子だ。

「それで君はこのゴミ箱に久木原さんから受け取った封筒を入れたんだね」

貞務は傍にいる「受け子」を働いた北川亨に聞いた。貞務の前にゴミ箱がある。

「はい。そのように指示を受けました」

北川は答えた。

「指示をしたのは君をラインで誘い出した男か」

勇次が聞いた。

北川が頷いた。

「北川、もう一度聞くよ。その男は大井の仲間じゃないのか。大井だったらお前のラインや孝雄さんのこともなにもかも知っているからね」

譲二が北川に迫った。

「もういい加減になにもかも吐いたらどうかね。雪乃の身になにかあったら俺が承知しないぞ」

藤堂が、険しい顔で北川に迫った。

「僕は、封筒を受け取って公園のゴミ箱に入れろと言われただけです」

北川は顔を伏せた。

「その後にホームレス男がそのゴミ箱に入れられていた封筒を取り出して黒いスーツの

男に渡したというのですね」

　貞務は譲二を見つめた。

「偶然、ここを通りかかったら雪乃がいて猫を連れたホームレス男を監視していたんです。あのベンチに座って……」

　譲二はベンチを指差した。

「それでどうなった？」

　勇次が譲二に先を急がせた。

「黒いスーツの男が、ホームレス男に近づいたのを見ました。そして封筒を鞄に入れて去っていきました。雪乃はその男を追いかけていきました」

　譲二は公園の出入り口の方を指差した。雪乃が男を追いかけていった先だ。

「それで譲二はホームレス男に接触できたのか」

　藤堂が聞いた。

　譲二は浮かない表情になった。

「どうした？」

　譲二は右手の甲を差し出した。そこに小さな傷があった。

「血が出た痕があるじゃないか。なにかに引っ掻かれたような傷だが」

「猫です」

「猫って、そのホームレス男のか？」

「ええ」譲二は情けない顔になった。「ホームレス男に、黒いスーツの男は何者って聞いたのです。でも怯えるばかりでなにも答えてくれません。僕の革ジャン姿が怖かったんじゃないですか。僕もオレオレ詐欺グループを雪乃が追いかけているって知らないから、突っ込んで聞かなかったんです。一瞬、気を抜いた時、ホームレス男の猫が僕の手をサッと引っ掻きました。痛かったです」

「そこまでで終わったのですね」貞務は深刻な顔をした。「『兵は拙速なるを聞く』、すなわち短期決戦で柏木君の行方を見つけねばなりません。黒いスーツの男に拉致されている可能性がありますからね。もう一度、ホームレス男を探しましょう」

「猫を飼っているホームレスねぇ。知っている人も多いかもな」

藤堂が言った。

「でもそれが本物のホームレスかどうかは分かりません。『兵とは詭道なり』と言いますから、所詮、騙し合いなのでね」

貞務が一人ごちた。

突然、北川が膝から崩れ落ちた。

「どうした北川」

譲二が驚いて手を差し延べた。

「僕がみんな悪いんです」

北川は声を上げて泣き出した。

「なにもかも知っていることを話せよ。今は雪乃を見つけることが先決だ。北川が正直に話してくれれば、みんなは許してくれると思う」

譲二が穏やかな口調で言った。

「譲二君、北川君のことを頼みます。私は支店に戻って並川さんに連絡します。柏木君が行方不明だということを分かってくれるでしょうか？　おおごとになりますね」

貞務の表情が曇った。

並川弥太郎は、暴力団並川組の元組長だ。最近の暴力団排除の動きの厳しさから組は解散した。並川は表向き、一般人に変わったのだが、裏世界には隠然たる力を持っている。雪乃は、本当は並川の娘だ。そのことを雪乃はまだ知らないはずだが……。

「並川の親父が、雪乃が行方不明なんてことを知ったら、どんなことになるか分からない。誘拐、拉致している奴らは血の池地獄に落ちることになるぜ」

藤堂は首をすくめた。

「柏木君はこの方向にスーツ男を追いかけていったのでしょうか」

貞務が公園の出入り口の方角を見つめた。五メートルほどの幅の道路を挟んで住宅が並んでいる。

「私と藤堂さんはホームレス男を探す。そいつはオレオレ詐欺グループから頼まれて詐取した金の受け渡しに一役買っているんだ。一度きりじゃないはずだから、なにか分かるかもしれない」

勇次が言った。

「それでは各自役割を果たしましょうか。柏木君を探し出さないと、私たちが並川さんに殺されますからね」

貞務が真面目な顔で言った。

新宿区T町外れメゾン・Tの一室
同日午後六時三十分

雪乃は、目の前の二人の男を睨みつけていた。二人とも若い。一人は眼鏡にホクロのある男。

そういえば黒住にもホクロがあった。黒住は、この二人の男に雪乃を見張っていろと命じると、キツネ目の男とどこかに出かけてしまった。黒住は、彼らの上司に当たるのだろう。

上司という言葉に思い至って雪乃は愕然《がくぜん》とした。ここの男たちは、皆、同じ黒いスーツを着て、顔も特徴がない。平凡なサラリーマンみたいだ。オレオレ詐欺の会社？　まさかそんなものがあるなんて！

黒住や見張りの男にホクロがあるのもわざとらしい。ホクロがあることでかえって区別がつかない。目撃者の印象を攪乱《かくらん》させるために、シールのホクロをつけていると、見張りの男から説明されていた。

もう一人は眼鏡をかけていない。醬油顔《しょうゆがお》のイケメンだ。しかし特徴があるかと言われれば、ない。つるりとした印象で、顔にアクがなく似顔絵になりにくい。

身体は不自由で動かない。口はガムテープで塞がれている。椅子に座らされ、両足はガムテープで椅子の脚に、両手は背もたれに縛られている。後ろに捻《ねじ》られたようになっている腕が痛い。痺《しび》れてくる。

「どうしたもんでしょうね」

ホクロ男が醬油顔の男に話している。口のきき方から推測するのだが、若く見える醬油顔の男の方が上級幹部であるような気がする。

ホクロ男が横目で雪乃を見ている。

「ううう」

雪乃は苦しそうにうめき声を上げた。

「手荒なことをするのは本意じゃない。口のテープだけでも剝がしてやりますか」

「そうだな」醬油顔の男が雪乃に近づき、「テープを剝がすけど、騒いだらまた貼るからね」と口を覆っていたガムテープをゆっくりと剝がした。

「こんなことをしてただで済むと思ってんの。早く私を解放しなさい！」

雪乃はあらん限りの大きな声で叫んだ。

二人の男は顔を見合わせ、「だから言わんこっちゃない」と顔をしかめた。

「ねえ、銀行さん、静かにしないとまたテープをその可愛い口に貼りますよ。いいんですか」

醬油顔の男が言った。

「分かったわ。大声は出さないから。テープで口を塞がれると苦しいから嫌よね」

雪乃が荒い息を吐いた。

「分かってくれればそれでいいさ。静かにしていてくれれば、助かることもあるから」

醬油顔の男が言った。

「壁の向こうが騒がしいけど、ここはなにをしているところなの。オレオレ詐欺グループの拠点なの？」

雪乃はズバリと聞いた。

「聞こえますか。耳を澄ましてください」醬油顔の男が耳に手を当てた。雪乃は言われるまま壁の方から洩れてくる音に注意を集中した。

――その女は俺の娘だ。どうしてくれるんだ。キズものにしやがって……。

――示談？　ふざけんな。こんなにひどい目にあって示談なんかできるかよ。

――いいですか。息子さん、痴漢で逮捕されますよ。会社をクビになりますよ。

「建物の外には洩れないようになっていますが、部屋の間はどうしても洩れていますね。今度、防音処置を施すことにしますね。あなたのような部外者が来ることを想定していませんでしたから」

醤油顔の男が薄笑いを浮かべながら言った。

「なんだか大騒ぎしているけど、キズものとか、示談とか」雪乃は怪訝そうな表情を浮かべた。「詐欺の電話をしているの？　ここから」

雪乃は興奮気味に言った。

「その通りです。ここでは『かけ子』と言われる人たちを訓練したり、実際に電話をさせたりしています。学校兼実際のビジネスの場と言えます」

「詐欺で奪ったお金もここに運んでくるのね」

「ここでは詐欺の訓練をしたり、ここから電話をかけたり、資金を回収したりと非常にシステマティックに動いています。みんな真面目に働いていますから、近所からも怪しまれず、非常に評判もよろしいです」

「住宅街にあなた方のような黒いスーツの人たちが出入りしていたら目立つんじゃない

の」

雪乃は自分が椅子に縛られ、身動きできないことを忘れてしまうほど、詐欺グループのことに興味を覚えてしまった。

「でもこのビルの周囲には事務所ビルも他にありますし、黒いスーツを着て、真面目に仕事をしているように見えるのは却《かえ》って目立たないんです。ラフな格好の方が目立ちます。それに私たちは、付近の掃除やゴミ出しなどもルールを守って行いますからね」

ホクロ男が声に出して笑った。

「詐欺グループが評判がいいって許せないわ」

雪乃が怒った。立ち上がろうとしたため、椅子がガタガタと動いた。

「元気がいい女だな。おっぱいもでかいし、外国に運べば高値で売れるんじゃないかな」

醤油顔の男の口角が引き上がった。

「そうですね」

ホクロ男が舐めまわすような目つきで雪乃を見た。

――えっ、私、売り飛ばされるの！

雪乃は目を大きく見開き、顔を引きつらせた。

第四章　金融支援を頼む？

港区《みなと》赤坂《あかさか》料理屋いろは
六月二日（火）午後七時四十分

フヅキ電機次期社長佐藤恵三は自分の首がするすると伸びてしまわないかと危惧した。実際、恋でもしているかのように人を待っている。何度も腕時計で時間を確認し、また部屋の中に置かれた時計でも確認した。どちらも同じ時間を指しているのが、これほど恨めしく思ったことはない。

「遅いなぁ。やっぱり無理やりスケジュールを入れたのが悪かったか」

佐藤は、部屋の入り口を穴が開くほど睨みつけた。

今か今かと到着するのを待っているのは、うなばら銀行頭取久木原善彦だ。佐藤とは大学の同窓生で仲がいい。今回、佐藤は次期社長に内定して、いの一番に連絡をした相手だ。

佐藤には、久木原に一日でも一時間でも早く会う必要があった。必要などと生易しい表現は相応しくない。会わねばならない絶対的要請だった。

——野村専務は、私を木川社長の後任に選んだのは久木原と同窓で親しいからだと言った。それが桧垣会長の意向らしい……。

佐藤はフヅキ電機の営業担当専務。社長になりたいとは考えていた。しかしその可能性は限りなく少なかった。社長を決めているのは桧垣会長で、佐藤は桧垣会長とは人脈的に強い繋がりがなかったからだ。社内的には、桧垣会長の覚えが目出たい野村一美専務、佐原仁常務だと思われていた。

ところが事態は急転回し、佐藤が指名を受けた。これには佐藤自身が最も驚いた。

会社員になって社長になりたくないという者がいるだろうか。最近の草食系と言われる若者たちは、出世志向がないと言われるが、それは佐藤に言わせると嘘だ。会社に入り、その空気に染まれば染まるほど社長、すなわちトップになりたいという望みは強くなる。しかしある時から諦めることになる。自分の立ち位置がはっきりと見えるからだ。

会社員のトップ志向は放物線を描く。最初は低いが徐々に高くなり、ある年齢でピークに達する。そこから徐々に下降し始め、最後は着地する。完全に諦めた段階だ。佐藤は、今、自分はどの段階にいるだろうかと考えた。もはやゼロの段階に着地していたように思う。それがいきなりまっすぐ上に上昇したようなものだ。その先にあるのは、希望か、それとも絶望か。

普通の状況なら、佐藤は社長指名の嬉しさで、飛び上がって喜んだことだろう。しかし千二百億円もの不良債権飛ばしを告げられては、未来は絶望しか待っていない。しかし佐藤は社長就任を受諾した。理由？　逃げられないと思ったからだ。それにやはり、長年勤務し、愛してきたフヅキ電機が危急存亡の時に、逃げ出すわけにはいかないではないか。

どんな地獄が待っているか分からないが、進むしかない。愚か者と言われようとも……。

佐藤は、久木原に電話し、今からすぐに会いたいと言った。忙しい頭取に事前にスケジュールを確認することもなく、いきなり面会を求めるなどという非礼を犯してしまった。

しかし久木原は、よほど機嫌がよかったのか、「いいぞ。会おう。お祝いだ。時間は七時半を過ぎるけどいいか」と答えてくれた。佐藤は、安心した。持つべきものは友だと思った。そして場所をすぐにこのいろはという和食料理店に決めた。ここは個室になっていて話が外に洩れることはない。

「久木原にどのように支援話を切り出せばいいだろうか」

久木原に会うことができて安心したのはいいのだが、すぐに不安が募ってきた。

いきなり千二百億円の不良債権があるんだ、支援してくれとは言えない。どう切り出すべきか……。

約束の時間が過ぎていく。久木原が到着するまでに支援依頼の頼み方を決めておかねばならない。こっちには時間がない。

港区赤坂へ向かう車内
同日午後七時四十分

もうすぐ佐藤が指定した店に着く。少し約束の時間より遅れてしまったが、それにはわけがある。出かけようとした時に、また例によってろくでもない報告が来たからだ。

資金の流出が止まらない。マーケットから資金を調達したり、逆にマーケットに資金を放出したりして、日々の銀行の資金繰りを調整しつつ、運用収益を上げるという資金部の部長が青ざめた顔で、「資金流出が止まりません」と言ってきた。

彼の顔には、あなたの責任ですよとはっきりと書いてある。

久木原が頭取になった直後、元暴力団員の鯖江伸治に銃で撃たれるという最悪の事態となった。

久木原は傷つき、世間の同情を集めた。おかげで表面上は何事もなく、事件は風化するかと思われたが、実際は、銃撃事件が発生する銀行はなにか後ろ暗い問題が隠れているに違いないとの噂が流れ、自治体など、大口預金者の預金払い出しが続いていた。

この事態は一般の預金者にも広がり、ずるずると預金が減少している。それが止まらない。久木原は、自分の責任だと心を痛めていた。

そして今日も一千億円が流出したと言ってきた。これで一兆八千億円の流出だ。資金繰り上は、まだ大きな問題は起きていないということだが、マーケットからその流出を埋め合わせるために高利の資金を急遽《きゅうきょ》調達せざるをえない。一日調達するだけで数十パーセントもの利息を払わねばならない。

銀行というビジネスは金を右から左に移すことで発生する利息を収益としている。右を預金とすれば左は貸出金だ。数十兆円もの金を動かしながら、日々、資金繰りを調整している。

うなばら銀行のように巨額の融資をしていると、常時、預金が多いという状態ではない。貸出金の方が多いことが普通だ。そうなるとその差額をマーケットから調達することになるのだが、予想以上に預金が流出すると、それだけマーケットからの調達額が大きくなる。ましてやスキャンダルで予測がつかない形で資金が流出すれば、予想以上の資金を調達することになる。ところがマーケットにいつでも金があるとは限らない。期末や月末など資金が忙しい時期になると調達が困難になり、勢い高金利をつけて調達しなければならない。これが長く繰り返されれば、銀行の収益が落ち、経営体力を消耗してしまう。

——早く落ち着いてくれないと困る。資金部長の顔を思い出すと暗い気持ちになる。私を責めているのがありありと分かる。どうしてあなたなんかが頭取になったのだと顔に書いてある……。

「もうすぐだね」

久木原が運転手に確認する。

「はい、もうまもなく到着します」

赤坂のいろはは、なかなか評判のいい料理屋だ。冬の季節に食するふぐは絶品だという。この時期はさすがにふぐというわけにはいかないだろう。なにを食べさせてくれるのだろうか？

それにしても急に声をかけてきたのに高級料理屋に予約をとることができるのはフヅキ電機だからできることだろう。

持つべきものは出世した友人だな、と久木原はほくそ笑んだ。

——フヅキ電機はうなばら銀行とは親しい。メイン先だ。佐藤に頼めば、うちの銀行の資金繰りを助けてくれるかもしれない。他の銀行にある預金を一時的にでもうちに集中してくれれば……。

久木原は、自分のアイデアを反芻《はんすう》してみた。すればするほどいいアイデアに思えてきた。フヅキ電機の資金をうなばら銀行に集中してもらうというアイデアは、あの資金部長の表情を和らげるに違いない。

「佐藤に頼んでみることにしよう」

久木原は思わず声に出した。

「頭取、なにか？」

運転手が久木原の声を聞きとめて訊《たず》ねた。

「いや、なんでもない。ああ、その先にいろはという名前が見えるね」

車の右手先の小さな玄関灯にいろはという字が浮かび上がっている。

「はい、到着いたしました。私は、お待ちしておりますのでごゆっくりなさってくださ
い」

運転手は、静かに店の前に車を着けた。

約束の時間を二十分も過ぎていた。

港区赤坂料理屋いろは

同日午後七時五十分

「社長、内定おめでとう」

久木原は、シャンパングラスを掲げた。和食の店だが、お祝いだというとシャンパンのように発泡性の日本酒を用意してきた。

「ありがとう。まさに青天の霹靂《へきれき》だよ」

佐藤もにこやかにグラスを持ち上げた。

「なにが青天の霹靂なものか。フヅキ電機は、すばらしい人物を選んだと思うよ」

久木原はシャンパングラスを一気に空けた。

「ほほう、いい飲みっぷりだな」

佐藤が笑みを浮かべた。佐藤は酒が強いはずだが、シャンパングラスの酒はほとんど減っていない。

「まあね、喉が渇いていたんだ。頭取になるといろいろ忙しいのでね」

「そうだろうな。私も社長になれば苦労するんだろう」

佐藤は目を落とした。

テーブルには、ふぐの白子がたっぷりと入った茶わん蒸しに続いて、大きな皿に花弁がひらいたように飾り盛られた見事なふぐ刺しが置かれた。

「おお」久木原は思わず声を発した。ふぐ刺しと言えば、通常は、これ以上ないほどふぐの身が薄く削《そ》がれている。しかしこの店のふぐ刺しは厚い。まるで肉厚の薔薇《ばら》の花弁のようだ。

「夏ふぐも美味《うま》いんだよ」

佐藤が言った。

「いただくよ」

久木原は用意されたポン酢にふぐ刺しを浸す。細かく刻まれた針のように細いネギがポン酢の表面を覆い尽くしている。その中にはぴりりと刺激的な紅葉《もみじ》おろしが溶けている。

充分にポン酢に浸されたふぐ刺しを口にすると、心の中のもやもやがすべてなくなるほどの至福の味だ。

「美味いだろう」

佐藤が目を細める。

「ああ、こんなふぐは初めて食べたよ。さすがは一流電機メーカーのフヅキ電機社長だけのことはあるなぁ」

「おいおい、まだ株主総会までは専務だよ」

冷酒が運ばれてきた。有名な銘柄のようだ。

「今日は、ふぐのコースだからな。堪能《たんのう》してくれ」

佐藤が久木原の盃《さかずき》に酒を注《つ》ぐ。焼きふぐ、唐揚げなど次々に料理が運ばれてくる。

講義をさぼったこと、同じ女性を奪い合ったことなどの思い出話が尽きない。酒が気持ちよく身体に回る。久木原は、久しぶりに心の底から笑った。

「ふくって言うようにぐを濁らしてはならないんだ。不遇となるからな。ぐが濁らなければふくとなって幸福の福だからな」

佐藤が盃を空ける。

「不遇と幸福か……。今日のふぐ料理は幸福の福でありたいなぁ」久木原は佐藤を酔った目で見つめた。「トップというのは実にいろいろなことがあるからな」

「久木原もひどい目にあったな。頭取就任のご祝儀気分が吹っ飛んでしまった。よくぞ命があったものだ」

佐藤は、久木原が銃撃されたことを話題にした。この話題は避けていたのだが、酒が話題を引き寄せてしまったのだろう。

「本当にひどい目にあった。犯人の男は、うなばら銀行に恨みがあったらしく頭取の俺を狙ったようだ」

久木原は、決して犯人の鯖江伸治と関係があったとは口にしない。

「本当にとばっちりだったな。それにしてもトップというのは思いがけない荷物を背負わないといけないものだ」

「そうなんだよ。荷物、それもとびきり重いのをな」久木原は向かいに座る佐藤に身体を乗り出した。「荷物」という言葉が出た、今こそ、資金の集中を頼むタイミングだと思ったのだ。

佐藤も久木原に身体を乗り出した。彼もなにか頼みがあるのだろうか。

「なあ」

二人は同時に声をかけた。

お互い戸惑いの表情になった。

「どうした？　なにかあるのか」

久木原が聞いた。

「いや、お前こそなにかあるなら話せよ」

佐藤が言った。

「いや、今日はお前の社長内定の祝いだよ。ここの払いは私が持つし、なにか話があるなら言ってくれ。社長就任のパーティでスピーチしろってことか」

久木原の言葉に佐藤が苦笑した。

「ここの払いは、こっちで持つ。私が無理やり誘ったのだからな。それにお前にスピーチしてもらうとなにを話されるか分からないから、頼まないさ」佐藤は暗い表情になった。酔いは醒《さ》めている。「実はな……」

佐藤は久木原の目を見て、表情を強張らせた。「……支援をしてほしいんだ」

久木原は目をかっと見開いた。佐藤の絞り出すような声に衝撃を受けた。溜《た》めに溜め、今まで我慢し抜いてきた、それはまるで地の底から聞こえてくるような声だった。余程の苦悩があるのだろうと容易に推測できた。

「そりゃフヅキ電機は我が行のメイン先だから支援する。なによりも今も支援しているじゃないか。改まって言うことじゃない」

久木原は自分の表情が奇妙に歪んでいるのを自覚していた。

佐藤は、目線を落として黙っている。そしておもむろに空になった盃に自ら酒を注ぐと、勢いをつけ飲み干した。

「ああ、今もメイン銀行としてお付き合いを願っているうなばら銀行には感謝している。しかし今回の頼みは、それとは別の話なのだ」

佐藤は食い入るように久木原を見つめた。

「話してくれ。私、いや俺とお前の仲じゃないか。俺にできることならなんでもする」

久木原は、俺という言葉を強く発音した。友人であることを意識させるためだ。今から佐藤の口から出てくるのはきっと聞きたくない内容に満ち満ちているに違いない。それは今までの経験から推察可能だ。しかし銀行家としては、聞かねばならない。そして判断しなければならない。先ほどまで身体の芯を緩ませていた酒はすっかりどこかへ消えてしまった。

「実は、不良債権……」佐藤の重い口が開き始めた。

新宿区うなばら銀行T支店
同日午後七時五十五分

はかばかしい成果はなにもない。勇次と藤堂はホームレス男を見つけられなかったし、譲二は北川亭から特段新しい情報を入手できなかった。

貞務も、暴力団並川組元組長の並川弥太郎に、雪乃の状況を電話報告することを逡《しゅん》巡《じゅん》したままだ。

貞務は背筋を伸ばし、周囲を見回す。勇次、藤堂、譲二、副支店長の近藤、そしてオレオレ詐欺グループの一員である北川亭がいる。事件が発生してから、この場にいないのは雪乃と、被害を未然に防ぐことができた久木原の母親芳江だけだ。芳江は、自宅に帰り、ようやく寛《くつろ》いでいることだろう。

支店はすでに業務を終え、残業をしているのは営業課の数人だけだ。

「さて、藤堂さん」貞務が声をかけた。藤堂が振り向いた。「警察へ届けますか」

貞務は、雪乃がなんらかの事件に巻き込まれた可能性が高いということで捜査を頼むことにしようというのだ。

「それは俺が頼んでみる。普通の家出人捜索願いのように頼んでも警察は動いてくれないからな」

藤堂は顔をしかめた。

「問題は、下手《へた》に大げさに警察を動かすと、雪乃に不測の事態が起きかねないってことだ。そんなことになったら並川に、ここにいる全員が殺されるだろう」

勇次が呟いた。

「ああ、間違いない。貞務さんが、連絡するのを迷うのもあたり前だ」

藤堂が答えた。

「しかし、いつまでも知らせないのは、かえって……」

貞務は眉根を寄せた。

「本部へは如何《いかが》いたしますか」

副支店長の近藤が震え声で貞務に聞いた。殺されると聞いて恐ろしくなったのだろう。

近藤は、T支店に着任してまだ日が浅い。貞務のことをよく知らないし、ここにいる勇次や藤堂のことも怪しげな人物たちだと思っている様子が見える。

「それは私が報告しておきます。警察とも相談しないといけませんからね。本部にどのように事態を理解してもらうか頭が痛いことです」

貞務が答えた。

「はい、オレオレ詐欺グループを追跡していて、行方不明になりましたと報告したら、どんな反応になりますかねぇ」

近藤は渋面を作った。

「あのうぅ」

しばらく声を潜めていた北川が顔を上げた。

「どうしましたか？」

貞務が聞いた。

「なにか思い出したか？」

譲二が身を乗り出した。

「彼女はオレオレ詐欺グループの拠点に閉じ込められているんじゃないでしょうか」

北川は言葉を選んで話した。

「拠点があるのか。場所は？」

藤堂も北川にぐっと顔を近づけた。

「場所は知らないんです。本当に僕は下っ端ですから。でも『かけ子』と言われる電話をかける役割の人は、そこで訓練を受けると聞きました」

「その訓練施設に雪乃がいるかもしれないと言うんだな」

藤堂が険しい表情になった。

「僕は、本当にラインで集められた『受け子』という金を受け取るだけの役割です。金を受け取り、あの公園のゴミ箱に入れるだけの仕事なんです。先ほど、譲二先輩から、大井先輩の名前が出ましたが、僕たち『受け子』を集めるのに大井先輩が絡んでいるかどうかは分かりません。ですが、僕のラインにオレオレ詐欺グループの勧誘員が入ってきたのは、だれかが僕のパスワードを彼らに渡したからです。そこに大井先輩が絡んでいる可能性は否定しません」

「分かった。北川の言うことを信じるよ。お前の役割は、お金を受け取ってゴミ箱に入れるだけなんだな。そしてそれを依頼してきたのは、知らない男ってことだな」

譲二が言った。

「はい、ホクロのある、少し頼りなげな黒いスーツ、黒縁眼鏡です」

北川の返事に譲二は考える様子になり、「さっきから気になっているのはホクロなんだけどさ、大井先輩にもここにホクロがあるんだけど、まさか違うよね」と左の目の下を指差した。

「はい、その男は大井先輩ではありません。僕、大井先輩とは一度か二度しかお会いしてませんが、顔は覚えています。だから、違います」

北川はきっぱりと答えた。

「大井先輩のことは、今はいい。もしも雪乃が、北川の言う通りその拠点とやらに閉じ込められているとしたら、それはここからそれほど遠いところじゃない。途中で雪乃が拉致されて、車にでも乗せられたんじゃ問題だが、歩いて男の跡をつけたのだとしたら間違いなく遠くじゃない」

勇次が言った。

「それはそうなんだが、遠くじゃないといってもどこなんだ」

藤堂がイラついた表情になった。

「こうなれば、『死地』に赴きますか」

貞務が言った。

「なんですか？　死地って」

譲二が聞いた。

「『死地』、すなわち死ぬる戦場、力のかぎり戦えば、生き残れるが、そうでなければ生き残れない。孫子の兵法の中で最も困難であり、雄々しく戦うしかない戦場のことです」

貞務が厳しい顔で答えた。

「戦うしかないが、戦えば、敵が怖れ、雪乃に危害を加えるかもしれない。その意味でも死地だな」

藤堂が雪乃に思いを馳《は》せるように呟いた。

「私、意見言っていいでしょうか」

突然、近藤が口を開いた。

「どうぞ、おっしゃってください」

貞務が促した。

「その猫を飼っていたホームレス男が本格的に怪しいと思います。たまたま頼まれたのではなく彼らの仲間じゃないでしょうか？　ホームレスに金の入った封筒の受け渡しを頼むでしょうか？」

「ゴミ箱を漁るのはホームレスでないと怪しまれるのでしょう。怪しまれないで仲介役を果たしてくれるのならうってつけではないでしょうか。私も本物のホームレスではないのではと疑いを持ってはいますが、たまたま依頼しただけかもしれません。彼らの仲間だと断定するだけの自信はありません」

貞務は反論した。近藤は黙った。貞務は、まずいと思った。部下の意見は、どんな意見でもまず否定せず聞かねばならない。聞くことで部下の自由な発想が生み出される。それは部下が自ら問題について考える積極性に繋がっていく。

「卒を視《み》ること嬰児《えいじ》の如《ごと》し、故にこれと深谿《しんけい》に赴くべし。卒を視ること愛子の如し、故にこれと倶《とも》に死すべし」と孫子は言った。部下は嬰児であり、愛子なのだ。そういう態度で接しなければ、部下は千尋の谷にも一緒に下ってくれないし、一緒に死地にも行ってくれない。

貞務は、雪乃がいないことで、どこかいつもの平常心を失っていることに気づいた。

「でも近藤さんの意見は貴重です。そのホームレスも仲間であるとの疑いをもってみましょう。もしかしたら全体の司令塔かもしれない。『兵は詐《さ》を以《もっ》て立ち』と言いますから、私たちが怪しまないぐらい最も怪しくない者が最も怪しいかもしれません。何事も騙し合いですから」

貞務は、近藤に向かって語りかけた。

近藤はようやく嬉しそうに微笑んだ。

「それでは、もう一度あのホームレスがいた公園の周囲を雪乃が見つかるまで徹底的に捜索しようじゃないか。徹夜になるから覚悟しろ」

藤堂が、皆を励ますように大きな声を上げ、床を蹴って立ち上がった。

新宿区T町外れメゾン・Tの一室
同日午後七時五十五分

雪乃は時計で時間を確認した。

「あぁあ、みんな心配しているだろうな」

部屋の中に一人。身体は自由だ。ソファに座らされ、ガムテープで縛られていることもない。

差し入れにと彼らが持ってきてくれたのはコンビニのミックスサンドと缶コーヒーだ。雪乃は、この際、めったに食べられないような重がいいと言ったのだが、ホクロ男から「僕たち、忙しいのでゆっくりとご飯を食べる時間がないんです。だからいつもこのコンビニサンドと缶コーヒーです。すみませんね」と断られてしまった。

醤油顔のイケメンはどこかに行ってしまって姿を見せなくなった。雪乃の担当は、ホクロ男に決まったようだ。「僕たち」という言葉を聞くと、案外若いのかもしれない。そう言えば、芳江さんのお金を受け取りに来た男も若かったような……。

「ケチねぇ。こんなひどい目に遭わせているんだから。ご馳走《ちそう》くらいしてくれたらいいのに」

雪乃は頬を膨らませて悪態をついた。じっとホクロ男を睨みつけた。

それでも仕方がないのでパサついたミックスサンドを無理やり缶コーヒーで流し込んだ。

「あら？」

雪乃は目を疑った。ホクロ男のホクロの位置が、最初に会った時と微妙にずれている。左目の下にあったのが、左頬の上あたりにある。ホクロ男が、ホクロは印象を紛らわしくするためのシールだと話していたが……。

「ねえ」

「なんでしょうか？」

ホクロ男が、雪乃に顔を向けた。部屋の出入り口に立っている。

「気になること聞いていいかしら？」

「いいですよ。答えられることは答えますから」

「あなたのホクロ、最初見た時とずれているけど？　やっぱり言っていた通りにシールなのね」

「えっ、そうですか」ホクロ男は、スマートフォンを取り出すと、自分に向けた。自撮りモードにして自分の顔を覗き込んでいる。

「本当だ。面倒《めんど》臭《く》せぇなぁ」

ホクロ男は、ため口になり、指先でホクロを触り、位置を直す。

「これでどうですか？」

雪乃に顔を突き出した。

「まああね」

雪乃はホクロを見つめて、ぷっと吹き出した。

「どうしたのですか？　おかしいですか？」

「だいたいホクロをつけて印象をごまかそうという発想がおかしいわね」

「そうですね。トップの趣味ですね。このホクロは」

ホクロ男は、指先でホクロを押さえた。

「トップって誰なの？」

「言わないことになっています」

「教えてよ。こんなところに閉じ込められているのよ。ちょっとくらいいいじゃないの」

雪乃が言い募ると、ホクロ男は、申し訳ないという表情になって「そうですね。まあ、偉い人ってことです」と答えた。

「それだけなの？」

「僕にもよく分からないんですよ。本当のところはね。下っ端ですから」

「私がさ、最初にここに来た時、黒住って人に会ったじゃない？　あの人にもホクロがあったけど、あの人がトップじゃないの？　偉そうにしていた印象があるけどさ」

雪乃は慎重にホクロ男の表情を探った。

「さあ、どうでしょうか？　黒住さんも偉い人ですけどね。あの人のホクロは本物のようだけどなぁ。あれ、違ったかなぁ」

「ふーん」雪乃は腕組みをして考える様子で、「あの黒住って人がトップじゃないとしたら、自己紹介の時に口にしていたなんとか経済研究所の代表者かしら？」と言い、ホクロ男を見つめた。

黒住から渡された名刺は財布の中に仕舞い込んである。

「さあ、どうですかねぇ。僕も会ったことはないです。でもホクロがトップの趣味だって聞いただけですよ。これは幸福ボクロらしいのです。目の下あたりにあるのがいいんですって」

「ふーん、変なことを信じているのね」

「この世の中、信じられるものがないでしょう？　ホクロぐらい信じていこうってことじゃないですか」

「ホクロを信じる？　マックロなくせして！」

雪乃は厳しい口調で言った。

ホクロ男は、笑って「上手い！　座布団一枚ってとこですね」と手を叩いた。

「ところでさ、私をどうするつもり？　こんなところに閉じ込めていたらいずれ私の友達たちや職場の人たちが心配して、警察の大捜索になるわよ」

雪乃は、脅かすようにホクロ男を見つめた。

「トップが検討しているんじゃないですか。いつまでもここにあなたを監禁しておくわけにはいかないし、かといってこのまま解放するわけにはいかないし……」ホクロ男は、軽い調子で言った。深刻さがないのは、本人が言った通り下っ端だからだろうか。

「あなた、私を逃がしてくれたら、警察にはあなたのことを言わないから」

雪乃は優しく囁くように言った。

ホクロ男は、怯えた顔つきになって、「それは無理ですよ。殺されちゃいます」と大げさに拒否した。

「殺されるって？　そんなに怖い組織なの？」

「ええ、僕たち仲間を大事にしていますから。とにかくこの世の中を変えてやろうって思っているんです。今の世の中、悪い奴や年寄りで無能な奴がはびこっているでしょう。そんなのを根本から変えないとよくならないと思うんですよ。そうじゃありませんか。そのためには裏切りは許されないし、そんなことをしたら殺されても文句は言えない」

ホクロ男は熱がこもった口調で言った。

「ばかばかしいわね。だからってオレオレ詐欺をやっていいという理屈にはならないでしょう」

雪乃は鼻でせせら笑った。

「そんなことありません。僕らは世直しをしているんです。金を貯《た》め込んだだけの年寄りから、それを奪って若い人のために使う。それが世の中のためになるんです」ホクロ男はぐっと雪乃に近づいた。「あなたは銀行でしたね。銀行もおなじことをやっているじゃないですか？　年寄りから預金やら投資信託を集めて、それで若い人に住宅ローンを出しているんでしょう？　銀行がそれをやるのは認められて、どうして僕たちが犯罪になるんですか？　銀行の投資信託などは損を出すこともあるでしょう。あれって詐欺と同じじゃないですか？」

「あなた言うわね。なんだか言いくるめられそうだけど、銀行は詐欺じゃないわ。ちゃんとリスクを説明して投資信託を預かるし、預金なら元本をそのままお返しするわよ。あなた方は年寄りから奪うだけで、何も返さないし、どのように利用しているかなにも説明しないじゃないの。詐欺して奪ったお金をまさか社会貢献に使っているとでも言うの？」

雪乃は厳しい口調で言い返した。銀行と詐欺と一緒にされてはかなわない。全く似ていないとは言えないところもあるけれど……。

「あなたと僕とでは意見が合わないようです。僕らはあくまで世の中のためにやっています」

ホクロ男は、伏し目がちに言った。

ホクロ男の背後のドアが開いた。

「出発だってさ」

しばらく振りの醤油顔男だ。この男は、イケメンだけど、いけすかないと雪乃は思っていた。どこか冷たい、切れた感じがする。

「どこへ行くんですか？」

　ホクロ男が聞いた。

「そんなことは知らない。この女を始末するんじゃないの」醬油男が冷たく笑った。

「海に沈めるのか、山に埋めるのか。フエッフエッ」

「本気じゃないですよね」

　ホクロ男が心配そうに言った。

「ぐずぐず言わずに手足を縛って、口を封じるんだ」

　醬油男が命じた。ホクロ男は、情けない顔で「申し訳ないです」と消え入るような声で呟いた。

「嫌よ！」

　雪乃は精いっぱいの声で叫んだ。

新宿区T町公園
同日午後八時十五分

「なあ、北川」

譲二は、北川と一緒に公園内を雪乃の手掛かりを探して歩いていた。

「なんでしょうか」

北川がおどおどした態度で答えた。

「お前さぁ、どうしてオレオレ詐欺の片棒なんか担いでしまったんだ。別にそんなに金に困っていたわけじゃないだろう」

譲二は、責めるような口調は避けた。先輩として後輩のことを心配している気持ちを表すためだ。

北川は黙っている。

「藤堂さんや勇次さん、それに支店長の貞務さん、みんな俺の友達だし、いい人だよ。だから北川のこと警察に突き出さないと思う。もしそうするって言ったら、俺が止めてやる。俺が止めれば、なんとかなるから」譲二はここで言葉を切り、息を大きく吸って、そして吐いた。「でもさ、今、探している雪乃になにかあったら、お前のことは許してくれないと思う。俺だって許さない。雪乃は、母親は違うけど、俺の姉なんだ」

譲二は呻《うめ》くように言った。

雪乃は、実際は並川組元組長並川弥太郎の娘だが、関係のあった譲二の父親で政治家の石黒将大《いしぐろまさひろ》に頼んで彼の子どもとして認知してもらっている。譲二は、雪乃を母親違いの姉と認識している。この事実を貞務は知っているのだが、まだ譲二も雪乃も知らない。

いずれ時機をみて並川が自分の口から話すつもりだが、まだその時機は来ていない。

「えっ」

北川は驚き、声を詰まらせた。

「そうなんだ。だから雪乃になにかあったら、お前を許さない」

譲二が声を詰まらせた。厳しい表情が公園の外灯で照らされている。

「すみません。本当にすみません」北川は声を細めた。

「まずはなぜオレオレ詐欺に加担するようになったかを正直に話せよ。ラインで誘われただけじゃないだろう？」

譲二は北川を見つめた。

北川が見つめ返す。その目には涙が滲んでいた。

「父が行方不明になったんです」北川は、声を絞り出すように言った。「父が、ある日、身を隠さなくてはいけなくなった。世話をしてくれる人がいる。今は、その人のことを話せないが、心配するな。そして探すなという置き手紙を残していなくなりました。母は、パニックになりました。知らない間に会社も辞めていたのですから」

「それは大変だったなぁ」

譲二は、どう対応していいか分からなかった。オレオレ詐欺バイトの話を聞こうと思ったら、いきなり父親の失踪話になってしまった。

「ええ、退職金はそのまま父の口座に振り込まれていました。当面の生活には困らないとは思ったのですが、それでも混乱する母を見ていますと、自分でもなんとかしないといけないと思いまして。割のいいバイトを探していたら、ラインに今回のバイトの誘いが入ってきたのです」

「悪いことだと思って、止めようと思わなかったのか」

「思わなかったというと嘘になりますが、それよりもお金の魅力に負けました。少しでも家計を楽にしたいと考えたことも事実です。それに……」

「それにってどういうこと？　まだなにかあるの？」

「譲二さんが疑っておられた通り実は大井先輩が現れたのです」

北川の説明に譲二は、驚きつつ、やはりそうかと納得した表情になった。

「お前は、真面目そうだが、やや頼りなげな黒いスーツの男、左目の下にホクロがある男にラインで受け子のバイトを頼まれただけだと言っていたが、それは嘘だったのか。大井先輩が現れたと言うのか」

譲二が詰め寄ると、北川は「はい」とか細い声で答えた。「黒いスーツの男と話している時のことでした。僕はなんとなく胡散臭《うさんくさ》いバイトだと思って迷っていたら、大井先輩が現れたのです。それで僕が『大井さん……』と驚くと、笑顔で『あまり深刻に考えるなよ。みんなやっているから』と僕の知っているT高校の連中の名前を数人挙げたんです」

「なんてことだ……」

大井の悪い噂は聞いていたが、本当にT高校の生徒をオレオレ詐欺グループに引き込んでいたとは。譲二は言葉を続けることができなかった。

「大井先輩が言うんです。『世の中を正そうよ。こんなに若い奴が虐げられていていいのか。年寄りばかりが金と地位を占める国に未来があるか。一緒に変えていこう。年寄りの財産を奪い取って、若い、我々のために使うんだ。それがこの国を変えるためには必要なんだ。これは革命なんだ。革命のためには年寄りが多少犠牲になっても仕方がない。我々は、金の布団を被《かぶ》って寝ているような年寄りから、少しだけ金を分けてもらって革命のために使うんだ。どうだ？　一緒に世の中を変えていこうじゃないか』って。僕、その話に興奮しました。なんだか悪いことじゃなくていいことをするような気分になってしまいました」

「大井先輩らしいな。それでバイトを受けたってわけか」

大井は、ベンチャー企業を立ち上げた。なんらかの理由でそれが上手く行かなくなり、怪しげな世界へと入り込んだと聞く。ベンチャーの旗手と持ち上げられている時、若者革命と言っていたような記憶があるが……。

譲二は、鼻白む思いで大井先輩の顔を思い出した。その時、ふとなにかがひっかかった。

「なあ、北川、さっきも言ったように大井先輩ってここに」譲二は、左目の下を指差した。「ホクロがあるんだよ」

「はい、僕を誘った黒いスーツの男も、大井先輩と同じようなところにホクロがありました。それに大井先輩も、黒いスーツを着ていましたね。表情は厳しそうで、僕をラインで呼び出した男とはちょっと違いましたが、でもホクロは、同じような感じでした」

「ホクロか。ホクロの詐欺集団ねぇ」

ホクロは黒子と書く。黒子と言えば、歌舞伎などで黒装束に身を包み、裏方に徹する役割だ。黒衣《くろご》とも言う。また中国では一人っ子政策が実施されていたところ、それに反して生まれた戸籍のない子どものことを黒子というらしい。いずれにしてもホクロが仲間の印なのかもしれない。

「それに」と、また北川は言葉を繋いだ。譲二が話すように促すと「突然、大井先輩が、『お父さんのことは心配するな』って言うんです。僕が『父のことをなにかご存じなのですか』とびっくりして聞くと、『ふふふ』と笑うだけで『僕の耳にはいろいろな情報が入ってくるのさ。君が困っていることもね。でも心配するな。僕が助けてあげる。君も君の家族も、そしてお父さんもね。みんな僕に任せればいい。一緒に戦ってくれるね。君世界の虐げられた若者のために』って。もう僕は、頷くしかありませんでした。大井先輩が神様のように見えました」と北川は目を輝かせた。

神様という言葉が気になった。まだ完全に大井先輩の影響力の下から抜け出ていないのかもしれない。北川は、オレオレ詐欺の受け子の仕事を初めての経験のように振る舞っているが、実は、何度か経験しているのかもしれない。譲二は、北川を疑いの目で見た。

「お父さんも助けるってどういうことだか分かるの？」

「いいえ」

北川は辛《つら》そうな表情で首を振った。

「お父さんの勤務先は？」

「フヅキ電機です。そこで確か企画だか、財務だかやっていました。普段からあまり仕事の話はしませんから、今回の失踪は驚いているんです」

「警察には届けたの？」

「はい。でも父の置き手紙がありますので警察はまともに取り合ってくれません」

北川は俯いた。

「大井先輩が、君のお父さんのことを知っている可能性があるんだね」

「はい」

北川は、強い視線で譲二を見つめた。

「北川、オレオレ詐欺グループから抜け出るつもりはあるのか。俺は、お前が今回が初めての受け子ではないと思っている。違うか」

譲二の厳しい問いかけに、北川は黙って頷いた。

「お父さんのことや大井先輩のアジテーションにお前は取り込まれているんじゃないか。もう絶対に詐欺グループとは縁を切ると言うなら、俺はお前を命がけで助ける。勿論、お父さんも見つけ出す。あの貞務さんや勇次さん、藤堂さんはただ者じゃない。きっとお前を助けてくれる」譲二は、北川の両肩を強く摑んだ。

北川が譲二を見つめた。その目には、まだ暗さが残ってはいたが、わずかに光が見えた気がした。

「ありがとうございます。でも」

北川は一段と暗い顔になった。

「どうした？」

「大井先輩は父のことをなにも話してくれません。居場所を知っているのか、ただブラフをかけているだけなのか僕には分からないんです。それが分かるまで僕は大井先輩から離れるわけにはいきません」

「うーん」

譲二は、北川の苦悩が理解できた。この問題は、自分の手に余る。貞務に報告しなければならない。解決すべき問題はたくさんある。それらの鍵を握るのは大井先輩であるのは確かなようだ。

「おおい、みんな、来てくれ。これはホームレスの乳母車じゃないか」

公園の奥から、勇次の声がした。譲二は声の方向を見た。外灯に明るく浮かび上がったトイレの近くで勇次が手を振っていた。

港区赤坂あたりの車中
同日午後十時十分

「ご自宅でよろしいでしょうか」

運転手が聞いた。

「ああ、頼む」

久木原は答え、バックシートに身体を沈めた。

目を閉じると、佐藤の暗い顔が目の前に浮かんできた。

今日ほど疲れたことはない。まさか祝いのために会った席で不良債権の話題になるとは！　それも飛ばしだ。なんということか。金額は千二百億円！　信じられない。

久木原は、車の窓を開け、今、聞いたばかりの佐藤からの秘密話を大声で叫んでしまいたかった。

しかし、それはできない。ぐっとこらえる。

佐藤は、すべてを承知で社長に就任するという。うなばら銀行の全面的支援をお願いしたいと頭を下げた。

「どうしてこんな巨額を飛ばしていたんだ」

久木原は口角泡を飛ばす勢いで佐藤に迫った。

佐藤は、「バブル崩壊がすべてだ」とポツリと答えた。

久木原が、納得できないとさらに問い詰めると「バブル時代に財テクを行っていたが、バブル崩壊で株価が暴落し、その損を埋め合わせようと、投資ファンドのアドバイスに従っていずれ株価が回復することを期待して飛ばしたのが始まりだ。早く処理する決断もできないまま、その後はずるずると飛ばし続けていた。そこへリーマンショックが襲い、さらに損失が膨らんだ。ベンチャー投資などを使って損失を穴埋めしようとしたが、もうどうしようもなくなった」と説明した。

ついに損失は千二百億円にも膨らみ、社長の木川は責任を取って退任することになり、営業畑の佐藤に社長の白羽の矢が立った。

久木原は、衝撃で言葉がなかった。どうしてバブル崩壊の損失を今日まで引きずっていたのだ、と佐藤を思いっきり殴ってやりたかった。

しかし、フヅキ電機だけが例外ではない。大手証券会社Y社や医療機器メーカーのO社など、巨額の不良債権飛ばしで経営危機に陥った企業がある。企業は、内部に発生した不良債権を処理する際、責任を明確化しなければならない。誰の失敗で、不良債権が発生したのかを明らかにしなければならないのだ。

子どもが悪いことをしたら、悪いことをした子どもが叱られる。これと同じだ。こんな単純なことができない企業が多い。悪いことをした子どもは誰かは分かっているのだが、その子を叱ることができない。なぜならその子が有力者の子どもであったり、強烈な苛《いじ》めっ子であったり。理由はいろいろだ。

佐藤の思いつめた表情を見ると、この不良債権飛ばしに、実際のところ佐藤は絡んでいないのだろう。社長就任要請に際して初めて聞かされた可能性が高い。フヅキ電機には、桧垣泰助会長という絶対的権力者が君臨している。不良債権の飛ばしの責任は、桧垣会長にあるに違いない。しかしそれを社内で指摘すれば、フヅキ電機では生きていけない。それで今日までこの問題が隠蔽されてきたのだ。

「すべて明らかにするんだ」

久木原は言った。当然のことだ。頭取としてというよりも経営者としての意見だ。

佐藤は、苦しそうに首を振った。拒否したのだ。

「なぜだ？」

「この問題が明らかになればフヅキ電機が潰れる可能性がある。そうなればメイン銀行であるお前のうなばら銀行も無傷ではいられない。お前の頭取就任直後のスキャンダルで、うなばら銀行は、今、大変な状況だと聞いている。もしフヅキ電機を救済しないという結論が世間に知れたら、うなばら銀行の経営が相当悪化しているのではないかと思われるのではないか？」

佐藤は、苦しそうな表情の中で目だけは鋭く久木原を見つめていた。その視線はまるで鋭い錐《きり》のように久木原を刺し、貫いた。

「佐藤、お前は私を脅すのか」

久木原の顔が火照った。俺という親しみを込めた言い方は封印した。怒りが込み上げてくる。

「脅すわけじゃない。事実を話しているんだ。千二百億円だよ。お前の銀行にしたらどうにでもなる金額じゃないか。なんとか知恵を絞って支援してくれ。お互いのためだ。頼む。私は命がけだ」

佐藤は、頭をテーブルにこすりつけた。

「お疲れのようですね」

運転手が言った。

「ああ、少しね」

久木原はぼそりと呟いた。手持無沙汰でスーツのポケットからスマートフォンを取り出した。

「ん？」

メールが届いていた。母親の芳江からだ。

開いてみた。

「えっ、なんだって！」

久木原はメールの文面をひと目見て、声を上げた。

運転手が、久木原の声に驚き、肩をびくりと動かした。

第五章　貞務、決断する

某所
六月二日（火）午後九時十分

雪乃は、手を縛られ、目隠しをされ、車に乗せられた。車が動く。しばらく時間が経過した。

――車が止まった……。

「着きました」

男の声だ。あのホクロ男のような気がする。

「目隠しを外してよ」

雪乃は声を荒らげた。

「静かにしてくれませんか。騒ぐようだとさるぐつわをしなくてはいけなくなりますから」

「いやよ、そんなの」

「だったら静かにしてください。別に危害を加えようっていうんじゃないですから。安心してください」

「安心なんかできないわよ。どこに連れてきたの？」

「某所です」

「某所ってどこ？　都内？」

「某所は某所です。さあ、降りましょう。手を持ちますよ」

男が雪乃の手を摑んだ。

雪乃は覚悟を決めた。危害を加えないという言葉を信じて、とりあえずは静かにしていることにしよう。なんとか貞務たちに連絡を取れる方法を考え出さねばならない。なにかあるはずだ。

「エレベーターに乗りますから」

雪乃は背中を押された。足を踏み出すと、後ろでドアが閉まる感じがして、身体がふっと浮いた。目隠しをしてエレベーターに乗ると浮く感覚がするのだと知った。

エレベーターが止まった。

「出ますよ。手を持ちます」

再び男が雪乃の手を摑んだ。引っ張られながらゆっくりと歩く。

カチリ。音がした。鍵を開けたようだ。

「さあ、入ってください」

男は雪乃の背中を押し、同時に手を縛っていた結束バンドを外した。

雪乃はすぐに目隠しを取り、「あんた！」と叫んで振り向いた。しかしドアがバタンと音を立ててしまった。見えたのは黒スーツの後ろ姿だけだ。あのホクロ男かどうかは確認できなかった。小窓がある。小窓を塞ぐ被いを持ち上げる。

「誰か！　誰かいないの！」雪乃は大声を上げた。しかし誰からの反応もない。

「ちくしょう。逃げ足が速いんだから」

雪乃は、目隠しを持ったまま部屋の中を見回した。窓はあるが、シャッターのようなもので覆われている。部屋の中にはベッドがある。飾りもなにもない。殺風景そのものだ。

「キッチン、トイレ、バスはついているのね」

キッチンには冷蔵庫も電子レンジも鍋もある。インスタントラーメンなど食料品も置いてあり、冷蔵庫には冷凍食品や水、牛乳などもある。

バスルームを見てみると、きちんと折りたたんだタオルや下着やパジャマ、トレーナーなども置いてある。

「サイズが合うのかな」

雪乃は下着を摘《つ》まんだ。ブラジャーは少し小さいかもしれない。

「まあ、いいけどさ。いったいいつまでここにいろっていうのかしらね」

食料や下着まで用意してあるところを見ると、長逗留《ながとうりゅう》しろということのようだ。

「あれ？　ん」

なにか物音が聞こえる。

雪乃は音の方向に目を向けた。入り口近くに鉄製のドアがある。物置きかなにかと思って気にしなかったが、物音はそこから聞こえてくる。そこになにかいるのか。

コンコンコンとリズミカルな音だ。明らかに意思がある。雪乃は、ゆっくりと歩を進め、ドアのノブに手をかけた。

新宿区うなばら銀行T支店
同日午後九時二十分

「結局はホームレス男の乳母車が見つかっただけ」

譲二がため息混じりに言った。

皆で雪乃を捜索に公園に行ったが、そこで発見したのは、模擬紙幣の入った封筒をゴミ箱から漁ったホームレス男の使っていた乳母車だけだった。

乳母車には毛布が敷きつめられていて、それには猫の毛が多く残っていた。ホームレス男の猫の毛だろう。

「乳母車を公園に放置しているということは、どこかにねぐらがあるってことじゃないのか」

勇次が呟いた。

「昼間はホームレスで、夜は別の顔……ってことか」

藤堂が言った。

「公園に乳母車を置いていったということは、また明日にはそれを使ってホームレスに変わるってことだ。あの乳母車は公園に捨てられていたわけじゃなくて、ちゃんとトイレの後ろにカバーをかけて置かれていたからな」

勇次が言った通り、乳母車は、この表現が適切かどうかは分からないが、放置されていたのではなく、駐車していたのだ。

「私が、明日、早く公園に行ってみます。あの乳母車にどんな男が近づくか監視します」

貞務は言った。

「僕も一緒に」

譲二が言った。

「ありがとう。じゃあ、支店に朝の六時に待ち合わせしようか」

「はい」

「藤堂さん、警察はどうでしたか？」

貞務は聞いた。

「T町署に話しておいた。警察はいつでも動いてくれるが、俺がいるからもう少し様子を見るってさ。俺もそれがいい、そうしてくれって言っておいた」

藤堂がうつむき気味に言った。

「そうですか？　今のところはそれがいいでしょうね。大々的に捜索して、相手を刺激し、もしものことがあってはなりませんからね。そして北川君、さきほど譲二君から聞きましたが、君のお父さんが失踪していて、それを大井先輩が知っているかもしれないのですか？」

貞務は北川亨に問いかけた。

「ええ、そうなんです。父はフヅキ電機に勤務していましたが、突然、姿を消しました」

北川は表情を曇らせた。

「変ですね」

貞務の視線が鋭くなった。

「なにがですか？」

北川は聞いた。

「北川君は、大井先輩から『受け子』のバイトを世話されたんでしたね」

「はい」

「その大井先輩が君のお父さんの失踪を知っているかもしれない。その事実を確かめるまで君は大井先輩から離れることはできないと考えている。お父さんのことが心配だから。そうですね」

「はい、その通りです」

北川は神妙に答えた。

「貞務さん、確かに変だ」

勇次が眉根を寄せた。

「そうなんです。変なのです。大井先輩は、北川君に『受け子』を頼んだくらいだからオレオレ詐欺の一味に違いないでしょう。その彼がなぜ北川君のお父さんのことを知っているのか。まるで北川君を詐欺の世界に引き込むための人質にしているようじゃありませんか。大井先輩と北川君のお父さんとはどういう関係なのでしょうか」

貞務が疑問を投げかけた。

「そう言われてみれば変です。父と大井先輩との接点は分かりません」

北川は苦しそうに表情を歪めた。父のことが、気がかりなのだ。

「なんだか、一筋縄ではいかない事件になってきたなぁ。詐欺集団、大井先輩、北川の親父、北川、これが一本に繋がるんだな。なぜ繋がるかはまだ分からないが。俺の硬い頭じゃよく分からん。ところで、貞務さん、並川の親父にはどう説明するつもりだい？」

藤堂が頭を両手でぽかぽかと叩いた。

「今、悩んでいます」

実は、貞務は、まだ雪乃が行方不明の事実を並川に伝える決断ができないでいた。並川に雪乃が行方不明の事実を伝えたら、彼の暴力装置をすべて動かして捜索にあたるだろう。そうなればどういう事態になるか想像がつかない。雪乃を拉致していると思われる人間、あるいは組織との間に血の雨が降るだろう。

さらにこんな事態を引き起こした責任が貞務にあると考えれば、貞務や支店、銀行を攻撃してくるに違いない。

貞務は自分が攻撃されることは仕方がないとしても支店や銀行が攻撃されることを懸念していた。そうなればかつて久木原が被害を受けたような銃撃事件が発生するかもしれない。

その結果、久木原の頭取就任時にせっかく口をつぐんで秘密にしていたうならば銀行、なかんずく久木原頭取と並川の子飼いだった鯖江伸治など、暴力団との関係が蒸し返されないとも限らない。

「さて並川にどう伝えるかだなぁ」

勇次が天井を仰いだ。

「気が狂ったようになるぜ。きっと」

藤堂も憂鬱な顔になった。

勇次も藤堂も貞務と同じ思いでいるようだ。目の前に血の雨が降る光景でも想像しているのだろうか。

「絶対に遠くじゃないはずです。このT町の中にいます。必ず見つけ出しましょう。今からでももう一度探しに行きましょう。こんなところでぐずぐずしてはいられません」

譲二が、強く言い、席を立った。

「譲二の言う通りだ」

藤堂も立ち上がった。

「すみません。僕が役立たずで」

北川亭がうつむいて、両手で頭を抱えた。

「みんなの気持ちは分かっています。『将に五危あり』と言います。その第一は『必死は殺され』となっています。決死の覚悟で、かけ引きを知らないでいるのは殺されるということです。冷静になりましょう」

貞務は譲二を見つめ、座るように手で合図した。

「そんな悠長なことを言っていていいんですか。こんなことをしている間に雪乃になにかあったらどうしますか？」

譲二が抵抗する。

「譲二君の言うことは分かります。だから余計に冷静になろうというんですよ。柏木君は、あの性格だからオレオレ詐欺の一味の男をつけていき、そのアジトまで行ったのでしょう。そしてそのまま囚《とら》われてしまったと考えていい。ねえ、勇次さん」

貞務は勇次に声をかけた。

「なにか？」

勇次は鋭い目を貞務に向けた。

「詐欺師は、人を傷つけたり、殺したりしますか」

貞務の問いに、勇次は小首を傾げて考える風の顔つきになった。「一般的にはそれはない。犯罪には傾向があって、詐欺師は人の物を騙して奪うが、命まではとらない」

「それは勇次の言う通りだ」

藤堂も同意見だ。

「可能性だけですが、そうであれば今のところ、雪乃さんは囚われてはいるが、命まではなくしていないということですね」

貞務が念を押した。

「しかし、これは一般的な傾向だということで今回の事件に当てはまるかどうかは分からないぜ」

勇次は顔をしかめた。詐欺師が必ず危害を加えないという保証はないからだ。

「それは分かっています。どんな犯罪も傾向通りとはいきませんからね。そしてもう一つ、北川君をリクルートするなど、大がかりのような気がします。『受け子』や電話をかける『かけ子』などを組織しているとなると、それなりに詐欺師としても以前から知られた存在、勿論、闇の世界での話ですが……」

「それはその通りだと思う。『受け子』、『かけ子』、『名簿屋』などの詐欺集団を作るには、組織が必要だ。大きな金を動かして詐欺集団を動かす金主もいるはずだ」

勇次は答えた。

「そうなると、やはり兵法の常道、『彼れを知りて己《おの》れを知れば、百戦して殆《あや》うからず』ですね」

貞務が勇次を見つめた。

「それの意味するところは、闇のことは闇に聞け。並川に相談するか」

勇次がほっと息を吐いた。結局はそこに行きつくことになるのかという思いなのだろう。

貞務は頷いた。

いつまでも並川に雪乃のことを黙っているわけにはいかない。闇の世界の情報スピードは想像以上に速い。雪乃が誰かに拉致されている情報が並川の耳に入るのは時間の問題だ。

それならばこちらから情報提供し、合わせて拉致をしている可能性がある詐欺集団について並川の助言を得る方が得策だろう。

並川が、こちらを攻撃してくるかどうかの不安は残るが、意を尽くせば理解をしてくれるに違いない。淡い期待だが、その可能性にかけることにしたい。

「それがいいな」

藤堂も力のない声で同意した。並川がどう反応するか分からない。

貞務は、携帯電話を取り出し、並川の電話番号を呼び出した。

勇次や藤堂、譲二たちの顔を順に見つめた。それぞれが緊張した表情をしている。

一方で副支店長の近藤、そして北川亭は、いったい貞務たちがなぜこれほど緊張しているのか理解できないような表情だ。

並川の名前は聞いたことがあったとしても、その力を知っているわけではないからだ。

〈もしもし、並川ですが、貞務さん？　お久しぶりです〉

並川のしわがれた声が聞こえてきた。貞務は大きく目を見開き、勇次たちを見つめた。

「ご無沙汰しています」

貞務は型通りの挨拶をした。

〈ははは〉いきなり並川が笑った。「なにか？」

〈貞務さんが、私と頻繁にあっていたら、それだけで問題になりますよ。ご無沙汰がなによりです。ところでなにかありましたか？　こんな時間に電話を寄こしてこられるとは……〉

「はい、実は、ご報告とご相談がありまして、お電話を差し上げた次第です」

〈他ならぬ貞務さんからの電話です。なんでも伺いますよ〉

並川は落ち着いた口調で言った。

「はい、それでは」貞務は唾をごくりと飲み込んだ。「雪乃さんが何者かに拉致されてしまったのです」

貞務は言った。並川の声が消えた。息遣いだけが電話の向こうから伝わってくる。

〈今、貞務さんはどちらにおられますか？〉

しばらくして並川は、先ほどと変わらぬ声で言った。

「今、支店におります。勇次さんや藤堂さんも一緒です」

貞務は勇次たちと視線を合わせた。

勇次と藤堂が大きく頷いた。

〈そうですか……。支店とはT支店でよろしいですね〉

「はい」

緊張が高まってくる。

〈今からそちらへまいります。詳しい話はその時に〉

並川は言った。

「今、概略でもお話ししなくてよろしいですか」

貞務はかしこまって言った。

〈よろしい〉並川は厳しく突き放したように言い、〈近くに着きましたら連絡をします。支店の中に入れてください〉

一方的に電話を切った。

貞務は、通話が途切れた携帯電話を見つめた。

「どうなった?」

藤堂が心配そうに聞いた。

「今から、ここに来るそうです」

貞務が言った。

「そうか。並川の親父が出てくるのか。大ごとになっちまったな」

藤堂が肩を落とし、ため息をついた。

貞務は腕時計を見た。午後九時五十分だ。

並川を怒らせないで、協力してもらう方法を考えねばならない。貞務は唇をきつく結んだ。

渋谷区広尾《ひろお》高級マンション
同日午後十時二十分

久木原は自宅に戻っていた。自宅は渋谷区広尾の高級マンションの一室だ。このマンションはタクシーの運転手に名前を伝えるだけで「ほほぅ」という表情をされるほど有名だ。

実は自宅と言っても自分が保有しているわけではない。銀行の頭取社宅というようなものだ。頭取に就任するまでは三鷹《みたか》に戸建てを持ち、住んでいた。課長時代に購入したものだ。

しかし銃撃事件に遭い、頭取ならばもっとセキュリティのしっかりした場所に住んでほしいと言われ、銀行が用意してくれたのがこのマンションだった。

挨拶をしたわけではないが、ここには大手企業の社長や会長が多く住んでいるらしい。

久木原の同居家族は妻だけだ。子供は孝雄だけだが、既に独立している。

「母さん、メールを見て驚いたよ」

久木原の隣で妻の里恵《りえ》が聞き耳を立てている。里恵の表情は複雑だ。心配しているのか、それとも単なる好奇心なのかがよく分からない。というのは里恵と母、芳江とは仲があまりいいとは言えない。原因は分からない。通常の嫁、姑《しゅうとめ》の関係の悪さだろう。

久木原は、帰宅途中の車中で芳江から送られてきたメールを見て驚いた。なんとオレオレ詐欺に騙されそうになったというのだ。幸い銀行の適切な対応で被害に遭わずに済んだという。

〈そうなのよ。驚いたわ。孝雄の名前を騙ってくるから。すっかり騙されたわよ〉

「孝雄の名前？　孝雄がどうしたって言ったの」

〈会社の金を株につぎ込んでね。損をしたから穴埋めしないといけないって泣くのよ。お父さんに相談しなさいと言ったら、とても相談できないってさ。怖いんだろうね。それで私に助けてくれってすがりつくもんだから。お前、孝雄に怖がられているよ〉

「母さん、それは詐欺師が言っているんだろう」

久木原は苛立ちを覚えた。芳江が詐欺師の話を真に受けているからだ。

〈そうだけどね、隣に里恵さんはいるのかい〉

久木原は視線を里恵に向けた。

「いるよ。なにか」

嫌な気がした。

〈だいたいさ、里恵さんが私にまともに挨拶もしようとしないから孝雄とも疎遠になってさ、こんなことになるのよ。確かに詐欺師の言うことを真に受けた私がバカだけどね。お前たちにも責任はあるよ〉

「母さん……。まあ、よかったよ、被害がなくて。銀行の対応がよかったの？　銀行はうちだよね。支店はどこなの」

久木原は話題を変えた。このまま自分と里恵を非難されても困る。

〈そうなの、T支店だけどね。対応がすばらしいのよ。私が騙されているのに気づいてね。犯人も捕まえちゃったのよ。妙な名前の支店長がね。ちょっと待って、名刺を見るから。えーっと、貞務さん、貞務定男さん。この人がしっかりしているのよ。ああ、そうだわ、お前の知り合いだってね〉

芳江が弾んだ声で言う。

「貞務が……、そうなのか。貞務が被害を防いでくれたのか」久木原は呟いた。「あいつはいい男だよ」

〈しっかりしてるわよ。犯人は孝雄と同じT高校の生徒だったのよ。まだ警察には突き出していないけどね〉

「まあ、いずれにしても良かった。こんど顔を見に行くから、もう騙されないでね」

〈はいはい、せいぜい心配をかけないように暮らしますから〉

　電話は切れた。

「お義母《かあ》さん、オレオレ詐欺に引っ掛かったの？」

　里恵がテーブルにコーヒーを並べながら聞いた。

「そうなんだよ。いきなりメールが来てさ。驚いたよ」

　久木原はテーブルにつき、コーヒーを飲んだ。熱いコーヒーを飲むと、一日の嫌なことが流れ出す気がする。

「それでお金を取られたの？」

　里恵が暗い表情で聞いた。

「いや、銀行の機転でさ、大丈夫だった」

「それはよかった。お義母さん、ちょっと認知症になったのかしら。心配だわね」

　里恵が一緒にコーヒーを飲む。

「それはないと思うよ。でも私たちと疎遠になっているから騙されるんだと怒っていた」

　久木原はコーヒーカップを口につけながら、上目遣いで言った。言いながらマズイと思った。疎遠という言葉が、そのまま里恵に対する非難と理解される可能性がある。

　里恵が久木原を見つめた。視線がきつい。

「それ、私のこと？　私がお義母さんのところにひんぱんに顔を出さないからっていう意味？」

「そうじゃないさ。一般的なことだよ」

久木原が表情を歪めた。芳江のことになると、里恵が邪推する。これが面倒なのだ。

「一般的ってどういう意味なの？」

里恵が言葉尻を捉えて追及してくる。

「だからね、年寄りを一人で置いておくと、いろいろあるからさ、だから時々、顔を見るようにして、年寄りともコミュニケーションを取らないといけないってことさ」

「私とお義母さんがコミュニケーション不足だっていうの？」

里恵の表情が厳しい。コーヒーを飲みながら、カップの縁を噛《か》んでいる。

「君のことを言ったわけじゃないよ。まあ、気にするな」

久木原は、コーヒーを飲んだ時のすがすがしい気分が吹っ飛んでしまった。どこで間違って、余計なことを口にしてしまったのだろうか。いや、そうじゃない。里恵にしてみれば、いつでも芳江の影を感じながら暮らしているのだ。だから芳江が詐欺に遭ったとなれば、自分が悪い、自分が責められるとすぐに考えてしまい、それに対する防衛反応として、逆に久木原を攻撃してしまうのだろう。

「あなたがもっと頻繁に顔を出せばいいじゃないの。私は知らないから。おやすみなさい。もう寝るわ」

里恵が席を立った。表情はさほど険しくはない。芳江とは関係したくないという意思を発散している。

本来なら長男である久木原が芳江を自宅に引き取るべきなのだが、里恵の態度を見たら、それは到底無理な話だ。芳江が詐欺に騙されようと、同居する苦労を考えたら今のままの方がいい。姉の清美《きよみ》に相談したいが、清美は外国人と結婚し、今、ロンドンに住んでいる。芳江のことを相談しても、久木原に任せるというだけだ。

里恵が寝室に消えてしまい、一人きりになったリビングで久木原はコーヒーを飲みほした。

「はぁ」

ため息が洩れた。

今日は疲れる日だった。銀行のこともだが、フヅキ電機のことはもっと大変だ。どのように対応したらいいものか。社長に就任予定の佐藤から経営危機の実態を説明された。

「千二百億円の飛ばしだと……」

久木原はコーヒーカップを壁にぶつけて粉々にしたい気持ちになった。

役員たちに緊急に集まってもらいフヅキ電機に対する対応を検討しなければならない。

佐藤は、うなばら銀行はフヅキ電機のメインバンクで、今、うなばら銀行も資金流出で大変な時期だから、その時にフヅキ電機も経営危機になると、共倒れになるとかなんとか言った。

腹が立った。しかし真理だとも言える。金融マーケットというのは、インターネットの発達でものすごいスピードで変化するようになった。今までのようなアナログで考えてはいけないのだ。デジタルもデジタル、一秒の何分の一かのスピードで噂が流れ、金融マーケットを乱高下させる。

今、久木原を悩ませているのは、自分自身の銃撃という不祥事によってうならば銀行が資金流出という事態に陥っていることだ。未《いま》だに続いてはいるが、これはなんとか収束に向かうだろう。そのためには地味に信用回復に努めるしかない。銃撃スキャンダルに追い打ちをかけるようなスキャンダルを起こさないことが第一だ。

フヅキ電機への対策を検討するよう役員たちに指示をするべきだが、彼らからフヅキ電機の経営危機状態のことが外部に漏洩《ろうえい》したら、いったいどういう結果を招くだろうか。

フヅキ電機を救済しなければ、うならば銀行も経営状態が悪化しているという噂が飛び、今以上に資金流出が激しくなるだろう。

フヅキ電機を救済したらどうか。不良債権の飛ばしをするようなコンプライアンス（法令遵守）意識のない企業を助けるのかと非難されるだろう。救済の方法によっては、銀行自体がコンプライアンス違反に問われる可能性がある。これまた厄介なことになるに違いない。そしてなによりも久木原は佐藤からフヅキ電機の問題を聞いてしまったことに恐怖を感じていた。聞いてしまえば、なにかをしなければならない。ましてやメインバンクの頭取という立場だ。支援するにしてもしないにしてもこのままなにもしないで様子をみるというわけにはいかない。

フヅキ電機が不測の事態に陥れば、頭取として経営悪化を知っていたのか、知っていてなにもしなかったのかと責任を問われるに違いない。

「前門の虎、後門の狼《おおかみ》どころじゃない。左右にも獣がいるって状態だな。どうすりゃいいんだ。佐藤が自力で立ち直るような策を講じてくれればいいのだが……。私は聞いていなかったということにして……」

久木原は、アルコール度数の高いウイスキーでも飲みたい気分だった。このままではなかなか眠れない。

――生島さんかぁ……。

久木原の頭に大手製菓会社会長の生島赳夫の顔が浮かんだ。その顔は自信に満ちていた。

「国際経済科学研究所所長、西念仁三郎と言っていたな」

椅子にかけたスーツの上着のポケットを探った。久木原の手が摘まみ出したのは一枚の名刺だ。それは「なにかの役に立つ時があるから」と生島から渡された西念の名刺だった。

「あの五千億円の小切手は本物のように見えた。三代前の頭取樽木の名前の小切手……。樽木は不審な死を遂げてしまった。あの小切手がなぜ振り出されたのか知ることはできない。今の資金管理者は扶桑銀行だ。業績は良い」

久木原はサイドボードからウイスキーを取り出し、グラスに注いだ。水も氷も入れず、そのまま飲んだ。喉の奥が、一瞬にして焼け、頭の芯に強い刺激が走った。

「もし生島の話が本当で、西念の支援が得られれば、フヅキ電機は助かるだろう。そしてフヅキ電機が助かるのを見届ければ、次は自分たちが利用すればいい」

久木原は呟いた。頭が冴《さ》えてきた。ウイスキーの刺激によるものなのだろうか。久木原は自分の考えがベストに思えてきた。佐藤には悪いが、西念の資金を試験的に使ってもらう。そしてその後、それが安全であると分かったら、うなばら銀行でも使う。

「これはいい考えだ」

久木原は、グラスに残っていたウイスキーを飲み干し、もう一度西念の名刺を手に取った。

「住所はT町……。ひょっとして貞務が知っているかもしれない」

時計を見た。十時をとっくに過ぎている。こんな時間に貞務に電話したら、いったいなにかと思われる。

しかし電話したい。久木原の銃撃事件、芳江の事件など、なにかにつけて貞務が自分を助けてくれているという事実に思い至ったのだ。

久木原と銃撃犯鯖江伸治との関係を貞務が公にしていれば久木原の頭取就任はなかっただろう。頭取にならなければ銃撃もなかったかもしれないが、それは結果論でしかない。少なくとも今の立場があるのは貞務のお蔭だ。

「それにしても貞務は変な奴だ。私をこれだけ助けておきながら、なにも要求してこない」

久木原は携帯電話を取った。迷うことなく貞務の携帯電話の番号を呼び出した。

ウイスキーの酔いが回ってきた。俺は頭取だ。真夜中だろうが、何時であろうと部下は電話に出るべきだ……。俺は頭取だ……。

新宿区うなばら銀行T支店

同日午後十時三十分

貞務の携帯電話が鳴った。並川からか！　貞務は緊張した。

しかし、久木原からだ。頭取がこんな時間に連絡してくるとは、いったいどうしたのだろうか。

――母親の事件が耳に入ったかな。

貞務は「もしもし」と答えた。

〈ああ、久木原だ〉

「頭取、貞務です」

〈夜分にすまない〉

「いえ、結構です。どうぞ御用件をおっしゃってください」

〈貞務、そんなに堅苦しく言葉を選ばなくてもいいよ。同期なんだからタメ口でいいぞ〉

「分かりました。では遠慮なくそうさせていただきます。なんだいこんな夜中に」

貞務が急に言葉づかいを改めたので電話の向こうで久木原が笑っている。

〈母親の件だよ。世話になったみたいで。母親から電話があって驚いた〉

「まだ本部に報告を上げていないんだ。君にも連絡しなくてすまなかった」

貞務は謝罪した。まだ雪乃のことがあり、本部には報告をしていないのだ。

〈いや、いいんだ。報告なんかより、母親が騙されなくて幸いだったよ。犯人も捕まえたんだってね〉

「犯人と言っても単なる『受け子』だよ」

〈高校生だって。それも名前を使われた孝雄と同じ高校だっていうじゃないか。ひどい

もんだなぁ〉

　久木原の声は大きい。目の前にいる北川に聞こえないか、貞務は気にした。

「まあ、またすべて決着したら報告するから」

〈ところで電話をしたのは、母親のお礼だけじゃないんだ〉

　久木原の声の調子が変わった。少し沈んだようになった。

「どうした？」

〈国際経済科学研究所というのを知っているか。所長は西念仁三郎。住所がT町〇〇なんだよ〉

　貞務はすぐにメモを取った。

「聞いたことはないなぁ。その住所なら近くだけど」

〈そうか、知らないか〉

「調べてみようか。なにか気になるのか」

〈そこまでお前に面倒をかける気はないよ。知っていればと思っただけだ〉

「それならいいが。頭取になると、いろいろな人間が近づいてくるから気をつけろ。助けになることならいつでも言ってくれ」

〈ありがとう。母親の件は、本当に助かったよ〉

　電話は切れた。

「並川じゃないのか」

　藤堂が言った。

「久木原頭取からです」

「久木原？　こんな時間に」

　藤堂が言った。

「なにか心配事があるような印象を受けました」

　貞務は書き取ったメモを藤堂に渡した。

「これは？」

　藤堂が首を傾げた。

「久木原頭取が知っているかと電話してきた相手です」

　貞務は答えた。

「母親の件はついでだな。こんな時間に慌てて電話してくるということは、この相手になにかあるってことだろうな」勇次が藤堂からメモを受け取りながら言った。「国際経済科学研究所か……。住所はこの近くだ。ちょっと当たってみる価値はあるな」

「久木原頭取は、『智者《ちしゃ》の慮は必ず利害に雑《まじ》う』ということを考えるべきではないかと思います」

　貞務が言った。

「どういう意味ですか？　支店長」

副支店長の近藤が聞いた。彼は真面目なのか、メモを取ろうと構えている。

「戦争に勝つような智恵のある者は、事態を必ず損得両面で考えるということです。事態を全体的に把握することが重要で、一方的な見方だけに頼っちゃいけないということです。深いですね」

近藤は忙しくメモを取った。

「久木原頭取は、今、なにかに思い悩んでいるのでしょう。銀行経営のことが大きいと思います。自分自身のスキャンダルに端を発し、資金流出がまだ完全には止まっていませんからね。そんな事態を前にしても冷静に全体を捉えないと……。なにかに引っかからなければいいですがね」

貞務が苦悶の表情を見せた。

「あぁ、雪乃、どこへ行っちまったんだよ」

譲二が天を仰いで叫んだ。傍らの北川が首をすくめた。

「今は、並川さんの到着を待ちましょう」

貞務は静かに目を閉じた。

某所

同日午後十時三十分

隣の部屋に通じるドアから音が聞こえた。雪乃は耳を近づけたものの、いったいドアの向こうになにがいるのか確かめるのに躊躇していた。恐怖が勝っていたのだ。しばらくすると音が止み、いたずらに時間ばかり過ぎてしまった。雪乃は決意し、恐る恐る声をかけた。

「誰ですか？　誰がいるのですか？」

ドアの向こうから男の声が聞こえた。「北川と言います」と名乗った。

雪乃は急に危険を感じた。

どんな人物かは分からない。ドアを開けて行き来できるようにしてしまうと、危険が伴う可能性がある。

しかし自分の現状を知るためには、このドアを開け、男と情報を交換しなければならないと覚悟した。

しかしどれだけ押しても引いてもドアは開かない。

男の方でもなんとか開けようと身体ごとぶつかる音が聞こえるのだが、まだドアは開こうとしない。

雪乃はくたびれ果ててため息ばかりついていた。ドアを開けようとしてからもうかなりの時間が経過した。

諦めかけた時、ガチャという音とともにドアがゆっくりと開き、男が雪乃の部屋に入ってきた。

如何《いか》にも真面目そうな印象だった。細身でグレーのスーツを着て、きちんとネクタイをしていた。年齢は五十歳を過ぎているように見えた。頭髪がかなり白い。

「ようやくドアの鍵が壊れました。疲れましたね。北川数馬と言います」

男は自己紹介した。

「柏木雪乃と言います」

雪乃も自己紹介した。

「お邪魔していいですか」

北川は丁寧に頭を下げると、雪乃が閉じ込められている部屋に入ってきた。

雪乃は、うならば銀行T支店の行員でオレオレ詐欺の関係者らしき人物をを追いかけていたらT町の住宅街にあるビルに辿《たど》りつき、そこで捕まってしまったこと、そして目隠しをされ、ここに連れ込まれたことを話した。

北川は、フヅキ電機の元財務グループリーダーだった。

フヅキ電機と言えば、東証一部上場の大手企業だ。そんな会社の幹部がどうしてこんなところにいるのかと雪乃は問い質した。

「匿《かくま》ってもらっているのです」

北川は言った。

「なにか問題でもあるんですか」という雪乃の質問に「詳しくは話せませんが会社の不正秘密を握っているんです。それで狙われていまして、逃げざるをえなかったのです」と北川は暗い表情で話した。

北川は不正の内容を詳しく話すことはできないが、「相当、大変なのです」と真剣な顔になった。

北川数馬は、彼自身がその不正に深く関与していたようだ。話しぶりからすると、フヅキ電機の経営が悪化する可能性がある情報のようだ。

「でもどうしてここに?」

雪乃の当然すぎる質問に北川は、「私をここにかくまってくれているのは、息子の学校の先輩なのです」と答えた。

「息子さんの学校の先輩?」

いったいどういうことなのだろうか。

「私はオレオレ詐欺の関係者を追いかけてここに連れ込まれています。北川さんは、会社の秘密を握っているためここに匿われているとおっしゃる。どうして接点ができたのでしょうね」

雪乃は、首を傾げた。

「あなたはオレオレ詐欺の関係者を追いかけていたら、ここに閉じ込められてしまった。悪人を追いかけていたわけですよね。私は、実は脅迫されていました。会社の不正の秘密を握ったために危害を加えられそうになりました。もうこうしたことに関係したくないと、退職の意向を示したところ、私ばかりじゃなく家族にも被害が及びそうになったのです。それで私は家族を守るために姿を消すことにしたのです。そこで頼りにしたのは息子の高校の先輩でベンチャー企業を経営していた大井健介さんという方です。彼はITベンチャーの寵児《ちょうじ》と騒がれた人なんですが、フヅキ電機の時に接点がありました。息子の通っているT高校の先輩だということで意気投合したのです」

「頼る人がなくてその大井とやらを頼ったわけですね」

「その通りです。私は事情を説明しました」

「不正の内容も話したのですか」

「はい、ひと通りは話しました。詳しい情報はここに入っていますから、それは見せていません」

北川は、ベルトを外し始めた。

「止めてください！」

雪乃は緊張した声を上げた。

北川は笑って「勘違いしないでください」と言い、ベルトを取るとそれを雪乃に見せた。

「これは」

ベルトの裏側にUSBメモリが取り付けてある。取れないように金具で留めてある。

「ここに会社の秘密がすべて入っているんです。これが私の命綱ですよ」

北川はニヤリとした。

「それで大井はあなたの要望通り匿ってくれたわけですね」

「そうです。私の話に非常に関心をもちましてね。データはあるのかと聞きますから、それは持ち出していないと言いました。しばらく別の場所にいたのですが、先日、やはりあなたと同じように目隠しをされ、ここに連れてこられました。匿ってくれた当初は待遇は良かったのですが、先月私が会社の不正をマスコミと証券取引等監視委員会に告発したいと考えていると言いました。株主総会が近いですから、それまでに会社の問題を世間に明らかにすることが必要だと思ったのです。会社を辞めてからも告発するかどうか迷っていたのですが、ようやく決意が固まったのです」

「そうしたら態度が変わったのですか?」

雪乃の問いに「ええ」と北川は暗い表情になり、「もう少し静かにしていてくれませんか、と言われ、ここに連れ込まれました。大井さんを信用していたのですが、騙されたかもしれません」と言った。

雪乃は、北川の話と自分の状況を冷静に分析した。そして結論として、「北川さんを匿った大井とオレオレ詐欺のグループは同じってことになりませんか」と言った。

北川は、とっくにそのことに気づいていたのか、「そうなります。ここであなたと二人で閉じ込められているということが、その証明です」とさらに表情を暗くした。

「ここからなんとかして出ましょう」

雪乃は言った。

「お願いします。オレオレ詐欺と大井が接点があるなら、私の情報をなにかよからぬことに使う可能性があります。そうなる前に私は、この情報を」数馬はベルトを指差した。

「情報を公開して会社を立て直したいのです」

「愛する会社の不正を見て見ぬ振りはできませんからね」

雪乃は、貞務を思い浮かべた。

「その通りです。フヅキ電機は技術力は世界一です。しかし派閥争いが会社の成長を阻害しているんです。これをなんとかするために私は思い切って会社を辞めたんですから」

「早く情報を公開しなければ、北川さんを狙う人間もいるわけですね」

雪乃は同情した。こんなところに閉じ込められているわけにはいかないが、外に出れば命を狙われるかもしれないのだ。事態は一刻を争うだろう。

「その通りです。私どもの役員に野村一美という専務がいますが、彼は恐ろしい人物なのです。なにをするか分かりません。私は彼の腹心でしたから、彼が裏社会とも繋がっているのを知っています。若いころに女性問題を起こし、それを会社に内密に処理して以来、彼らと繋がりができたようです。上場企業の役員としてあってはならないことです。許せません」

「裏社会と言うとヤクザですか？」

雪乃は微妙な気持ちになった。自分の育ての親は暴力団並川組の組長だった並川弥太郎だ。今は、表向き並川組は解散しているとは言っているが……。

雪乃は息を飲んだ。目を見開いて北川を見つめ、次の言葉を待った。

「そうです。ヤクザです。確か並川組だったような……。サ、サ……。サが付く名前……。なかなか思い出せませんね。私は、野村専務がこっそりと彼と会うのを見ていましたから。金でも渡していたのか、インサイダー情報でも渡していたのか知りませんが」

数馬は吐き捨てるように言った。

「サって魚の名前に似てませんでしたか」

雪乃は数馬の表情を窺うように聞いた。

「魚、そうです。そんな名前、鯛《たい》、鰯《いわし》、いや鯖です。思い出しました鯖江伸治とか言っていました。野村専務が、恐ろしい男なんだと……」

北川が強い口調で言った。

「鯖江伸治ですか！」雪乃は驚いた。

「ご存じですか」

数馬が怪訝な顔をした。

「いえ、まあ」雪乃は言葉を濁した。「私たちに有利なことが一つだけあります」

「それは？」

「私たちがこのドアを開けて情報交換していることを大井さんやオレオレ詐欺の関係者たちは知らないということです」

「なるほど……」

雪乃の言葉に勇気づけられたのか、北川の表情がほころんだ。

「早く貞務支店長にこの事態を連絡しなければ……」

雪乃はひとりごちた。鯖江の名前を聞いた瞬間に不吉な予感に身体が震える気がしたのだ。

第六章　うなばら銀行へ迫る影

新宿区うなばら銀行T支店支店長室
六月三日（水）午前六時三十五分

締め切った支店内には朝の光は差し込んでこない。それでも朝が来たことは、肌で感じられる気がする。淀《よど》んでいた夜の空気と清澄な朝の空気とが徐々に入れ替わり、息が楽になっていく気がするのだ。

並川は、昨夜十一時過ぎにT支店に入ってきた。一人だった。着物に袴《はかま》姿。杖をつき、胸を反らし気味に歩く。以前と変わらぬ鋭い、射るような目つきは健在だ。

並川が姿を現しただけで支店内の空気はピリリと緊張した。

並川は、貞務の前に座り、事件の経緯、雪乃が行方不明であることを黙って聞いていた。

並川はなにも質問を返さない。貞務が話を終えたのが、十二時過ぎだ。それからなんと六時間以上も沈黙していたことになる。

並川を支店に呼んだことで、関係者の誰もが帰宅できなくなった。当然、早朝六時に公園などの捜索を再開することも流れてしまった。

眠っているのか、と貞務は心配したほどだ。並川が沈黙している間、勇次や藤堂はソファに座ったまま眠り、譲二、北川亨、近藤副支店長は、一階のロビーのソファで横になった。

起きていたのは貞務と並川だけだった。貞務は、並川の恐ろしさをこの時ほど感じたことはない。これだけの長時間、身動きもせずじっと沈黙を維持できるのは、相当な精神力がなければならない。警察に捕まったとしても決して口を割らないというヤクザがいると聞いたが、並川のような人間のことだろうか。

「私は組を解散しましたが」並川がようやく言葉を選ぶようにゆっくりと話し始めた。

「はい、そのように伺っております」

貞務が答えた。

「こんなヤクザなどという稼業が続いている世の中はよくありませんからな」

「はい」

「しかし組は解散しても配下だった者からすれば私は今も親分らしいのです。何人も私のために命を捨てる奴がいますから」と言い、小さく笑いをこぼした。

「それはそうでしょうね」

「雪乃のことは分かりました。あの子はしっかりしていますからきっと大丈夫ですよ。私どもも、捜索にすぐに動き始めますから。どこにいるか必ず突きとめるように配下の者に指示します。すぐに居所は知れるでしょう。それとオレオレ詐欺のことですが……」

並川は目を細め、貞務を見つめた。

「なにかご存じでしょうか」

「詐欺というのは、私たちの稼業からみれば最低の人間がやることです。しかし最近は若手の頭の良い連中のなかに詐欺に手を染める奴が増えてきました。半グレといいましてね、ヤクザ以下のヤクザな仕事をやる癖に、妙に頭が良く、金を持っている。浮ついた稼業で金を稼いで、それをもっと増やそうとしているんです。金を稼ぐことや事業をやることの社会的意味が少しも分かっていない」

並川は憤慨したように言った。並川の口から事業をやることの社会的意味という言葉が出てくるとは思わなかった。ヤクザでも親分ともなると、それなりに社会的な意味を考えているのだろうか。

「おっしゃることは分かります」

貞務は神妙に答えた。

「先ほど貞務さんは、大井健介の名前を出されましたな」

ちらりと並川が貞務を見つめる。

「はい。北川亨君をオレオレ詐欺の『受け子』に誘い込んだ人物です。北川君の失踪中の父親ともなんらかの関係があるようです」

「その男の名前を聞いたことがあります。IT大を出て、一時期はマスコミにも名前が出ていましたから……」

「そのようです。ITベンチャーで稼いだ男ですね」

並川は新聞などで大井の名前を見たのだろうか。

「その大井とやらはなにかよからぬことを企《たくら》んでいると聞いています。大きな詐欺を計画しているのではないかという噂です」

貞務は緊張して並川の話に耳を傾けた。

「いったいどんな大きな詐欺なのでしょうか？」

貞務の問いに並川は静かに首を横に振った。

「分かりません。そういう噂を耳にしました。ただし背後に鯖江がいるというものですから、私も注意しておったのです」

並川は苦しそうに眉根を寄せた。

「鯖江って、あの鯖江伸治かい？」

いつの間にか勇次が目を覚まし、並川に問いかけた。藤堂も目をこすりながら身体を起こしている。鯖江という名前が二人を目覚めさせたのだ。

「そうです。あの鯖江です」

並川がどういうわけか苦笑気味の表情をした。

「あいつはまだムショにいるだろう?」

勇次が聞いた。

「なかなかの奴でしてね。私の後釜に座ろうって男でしたからね。ムショからでも充分な影響力を行使できるんです。むしろ安全地帯にいて優雅にやっているんじゃないでしょうか。看守たちさえ仲間にしているようですから」

「そりゃたいした奴だなぁ。それで大井とどう絡んでいるんですかね」

藤堂がようやく目覚めたのか、せわしげに瞬《まばた》きをする。

「鯖江の人脈はたいしたもので大手企業からベンチャー企業まで経営者と繋がりがありました。その人脈で大井とも以前から知り合いであったようです。大井とつるんでなにをやろうとしているのかは分かりませんが、よからぬことを企んでいることは事実です。まさか久木原頭取は、未だに鯖江から脅されているってことはないでしょうな」

並川は眉根を寄せた。

鯖江が、久木原やうなばら銀行との関係を秘密にしたままであるために、特に久木原は助かったとも言える。もし鯖江と深く関係していたことが世間に知れていれば、頭取の目はなかっただろう。

「それはないと思いますが」

貞務は答えながら、昨日の久木原の電話を思い出していた。久木原の様子が気がかりではある。

「それにしても服役している鯖江の情報も並川さんには入ってくるんですね」

貞務は感心したように言った。

「それは当然です。あそこには私の知り合いが多いですからね」

並川は皮肉っぽい笑みを浮かべた。

「いずれにしても鯖江と大井が繋がってなにか企んでいやがる。それに北川亭の父親も巻き込まれている可能性が高いってわけだ」

藤堂が、まるでなにもかも推理してしまったかのような得意げな表情を見せた。

「それに雪乃も巻き込まれた……」

勇次が呟いた。

貞務は、その呟きに頷いた。

「貞務さん」

並川は貞務を見つめた。

「なんでしょうか」

「北川君を大井に近づけてはどうでしょうか？　それで大井の動きを探らせましょう。彼にとっては父親のことが一番知りたいわけですからね」

「分かりました。それはいい考えです。ちょっと北川君を呼んでまいります」

貞務は立ち上がった。「俺が呼んできてやるよ」と藤堂が素早く動き、一階のロビーに下りていった。

「本当にこの度は申し訳ありません。柏木さんを怖い目に遭わせてしまって……」

貞務は改めて頭を下げた。

「どうにか連絡が取れればと思いますがね」

「スマホなどは取り上げられているんでしょう。電源が切られていて通じないんです。あっ、そうだ。ちょっとお尋ねしてもよろしいですか」

「どうぞ、なにか手掛かりでも」

「これです」貞務はテーブルにメモを置いた。久木原が電話で聞いてきた国際経済科学研究所の名前と住所が書いてある。

「国際経済科学研究所、西念仁三郎、ですか。住所を見ると、この近くですな」

並川はメモをじっと見つめている。記憶の中を丁寧に探っているようだ。

「久木原が知っているかと聞いてきたのです。なにか問題を抱えているような気がいたしましたが」

「聞いたことがないですな。調べてみましょう。久木原頭取が貞務さんを頼りにしてくるということは、どうせ碌《ろく》なことじゃありませんからな」

並川は薄く笑った。

「ちげぇねえや。連れてきたぜ。北川君をね」

藤堂が、北川を引き連れてきた。その後ろには譲二と近藤がいる。

「北川君、ここに座ってください。よく眠れましたか」

貞務は聞いた。

「なんとか……」北川は不安そうな表情だ。並川とは昨晩に会って挨拶を交わしたものの、威圧されてしまっていた。ましてや自分が関係した事件で並川の愛する雪乃が行方不明であることに強い罪悪感を覚えていた。

「座りなさい」

ぐずぐずしている北川を勇次が一喝した。北川は並川の正面に座った。

「北川君」貞務が穏やかに語りかけた。「君にお願いがあるんだ。いいかな」

「はい」北川が神妙に頷く。

「大井に接触してもらいたいんだ」

「それは……」北川は苦しそうに表情を歪めた。「私が捕まったことは、もう知られていると思います。それで大井に連絡すると疑われるんじゃないでしょうか」

「言わば生間《せいかん》だな」

並川がぽつりと言った。

「『故に間を用うるに五あり。郷間《きょうかん》あり。内間あり。反間あり。死間あり。生間あり』ですね」

貞務が言った。

間とはスパイを意味する。郷間とは敵国の領民のスパイ、内間とは敵国の役人等のスパイ、反間とは敵国のスパイをこちら側のスパイとして使うこと、死間とは必ず敵国で殺される運命になるスパイ。そして生間とは、敵国から生きて帰り情報をもたらすスパイのこと。

「どういうことでしょうか?」

北川が聞いた。

「俺たちにも教えてくれないか」

勇次が言った。

「北川君は、我々に捕まったが逃れてきたというわけです。そして私たちの情報を大井たちに伝える。それで大井たちはなにか動き出すでしょう。また逆に北川君は大井たちの中に潜入し、生きてこちらに帰ってきてもらいたいと思いますので生きて帰る間者、生間というわけです」

貞務が説明した。

「それは分かったが、大井は疑うぞ」

藤堂の言葉に、北川も頷いた。

「大井は君を必要としているはずだね」並川は呟くように言った。「彼は君の失踪しているお父さんのことを知っているらしい。だから君は大井と関係を持たざるをえなかった……。そうだね」

「はい」

北川は頷いた。

「もしそれが大井のはったりでなければ、大井は君のお父さんと以前から知り合いであり、今回の失踪にも深く関与しているに違いない。匿っていると見てもいい。それは決して善意からではない。彼は、大きな詐欺を働こうとしている。それには君のお父さんが必要なのではないかな。そのための人質が君だよ。君がいなくなったことで焦っているはずだ。君のお父さんが詐欺師の仲間だとは到底思えないから、言うことを聞かせるためには君が必要なんじゃないか。連絡を取ることで怪しんでも君を受け入れるだろう」

並川は、自分の推理を淡々と話した。

「父のことが心配です」

北川は言った。

「俺たちがついているから、勇気を出して大井と連絡を取れよ。地元高校生だから赦してもらったって……」

譲二がぽんと北川の肩を叩いた。

「分かりました。やってみます。大井先輩の動きは、貞務さんに連絡します」

北川の表情が明るくなった。

「心配しないでいいよ。私の配下の者たちも君と大井から目を離さないからね」

並川がぼそりと言った。北川の表情がわずかに引きつった。並川の指示に従わなければ、どんなに恐ろしい目に遭うのか分からないと言った恐怖を感じたかのようだ。

千代田区うなばら銀行本店頭取室
同日午前七時五分

久木原の朝は早い。早朝、秘書さえ、まだ誰も出勤していない時に本店ビルに入る。

今は、そんなことはないが、あまり早くてビルの警備員から怪しい人物として呼びとめられたことがある。警備員が、まだ頭取だと知らない時のことだ。

そして車から降りる時が一番警戒する。本店ビルの地下駐車場に運転手は車を停《と》めると、いち早く後部座席のドアを開けるが、その際、久木原の身体を覆うようにする。そしてエレベーターホールまでぴったりと寄り添って歩く。外部からの攻撃への楯《たて》になっているのだ。頭取就任直後に鯖江伸治の銃弾に倒れて以来の習慣だ。

こんなことは通常の運転手ではできない。そのため久木原の運転手はもとSP警察官という異色の経歴であり、レスラーのようにがっしりとした体格の人物だ。

久木原が早朝に仕事に就くのは、若いころからだ。誰もいない、電話もかかってこない仕事場で、雑用をこなしてしまえば、通常の勤務時間に、すぐに仕事にかかれるからだ。

迷惑なのは部下たちだ。上司である久木原が早朝出勤するのにのんびりと通常出勤するわけにはいかない。どうしても出勤時間が早くなる。そのうちあまりに早すぎる出勤に音を上げる者が出てきた。そのため久木原は部下に早朝出勤を禁じていた。

今日も誰もいない。秘書が顔を出すのは午前八時過ぎだろう。

久木原は頭取室で新聞に目を通していた。

その時、直通電話が鳴った。この電話番号を知っているのは、部下以外では余程親しい関係の者だけだ。

こんな時間にいったい誰だろうか？　秘書からだろうか。

警戒しながら久木原は受話器を取った。

〈久木原頭取ですか？　生島です〉

いきなり聞こえてきたのは、大手製菓会社会長の生島赳夫の声だった。

「生島さんですか」

久木原は驚いて答えた。

渡りに船、以心伝心というのはこのようなことを言うのだろうか。

実は、久木原は、生島にどのように連絡すればいいのか、逡巡していたのだ。

フヅキ電機社長の佐藤からの相談の件だった。フヅキ電機が不良債権の飛ばしによって経営危機に陥りそうだと佐藤が言ってきたのだが、それをどのように解決するかを考えていた。そして久木原が出した結論は、生島に相談して蔣介石の秘密資金を紹介してもらうことだった。

しかしどうやって話の糸口を摑んだらいいのだろうか。まさかいきなりフヅキ電機の話をするわけにはいかない。銀行マンは、顧客情報の保秘義務があるからだ。

「おはようございます。久木原頭取は朝が早いと聞いておりましたのでね〉

「おはようございます。こんな早い時間に何事ですか」

〈いやぁ、善は急げって思いましてね〉

生島の明るい声が電話口から聞こえてくる。

「はて、善とはなにかいいことでもありましたか」

久木原はとぼけたような口調で言った。実は、うきうきしていた。頭を悩ましていた生島への電話が、相手からかかってきたのだから。こちらこそ善は急げの気持ちだと久木原は思っていた。

〈昨日、お話しした国際経済科学研究所の西念様の件ですよ〉

西念様だと？　またも様をつけてきましたよ。おお、なんとまさに以心伝心ではないか。

久木原は小躍りする気持ちを抑えられない。

「はて？　どういったことだったでしょうか？　すみません。多忙を極めておりまして」

しかし久木原はとぼけた。どんなに忙しくても、生島の話は頭から離れたことはない。疑心暗鬼ではあったが、弱り切った久木原には非常に魅力的な話だった。尊敬する生島があれほど強く言った話だから、まるっきり眉つばではないだろう。もしほんの少しでも真実であれば、すがりつきたい……、そんな思いだった。

しかしここで焦ってはいけないと銀行家の本能が呼びかけていた。

〈実はね、驚いたことに例の西念仁三郎様があなたを紹介してほしいとおっしゃってね。なんでもとびきりの情報があるんだとか。私は、あなたの役に立つならいいですよとね。どうだろうか、ご紹介してもいいですかな〉

生島は嬉しそうに言った。久木原に役立つならと言う時は、電話の向こうでほころぶような笑顔の生島が見えるようだった。

「とびきりの情報とはなんでしょうかね」

〈さあ、私には分かりません。しかし、西念様がとびきりとおっしゃるのですから、大丈夫でしょう〉

「分かりました。生島会長がそこまでおっしゃるならお会いしましょう」

久木原は「生島会長」を強調した。紹介責任はそちらにありますよというスタンスだ。

〈いやぁ、よかったですよ。実は、申し訳ありませんが西念様にこの電話番号を教えてしまいましたから。善は急げですから〉

生島は少しも申し訳なさそうではない口調で言った。

「そうですか。結構です。それでは先方から連絡があるということでしょうか」

〈そういうことでしょうね。久木原頭取に直《じか》にお話ししたいというご希望でしたので。ぜひお会いになってください。きっと私に感謝されると思います〉

「もし西念様と会うことになりましたら、生島会長は、同席なさいますか」

〈いえいえ、しませんよ。私は口添えするだけです。私のスケジュールなどを調整していたら、どうにもなりませんからね〉

「了解いたしました。先方からのご連絡をお待ちしていればいいのですね」

〈はい、よろしくお願いします。西念様は、きっとすぐに連絡してこられますから。ぜひお会いなさいね〉

生島の電話が切れた。

久木原は、ふうと息を吐いた。西念から電話がかかってくるだろうと生島は言った。とびきりの情報とはなにか？　ざわざわと胸騒ぎがする。不安なのか、期待なのか。本当にすぐに電話がかかってくるのだろうか。もし何日もかかってこなかったら……。その時には、恥を忍んで生島に西念の紹介を頼まざるをえない。

久木原の頭の中には、フヅキ電機の苦境を救ってくれるのは、西念しかいないという想念が渦巻いていた。あまりにもタイミングよく生島から連絡があったためだろうか。人間というのは、不思議な存在で、まるで予定調和のように物事が流れていくと、そのことしか考えられなくなる。久木原もその状態だった。とにかく一日でも一時間でも早く、フヅキ電機のことを西念に相談したいという思いに固まっていた。それはとりもなおさずフヅキ電機の経営危機という突然降りかかった災難を誰かに任せたい、今は、自分の銀行の問題に集中したいという思いからだった。

「おおっ」

目の前の電話が激しく鳴り始めた。まさか……。

新宿区うなばら銀行T支店支店長室
同日午前七時五分

北川亨は、教えてもらっていた大井の携帯番号をプッシュした。

呼び出し音が聞こえる。心臓が高鳴る。

「もしもし、北川です」

北川は呼びかけた。相手が電話を受けたのだ。

〈北川君、どうしたの？〉

電話に出た大井は拍子抜けするほど落ち着いている。

「すみません」

北川は、まず謝った。なにについて謝るのかと聞かれれば、「受け子」としての役割を果たせなかったこと、そして連絡を入れなかったことだ。

〈なにを謝っているの。僕には分からないけどね〉

大井はまるで笑っているかのようだ。

北川は、冷や汗が出てきた。いったいどうなっているのか、大井の態度が解せない。

もっと激しく問い詰められるか、叱責されると思っていたからだ。

「なにをって……、あのぉ依頼されたことを上手くできなかったから」

〈君になにか頼んだっけ〉

「えっ！　頼んだっけって、あのバイトの件です。オレ……」

北川は口をつぐんだ。詐欺名を具体的に言うと、まずいのではないかという思いがひらめいた。

〈言っている意味がよく分からないな。北川君とは最近、ずっと会っていないじゃないか。なにか勘違いしていないか〉

大井の口調が少し厳しくなった。

「そんなぁ……。僕は先輩に頼まれて、ちょっと問題のあるバイトをやりましたが、それが上手く行かなくて、迷惑をかけたんじゃないかと……」

〈おいおい、北川君、君、なにか勘違いしていないか。僕は君にバイトを頼んだことなんかないよ〉

「先輩、それはないですよ。僕が警察に捕まったとでも思っているんですか？」

北川は、大井の豹変《ひょうへん》振りに驚いた。警戒をしているのだろうと思った。

〈警察、ますますなんのことだか分からないな。いずれにしても変な電話を寄こさないでくれないか。電話を切らせてもらう。もし用事がある時は、こちらからかけるから、この番号は使わないでくれ〉

「父のことはどうなるんですか？　父のことを教えてくれるって言ったから、僕はバイトを受けたんです」

北川は、必死だ。ここで電話を切られたら最後だ。父の居場所が分からなくなる。

〈君のお父さんのことね。そうね〉

大井の話が止まった。

「そうです。父が失踪して、そのことを先輩はご存じでした。父がどこにいるか教えてください」

北川は電話をかけながら頭を下げた。

〈くくくっ〉

大井のくぐもった含み笑いが聞こえてくる。

「なにがおかしいんですか？　僕は必死です」

〈君が必死なのはよく分かったよ。もし僕に会って話がしたいならT駅前のレストランサボローに来てよ。あそこなら朝の早いサラリーマンのために七時から開いているから。僕はあの店のサンドイッチが好きなんだ。今日もその店に行くからね〉

大井は電話を一方的に切った。

「切れました……」

北川はスマートフォンの画面をじっと見つめた。

「警戒していますね」

並川が呟いた。

「ええ、そうですね。電話では一切、なにも話さない。周囲に警察がいるとでも思っているのでしょうね」

貞務が言った。

「僕、サボローに行ってきます」

北川が立ち上がった。

「大井が指定した店だな。俺たちも一緒に行くことにするか。今、七時過ぎだ。腹も減ったし、朝飯を食いながら大井の出方を見ようじゃないか」

藤堂が言った。

「私はちょっと別行動をさせていただくことにいたしましょう。今回の事件はいろいろ複雑なようですからな。ではこれで失礼します」並川は立ち上がった。そして北川を見つめて、「くれぐれも注意しなさいよ。容易ならざる連中を相手にするようですからな」と言った。

「ありがとうございます」

北川は、緊張した顔で頷いた。

「大丈夫だよ。俺たちが守っているから」

譲二が明るく励ました。

「支店長、そろそろ行員がやってきます」

近藤が慌てた様子で言った。

「せめて髭《ひげ》でも当たらないと不味いですね」

貞務は顎を撫でた。

某所
同日午前七時二十五分

「あああっ」

両手を大きく伸ばして雪乃は目覚めた。

窓から差し込んでくる陽《ひ》の光が気持ちいい。

ここに連れ込まれた時、窓はシャッターのようなもので塞がれていたが、雪乃が文句を言うとそれを開けてくれた。夜か昼か分からなければ、人間がおかしくなると言ったのだ。

お蔭で外を眺めることができるようになった。しかし、この部屋は何階なのかは分からないが、下の通りが眺められるだけだ。その向こうには住宅が続いている。雪乃が閉じ込められているビルも住宅街の中にあるのだ。

どうして私はどこでも熟睡できちゃうのかしらね。

雪乃は洗面所に行き、顔を洗う。

「嫌だなぁ。すっぴんじゃない」

しげしげと鏡の中の自分を見つめる。化粧水だけは用意されているが、雪乃が愛用している化粧品があるわけではない。鏡の中には化粧をしていない自分が映っている。頬を二、三度叩いてみる。

「まあ、すっぴんもたまにはいいかな」

テーブルの上には、サンドイッチとコーヒーが置かれている。

コーヒーは保温ポットに入れられている。昨夜にはなにも置かれていなかったから、雪乃が寝ている間に置いていったのだろう。

「嫌だわ。寝顔を見られたのかしら」

ポットからカップにコーヒーを注ぎ入れる。湯気が上がる。

「なかなか美味しいわね」

コーヒーをひと口飲む。芳香が鼻腔《びこう》から抜けていく。

「待遇は悪くないけど、そろそろなんとかしないといけないわね」

サンドイッチは野菜のコールスローとハムと卵が挟んである。コンビニで買ってきたものじゃなくてちゃんとした手作りだ。誰かが作ったのか、朝の早い喫茶店で買ってきたものだろうか。

「美味しいわね」雪乃はサンドイッチを頬張った瞬間に呟いた。そして小首を傾げた。

「この味、どこかで覚えがある……」

雪乃は記憶を探った。少し辛子と胡椒《こしょう》が効いたピリリと刺激的なコールスローは……。

トントンと隣からドアを叩く音がする。北川数馬だ。記憶の再生を中断する。

「まだパジャマじゃないの」

監禁した連中が用意したパジャマを脱ぎすて、雪乃は慌てて着替えをする。サンドイッチをくわえたままだ。

音は、すぐに収まった。こちらから返事を返さなければ、すぐに中断することになっている。

着替え終わった雪乃は、今度は自分の方からドアを叩いた。

カチリ。ドアが開いた。

「おはようございます。よく眠れましたか」

北川数馬が入ってきた。口調は穏やかだが、表情は曇っている。

「ええ、よく眠れました」

雪乃は答えた。

「それはたいしたものですね。私はなかなか眠れませんでした。いろいろ考えてしまいました。家族はどうしているだろうか、会社は混乱していないかなどとね」

北川の眉間には深く皺が刻まれている。

「早くここを出ることを考えないといけませんね」

雪乃はサンドイッチを食べた。

「それ、美味しいですね。私、食べたことがあるんですよ」

北川が言った。

「私も！」雪乃は言った。「でも店の名前が思い出せないんです」

「T駅前の早朝から開いているレストランサボローですよ。サボローのサンドイッチ」

北川が答えた。

「あっ、そうだ」雪乃は両手を叩いて大きく頷いた。「朝、七時からやっている店ですね。そういえば、私もそこでサンドイッチを食べたことがあります。朝食を食べてこなかった日に」

「そう、ホットドッグやパンケーキも美味しいんですよ」

「よくご存じですね」

「だってあの店はT高校の生徒だったころから通っていますからね」

北川は初めて笑顔になった。昔を思い出したのだろう。

「北川さんはT高校出身なんですか？」

「そうですよ。そこからT大に行きました。大井とは、息子亭の先輩、後輩ということで親しくなったのですが、元はと言えば、私とも先輩、後輩になるんです。仕事で会った時に『先輩ですね』と近づいてきたんですよ。彼はその頃、ITベンチャーの旗手でしたが……」

北川は、再び表情を曇らせた。

「ちょっと待ってください」雪乃は北川の話を制止した。「ここにサボローのサンドイッチがあるってことは、私たちがいるのはT駅に近い場所ってことじゃないですか」雪乃は、目を輝かせて北川を見つめた。

「そうか、そうですよ、その通りです」

北川は大きく頷いた。

「私は、目隠しをされてどこか遠くに連れていかれたのかと思いましたが、私が忍び込んだビルの近く……、あるいは同じビルで階が違うだけかもしれないんですよ」

「私もどこに連れていかれたのか分からなかったが、ここでサボローのサンドイッチを食べることができるとは思わなかった。私たちは、T駅周辺にいるってことです。それなら誰かに助けを求める方法はないでしょうか」

雪乃も北川もスマートフォンなど外部と連絡可能な機器はすべて奪われていた。

「私たちはいつまでここにいなけりゃいけないのでしょうか」

雪乃の表情が陰った。

「大井は、私が肌身離さず持っているUSBメモリを入手したがっています。それが手に入れば、おそらく用済みになります」

北川はベルトをさすった。そこにUSBメモリが隠されているのだ。

「そのUSBメモリがどうして必要なのですか？」

「おそらくフヅキ電機を脅迫するんでしょうね。私は、これを証券取引等監視委員会に持ち込む予定ですが、そうなれば大井にはなんのメリットもありません」

「そのUSBメモリ内のデータをフヅキ電機に買い取らせるつもりなのですね」

「ええ、おそらくそうでしょう」

北川は悲痛な表情を浮かべた。

「ではそのUSBメモリがこちらにある間は、私たちは大丈夫ってこと……」

「私たちなのか、私なのか分かりませんが」北川は雪乃を見つめた。「大井は、頭のいい男ですからUSBデータがなくてもフヅキ電機を脅迫すると思います。それが上手く行けば私は用済みですから、どこかに捨てられるでしょうな」

北川は肩を落とした。

確かに「私たち」ではない。北川は大井にとって必要な人間だが、自分は単に邪魔者でしかありえない。するともっと早く排除されてしまう可能性が高い。

「早くここから脱出できる手段を考えなくちゃ」

雪乃はふと保温ポットに目をやった。

「ねえ、この保温ポットってどこのものでしょうか？」

北川が保温ポットを見つめた。

「これってサボローのものじゃないですか？」

雪乃は北川に同意を求めた。

「この保温ポットはサボローのものですね。ここにレストランサボローって書いてあります。コーヒーを出前する際に、これを使っているんでしょう」

北川が言った。

「ではっと」雪乃はポットのねじ式の蓋を取り、水気を拭った。そして、ポケットの中から付箋を取り出すとボールペンで「うなばら銀行T支店の貞務支店長に連絡してください（雪乃）。サボローのサンドイッチを食べました」と書き、蓋の裏側に貼りつけた。

「付箋なんかよく持っていましたね」

北川が感心した。

「本を読むとき、気にいった箇所に付箋をつけるのが癖なんです」

「なるほどね。でもこれに気づいてくれるでしょうか」

「賭けるしかないですね。ここは『囲地《いち》』ですから。『囲地には則《すなわ》ち謀り』ですから」

雪乃の得意げな様子に北川は首を傾げた。

「どういう意味ですか？」

「貞務支店長は孫子の兵法マニアなんです。それによりますと、今は敵に囲まれた場所即ち『囲地』にいますから、謀りごとでも何でもして脱出せねばならないってことです」

「すごいですね」

北川は感心した素振りを見せた。

「貞務支店長の受け売りです。きっと貞務支店長ならここを見つけてくれます」

雪乃は明るく言った。

「私もなにか脱出手段を考えましょう。そうでないとフヅキ電機が心配ですから。そろそろ食事を下げに来るはずです。ではまたその後で」

雪乃は、隣室に消えていく北川を見送った。

「貞務支店長にこのポットのメモが伝わりますように」

雪乃は祈った。

千代田区うなばら銀行本店頭取室

同日午前七時二十五分

久木原の手が細かく震えている。受話器に手が貼りついている。なかなか離れようとしない。

西念仁三郎と名乗る男から電話がかかってきた。そして彼の話がようやく終わった。それから五分以上も、久木原は受話器を握ったままだ。

一本、一本、開いた手で指を離す。ようやく受話器を電話器に置くことができた。

久木原は、椅子に深く身体を沈め、西念の言葉を反芻する。一語、一語が蘇《よみがえ》ってくる。声の調子から推察するに高齢の人物のようだ。落ち着いた、やや掠《かす》れたような低音の響きは耳に貼りつくように残る。

〈フヅキ電機を紹介してもらいたい〉

いきなり、西念はフヅキ電機の名を出した。

久木原は、瞬間的に凍りついた。なにを言っているのだ、なぜフヅキ電機なのだ、と言葉に表せないほど強い衝撃を受けたのだ。

今、久木原の頭を悩ませている、そしてまさに西念に紹介しようと考えていたフヅキ電機の名前が出たからだ。

「どういうことでしょうか？」

久木原は息が荒くなり、絶え絶えしく答えるのがやっとだった。

〈理由は詳しくは話せないが、あなたの銀行はフヅキ電機のメイン銀行ですな〉

「はあ……」

〈だから紹介を頼んでいるわけです。フヅキ電機の新社長になる佐藤恵三さんは、あなたと大学の同窓で親しいと聞いております。それで頼んでおります〉

「そんなことを言われましても御用件がはっきりしませんと……」

〈生島会長からの紹介でも無理ですか。怪しい男ではありませんよ〉

電話の向こうで笑みをこぼしているのが見えるようだ。低音で響くような声。久木原はぐいぐいと押しこまれてしまいそうだ。

「怪しいなどとは申しておりませんが」

久木原がやっとの思いで言い返した。

〈きっとあなたも喜ばれる話になると思いますがね〉西念はそこで言葉を切って、〈ああ、そうそう。鯖江さんがよろしくと言っていましたよ〉と言った。

「鯖江……」

久木原は絶句した。受話器を落としそうになった。汗が噴き出したのかと思って、手で額を拭うとべとりと汗が額にへばりついている。それも冷たい汗だ。

〈よくご存じですね。彼があなたにしきりに会いたがっていましてね。あなたには貸しがあると言っていましたが、どんな貸しなのでしょうね〉

西念は〈ふふふっ〉と小さく声に出して笑った。

鯖江伸治。この男だけは忘れたい。久木原を銃撃した男だ。頭取になるために久木原は鯖江を利用した。闇世界の住人であることを承知で、ライバルを追い落とすための道具にしたのだ。そして頭取になった瞬間に彼を捨てた。それに対する反撃が銃での攻撃だった。

一時期は、頭取復帰を諦めた。負傷のせいではなく、鯖江との関係が公になれば、頭取に戻れるはずがない。闇世界の力を借りて頭取の座を勝ち得たという大きなスキャンダルになるだろう。ところが鯖江は、一切、久木原との関係を公にしなかった。その結果、頭取に復帰できたのだ。

鯖江が久木原に貸しがあるというのはそのことだろう。それを西念が知っている。ということは鯖江と西念とは繋がりがあるということだ。

久木原は、なぜ鯖江の名前が出たかなどと聞くことは止めた。聞くだけ、恐ろしさが倍加し、悩みが増えるだけだ。今は西念が鯖江を知っている、そして鯖江と自分との関係も知っているという事実だけでいい。それ以上、深く聞いても結論は違わない。

その結論とは、腹を括《くく》るしかないということ。そして西念の申し出を受けるということだ。もともと西念にフヅキ電機の支援を依頼しようと思っていたのではないか。フヅキ電機を救うことが、うならば銀行を救うことになるのだ。久木原の頭にあの巨額の小切手が浮かんだ。あれは本物だ……。

「分かりました」久木原は唾を飲み込んだ。その音が耳の奥に響く。「どうすればよろしいでしょうか？」

〈ほほう、鯖江の名前がこんなに効果があるとは思いませんでしたな。とはいえ、こちらにも事情がありましてね。新社長の佐藤さんとお会いしたい。今日の午前中にでも紹介をお願いします。できればあなたの銀行でね。あなたも同席していただけると嬉しいのだが〉

西念は、〈連絡を待つ〉と言い、連絡先を伝えて電話を切った。

久木原は、大きく息を吐き、動悸《どうき》を抑えた。

「やるしかないだろう」

久木原はひとりごちた。西念が本当にフヅキ電機を支援できるのか、自分の目で見てみたい。生島が助かったという蔣介石の秘密資金というのが本当に存在するのかと思うと、興奮しないでもない。

それよりもなによりも自分と鯖江の関係を西念の口から公にされたら大きな問題となる。うなばら銀行の危機だ。私は頭取だ。私の危機は銀行の危機だ。危機を防ぐ行動を取らねばならない。余計なことは一切考えるな。今は、佐藤と西念をできるだけ早く繋げることだ。それに集中しろ。

久木原は携帯電話を手に取った。佐藤は、自宅だろうか、会社にいるのだろうか。こんな早朝の電話に驚くだろうか……。

千代田区丸の内フヅキ電機本社会長室
同日午前七時二十五分

「佐藤、うなばら銀行とは話ができたのか」

会長室の淀んだ空気を桧垣泰助の怒声が震わせる。

「はい、昨夜早速久木原頭取とお会いしました」

佐藤は、直立したまま深く頭を下げる。その視界の先には、専務の野村が冷ややかな表情のままで桧垣の傍に座っている。

新社長になる自分がまるで先生に叱責される小学生のように立たされているのに、専務の野村がなぜ座ったままなのだ、と怒りを覚える、しかし社内での実質的な立場はこの通りなのだ。

なぜ社長になると承知してしまったのか。前社長の木川は、佐藤にその座を譲る決断をすると、早々に体調不良を理由に都内の病院に入院してしまった。無責任にも不良債権飛ばしの処理から雲隠れしてしまったのだ。

「株主総会までに方向性を出さなければ、大変なことになるんだ。分かっているのか」

桧垣の怒声は続く。

早朝の七時から会長室での会議が続いている。

メンバーは桧垣と野村と佐藤。それに実務担当者が時々顔を出す。

結論が出る会議ではない。お互いが顔を見合わせ、不良債権飛ばしという事態から逃げ出さないように監視するためだけの会議だ。

結論は見えている。徐々に不良債権を償却するだけだ。すべて明らかにするわけにはいかない。そのためにもうなばら銀行の支援は絶対なのだ。もしそれがなければ、不良債権を償却することなどできない。

「事情は説明いたしました。必ず久木原頭取は、よき返事をくれるはずであります」

佐藤は、そう言いながら、あの時の久木原の表情が忘れられない。佐藤の社長就任を祝う喜びに溢れた表情が、不良債権千二百億円と告白した瞬間に表情が引きつり、目は空洞化したように瞳孔が開き、瞼《まぶた》は閉じなくなり、口はしばらく開いたままだった。頭の中が空白になった表情というのは、あのようなものを言うのだろう。

「催促したらどうなんだ」

「それでは足元を見られてしまいます。かえって支援を遠ざけるのではありませんか……」

佐藤は、精いっぱいの抵抗をする。桧垣は、目を大きく見開き、佐藤を睨みつけ、「とにかく早くしろ！」と声を荒らげた。

ここまで悪化させたのは、お前だろうと言い返したい気持ちはあったが、そんなことができる状況にない。桧垣に逆らうことは、自分がこの会社を去ることだ。それはできない。桧垣のためではない。社長の座に固執するわけでもない。愛するフヅキ電機をなんとか立て直したいのだ。ここで逃げ出せば、自分の人生を否定することになる。そして再建した暁には、桧垣と野村を叩き出してやる……。

「野村君」桧垣は隣に座る野村に声をかけた。「ところであいつは見つけたのか」

「北川数馬でしょうか」

野村が無感情な声で答える。

「あいつがどこかに情報を売り込んだら、私たちの努力は水の泡だ」

桧垣は厳しい表情で言った。

「ご心配には及びません」

野村が、わずかに笑みを浮かべた。

「というと、居所を摑んだのか」

「はい。北川の居所は摑んでおります」

「そうか、それでデータはどうした？」

桧垣の問いかけに、野村は無表情となり、「まだ見つかりません」と答えた。

「なぜだ。持って逃げてはいないのか」

「まだ詳細はなんとも。居所は摑んでおりますので、それもうすぐ判明するかと思いますが……。今は、すぐに手を出せるところにはいないものですから」

野村が、ちらりと窺うような目つきで桧垣を見た。

「苛々する奴だな。捕まえたのではないのか、どうなのだ？」

桧垣は野村に対しても怒りをぶつけた。

「会長、居所は分かったと申し上げております。闇の道は闇に任せております。もう少しすれば、我々の手に落ちるでしょう」

野村は桧垣の怒りにも無表情に答えた。

「手になど落ちなくていい。口封じさえしっかりすればいい。それだけだ。あんな奴の顔は二度と見たくないからな」

桧垣は吐き捨てるように言った。

「御意にございます。必ず口は封じてみせます」

野村は静かに頭を下げた。

佐藤は、心の底から怒りが込み上げてくるのをじっと堪《こら》えていた。

このままでは悪事がどんどん重なっていく。北川の命さえ危ない。しかし二人になにかを言っても、佐藤自身に被害が及ぶだけだ。なんとかしなくてはならないのだが。佐藤は自分の無力さにも怒りを覚えていた。

携帯電話が鳴った。慌てて手に取る。

「おお」と佐藤は声を上げた。桧垣と野村が佐藤に視線を集めた。

「久木原頭取からです」

佐藤は、落ち着いた声で言った。

「もしもし、佐藤です」

〈久木原だ。今、話せるか〉久木原は何やら焦っている。

「ああ、大丈夫だ。話してくれ」

〈うちの銀行の本店に十時に来てくれないか。急がせて悪いが〉

「えらく急だな。いい話なのか？　例の件で進展があったのか」

〈まあ、そんなところだ。いい話だ。十時だ。大丈夫か？〉

「ああ、絶対に行かせてもらう」

佐藤は笑みに頬をゆるめ、桧垣の顔をちらりと見た。

新宿区レストランサボロー前

同日午前七時二十五分

北川亨は早足で歩き、大井が指定したレストランサボローに着いた。道路側の窓から店内を覗き込むと、サラリーマンや学生がコーヒーと名物のサンドイッチを食べているのが見える。

大井の姿は見えない。

「まだ来てはいないのか」

北川が店に入ろうとした時、背後から、「車に乗れ」と声をかけられた。

「あっ」

北川が小さく声を上げた。口を手で塞がれ、大きな声は出せない。両脇を黒いスーツを着、サングラスをかけた二人の男に抱えられ、停車していた黒いセダンに連れ込まれた。

「黙って大人しくしていたら怪我はさせない。親父に会わせてやる」

男たちは言った。

北川は口を固く結んだ。父に会えるなら、どんなことも我慢しようと覚悟した。車は静かに動き出した。

第七章　詐欺、それとも支援者？

新宿区T町レストランサボロー前
六月三日（水）午前七時三十分

「ああっ！　北川！」

目の前で北川亭が黒いスーツの男たちに拉致され、車で連れ去られてしまった。勇次と藤堂そして譲二の三人は、叫び声を上げ、走った。朝の静かな商店街に悲痛な声が響いた。通りを急ぎ足で歩いていた人たちが、一瞬、何事かと思い、足を止め、三人を見た。

「やられた！」

藤堂は、両膝に手を置き、俯いた姿で荒い息を吐いた。

「車のナンバーを覚えたか」

勇次が藤堂に言った。

勇次の息も激しい。

「ああ、覚えた」

藤堂は、ようやく身体を起こす。

「すぐに持ち主を調べよう。藤堂さん、古巣に頼んでくれ」

「ああ、承知だ」

藤堂は、答え、奥歯を強く嚙みしめた。

「絶対に守ると約束していたのに……」

譲二が悔しそうに呟いた。

「大丈夫だよ。心配するな」

勇次が険しい表情で車が去った方向を睨みつけた。

千代田区某所高級ホテル内喫茶室
同日午前九時四十分

フヅキ電機専務の野村一美は、コーヒーを飲みながら、朝刊を開いていた。たいしたニュースは出ていない。新聞を閉じ、ふと目を転じると数メートルはあるかと思われるガラス窓の向こうに滝が見える。黒々とした岩肌を飛沫《しぶき》を上げながら勢いよく水が落ちていく。人工の滝だが、本物の滝と見紛《みまが》うばかりだ。

客はまばらだ。ここには忙しくコーヒーを飲み干し、駆けだしていくサラリーマンはいない。都内でも有数の高級ホテルでゆっくりと朝食を摂《と》ることができた者だけに許される静かなコーヒータイムだ。

野村は、フヅキ電機の財務経理を執り仕切る責任者の特権として、このホテルに常時一室を確保している。昨夜もここに宿泊した。おかげでぐっすり眠ることはできたのだが、今日は早朝に本社に呼び出され、桧垣会長や佐藤次期社長との会議に出席した。会議を終え、野村はホテルに戻った。

——やはりここの朝食は最高だ。会社がどれだけ苦境に陥ろうともこの特権だけは失いたくない。

そのためにもフヅキ電機を存続させなければならない。もし存続に見切りをつける際にはなにがしかの資金を確保しておかねばこの特権を失いかねない。

滝の音はガラスに遮断されて聞こえないが、滝つぼに落ちる水流の音が聞こえてくるようだ。音というものは、目でも聞くことができるのかもしれない。その音を感じていると、一層、穏やかな気持ちになってくる。

——そろそろ来るころだろう。

喫茶室の入り口に目を転じた。

ダークスーツの男が、立っている。視線を野村に向けている。

——あの男だ……。

野村は、ほんの少し頭を下げた。

男は、それを合図と受け止めたのだろう、ゆっくりと歩き、野村に近づいてきた。

「お待たせしました」

男は、野村の前に立つと、ややバリトン風の声で言った。

野村は、新聞を丁寧にたたむと、テーブルに置いた。

「いえ、お構いなく。ここでゆっくりとする時間が大切ですのでね」

野村はにこやかに言った。

男は野村の前に座った。黒々とした髪をオールバックにし、スーツをゆったりと着こなしている。年齢は四十代くらいだが、誰が見ても大企業の幹部のように見えるだろう。

「鯖江先生はお元気ですか？」

野村は穏やかに言った。

「はい、お蔭さまでお元気にされています。看守との関係もよいようです」

男は答えた。

野村は、男の名前も、その他の素性もなにも知らない。ただ鯖江伸治の配下の者だということだけ承知している。

鯖江は、今、うなばら銀行の久木原善彦頭取を銃撃し、重傷を負わせた罪で刑務所に入っている。

野村との関係は、深い。鯖江が、企業関係者を集め、勉強会を行っていた際に出会ったのが最初だった。鯖江があのような暴力的な行動に出たのには、驚いたが、元々は非常に頭の切れる人物で、その意見は傾聴すべき内容だった。

野村は、鯖江と意気投合した。上場企業の幹部が、暴力団関係者と親密になることは許されていない。しかし鯖江のことを警察は暴力団関係者とは認定していなかった。だから問題になることはなかった。

しかし今は、久木原を銃撃したことで警察からもマークされる危険人物になってしまった。もはや積極的に鯖江と付き合おうとする企業関係者はいない。

野村だけは違った。鯖江の能力を高く評価しているために関係を切らなかった。鯖江は、そのことにひどく感激したようだ。

鯖江が主宰し、今では別の者が引き継いでいる研究会などの事業に資金を提供するなどをしていた。

野村は、鯖江と関係を持つことにさほど心配をしていなかった。むしろ以前より安全だと考えていた。それは彼が刑務所に入っていることで直接会うことがないからだ。そのことが隠れ蓑《みの》になり、鯖江との関係が、以前より近くなったと言えなくもない。

「看守ともよい関係とは、やはりたいした御仁ですなぁ」

「ますます影響力を増しておられます。銀行の頭取を撃ったのですからね。箔《はく》が付きました」

男は笑った。

「ところで北川の居所は分かったのでしょうか？　彼が持って逃げました我が社のデータはどうなりましたか」

ウエイターが近づいてきた。野村は話を中断した。

「コーヒーをお願いします」

男が言った。

「モーニングはよろしいんですか」

野村が気を使った。

「朝は、食べない主義でしてね」

男が答えると、ウエイターは頭を下げて、静かに立ち去った。

「北川の居所は判明したのですね」

野村が聞いた。

「ええ、北川数馬氏の居所は、判明いたしました」

「ありがとうございます。早速、連れてきてもらいましょうか」

野村の表情が明るくなった。

「いえ、そう簡単ではないんです。どうもややこしいところに匿われていると言いますか、監禁されていると言いますか」

男は渋い表情になった。

「匿われている？　監禁？　随分と違いがありますね」

「ええ、北川氏は、私たちの動きを察して当初は逃げ込んだものと思われます」

「どちらにですか？」

「国際経済科学研究所というところに匿われているようです。新宿区のT町にあるビルに入居しています。ここの中心人物らしき人物と以前から知り合いだったようで、逃げ込んだと思われます」

「そこはシンクタンクかなにかでしょうか？」

野村は小首を傾げた。

「はっきりとは分かりませんが、なにか別の怪しいことをやっているようです。この男は大井健介といい元ベンチャービジネスの経営者です」

男も小首を傾げた。

「怪しかろうが、もしなにも問題がないのなら訪ねていって彼を引き取ればいいではないですか。彼は退職したとはいえ、元我が社の社員ですしね」

「それがどうもそういうわけにはいかないんです。周辺を探っていますと、北川氏が外に出る様子もない。そこに監禁されている気配なのです。一切、外に出てくる気配がありませんから……」

男は思わせぶりに話した。

「いったいその研究所は、北川を監禁してどうしようというんでしょうか」

野村は男を覗き見るようにして聞いた。

「どうもなにかを企んでいるようですね。この研究所は、仕事師のアジトのようです」

「仕事師？」

「詐欺や、なにか悪だくみをする連中ですよ。しかしヤクザじゃない。私たちの仲間ではありませんからね。北川氏を利用して、なにかをやろうとしているんでしょう」

男はにやりと笑った。

「それは困った」と野村は唇を歪め、「北川が利用されるってことは、持ち出したデータが利用されるってことだ……」と呟いた。

「それで私たちも動きました。北川氏をこちら側に取り戻すためにね」

男はにやりと笑みをこぼした。

「なにをしてくださったのですか？」

野村は落ち着いた口調で聞いた。

「北川氏の息子を拉致しました。息子の解放を条件に北川氏をこちらに引き渡すように申し入れます」

男の視線が鋭くなった。

「それはなんと大胆なことを、誘拐ですか……」野村は驚き、口を半開きにした。「北川からデータを取り戻し、二度と我が社に逆らわないようにしていただくことをお願いしています。手段は問いませんとは言いましたが……」

「なにせ時間がありませんからね。株主総会は近いですから」

男の眉間に皺が寄った。

「いえ、だめだとは……」

「あなたは北川氏を殺してもいいからデータを取り戻してくれとおっしゃったではないですか」

男の声が少しきつくなった。表情も変わってきた。

「その通りですが……」

野村の表情に、初めて動揺が表れた。

「お任せください。私たちは依頼されたことを確実に実行することで信用を得ております」

男は口角を歪めた。皮肉なのか、微笑なのか、区別がつかない。

「分かりました。お任せします」

野村は硬い表情で答えた。

「では成果を待っていてください」

男はコーヒーをひと口飲むと立ち上がった。

「あのぅ」

野村は男に呼びかけた。

「なんでしょうか？」

男が野村を見下ろして聞いた。

「鯖江先生は久木原頭取の弱みを握っておられるのでしょうか？　うならば銀行は我が社のメイン銀行ですので……」

野村は男を強い視線でじっと見つめた。

男は、薄く笑うと、「それは聞かない方がいいでしょう。あなたが使う情報じゃないですから」と答えた。

「そうですか……」

野村の視線が弱くなった。

「では、成果をお待ちください」

男はくるりと野村に背を向けた。

野村は、男の背中を見つめていた。

「これでいい、これでいいのだ」

新宿区T町レストランサボロー
同日午前九時四十分

「おい、これ洗っておいてくれ」

店長がコーヒーポットを美里《みさと》に手渡した。

出前で使用したコーヒーポットが返却されてきたのだ。

美里が、この店でバイトを始めて、はや一年になる。

この街にあるW大に入学してすぐにここを見つけた。早朝の時間帯のバイトでバイト料も通常より高い。朝のバイトだから、授業をさぼらなくていいのがなによりだ。

そしてバイト終わりにこの店のサンドイッチをたっぷりともらって帰ることができる。

その点、店長は気前がいい。朝昼晩と三食ともサボローのサンドイッチだったこともある。

「はーい」

美里は、店長からポットを受け取った。

こんな朝から出前を頼んでくれるところが多くて、嬉しくなる。ポットは空だ。コーヒーもちゃんと飲んでくれたようだ。この店はコーヒーだって美味しい。食事の美味しい店は、なんだって美味しいのかもしれない。

――私も将来、こんな店を持とうかな。

美里はポットの蓋を外した。

「あれ？」

なにかがついている。

美里が、蓋を裏返した時、付箋がついているのを見つけた。剝がれそうになっているのに必死でしがみついている感じだ。

「嫌だわ。どこでこんなものがついたのかしら」

美里は、付箋を剝がし、ゴミ箱に捨てた。

「お客様に出す時に、付箋なんかついているはずないし、どうしたんだろう」

美里は、気になってゴミ箱をじっと見つめた。付箋がゴミ箱の中に見える。なにか書いてあるようだ。美里は手を伸ばした。

「『うなばら銀行T支店の貞務支店長に連絡してください（雪乃）。サボローのサンドイッチを食べました』、これなに？」美里は、付箋の文字を何度か読んだ。心臓が高鳴る。

「店長！」

美里は声を張り上げた。

「なに？　美里ちゃん」

サンドイッチを作っていた店長がのんびりとした返事をして、美里を振りかえった。

「これ、これ」

美里は、濡《ぬ》れた手で付箋を摘まんで店長のところに行き、それを見せた。

「なに？　いたずら？」

店長は、玉子サンドを作っている最中だ。手に卵の黄身がついている。

「SOSですよ」

美里は勢い込んで言った。

「SOS？　うなばら銀行の支店長に連絡？　なに、これ？　珍百景？」

「店長、ボケないでください。サンドイッチは美味しいのにすぐボケるんだから。この雪乃さんが助けを求めているんですよ」

「じゃあさ、なぜサボローのサンドイッチを食べましたなんてくだらないことを書いてんの？　助けて！　殺される！　とか書けばいいじゃん？」

「そんなこと私に言われても分かりません。でもこの雪乃さんって知ってる気がします。うちでよくサンド買ってくれるんです。それも必ず二つ」

美里はくるくるとした目で店長を見つめた。

「そりゃお得意さんだね」

店長は、付箋を美里に渡すと、ふたたび玉子サンドイッチ作りに集中し始めた。

「店長！」

美里は言った。

渋い顔で店長は「なんだよ」と答えた。

「うなばら銀行に行ってきていいですか」

「忙しいよ。今……、もう少し暇になってからにしてくんない？」

店長は、もくもくとパンに辛子バターを塗っている。

「でも一刻を争うかも？」

「大丈夫さ。うちのサンドイッチが美味しかったって宣伝してくれているだけだよ」

「店長、危機感なし！」

美里は、店長の背中を強く押した。店長は、よろよろと前のめりになる。

「おいおい、なにするんだよ」

店長は、しかめ面で美里を睨んだ。

「私、行ってきます」

美里は決然と言った。

「分かったよ。早く帰ってきてね」

店長は肩をすぼめて、弱々しげに言った。

某所
同日午前九時四十分

北川亨は、ようやく目が覚めた。頭が少し痛い。ベッドに寝かされているようだ。上半身を起こし、ベッドから足を床に着けた。

周囲を見回す。まるで病院の一室に閉じ込められているような感じだ。周囲は白い壁だけ。窓はあるがカーテンが掛けられている。

「どこだろうか?」

亨は、頭を拳で叩いた。

レストランサボローに大井健介から呼び出された。そこまではいい。そして急いでサボローの前に着いたら、いきなり車に乗せられた。大人しくしていたら父に会わせると言われたところまでは覚えているが、後は記憶を失った。

「これを飲むようにと言われ、仕方なく錠剤を飲んだが、あれは睡眠薬だったのだろうか」

亨は、再び、周囲を見回してから立ち上がった。

「大井さん！　大井さん！」

ドアに近づき、声を上げた。ノブを摑んだが、鍵がしまっている。

「大井さん、どこにいるんですか？　ここはどこですか？」

ドアの隙間から叫ぶがなんの反応もない。

「さて、どうしたものかな」

亨は、再びベッドに腰を下ろし、天井を見上げた。

——俺はなんてばかなんだろう。親父……。

ポケットを探ったが、スマートフォンもなにもない。奪われてしまったようだ。

——どうすりゃいいんだ。

亨は泣きたくなって顔を両手で押さえた。

千代田区うなばら銀行本店応接室
同日午前十時

佐藤は応接室の椅子に座っていた。だだっ広い部屋だ。窓は大きく、東京湾が見える。

部屋の飾り棚には姿のよい松の盆栽が飾られている。松は常緑樹だ。変わらぬ取引を願う意味もあるのだろうか。あの松のようにしっかりと根の張った取引ができるか否かは、今日の久木原の態度次第だ。

背後には、なにやら暗い色調の絵がかかっている。絵には詳しくないが、相当古い油絵のようだ。暗い闇の中で、女が鶏の羽を毟《むし》っている。鶏の料理を作るのだろうか。鍋もある。女の表情は、料理への期待から笑顔だ。

「嫌な絵だな」

佐藤は、思わず呟いた。羽を毟られている鶏を自分に重ねたのだ。では毟っているのは銀行家である久木原なのか。

「待たせたな」

久木原が入ってきた。

「ああ、いや、大丈夫だ」

佐藤は振り返りざまに言い、急いで立ち上がった。久木原は穏やかな笑みを湛《たた》えている。今日の話は上手くいくだろうと予感させてくれる。

「その絵か」久木原は絵を見つめた。「鶏の毛毟りというんだ。いつ、誰が描いたのかは知らん。でもいい絵だろう。暗くてさ、銀行に相応しいや」

「ああ、確かにな。毛を毟られている鶏を見ると、同情を禁じ得ないね」

佐藤は苦笑した。

「まあ、余計なことはさておき、座れよ」

久木原は、佐藤に席を勧めた。

「今日はどんな用事かな。支援の方針が決まったとでも言うのかい」

佐藤は、にこやかに言った。

「決まったと言えば言えるだろうね」

久木原は言った。

「それは嬉しい。さすがに持つべき者は友だなぁ」

佐藤の声が弾んだ。

「実は、今から来られる人に会ってほしいんだ」

「それが支援の条件なら、喜んで会うよ」

「いや、条件と言うよりその人から支援を受けてほしい」

久木原の表情が引きしまった。

「どういうことなんだ？　その人から支援を受けろって」

佐藤の表情が険しい。

「すごい人のようだ。俺も楽しみにしているんだ」

「ようだって、お前、知り合いじゃないのか」

久木原の椅子の傍に置かれた電話が鳴った。

「まあ、詳しいことは後で」と久木原は受話器をとり、「はい、ご案内してください。

ああ、それとお茶を人数分ね」と言った。

「来られたのか？　その紹介したい人が」

佐藤は不機嫌な表情になった。当然だ。うなばら銀行から支援してもらえると思っていたのに、事情が全く飲み込めないからだ。

「西念仁三郎という人だ。実は、生島赳夫さんからの紹介だ」

「生島？　あの山の手製菓の会長か？」

生島赳夫は財界の大立物だ。

「ああ、そうだ」

応接室のドアが開いた。

秘書に先導され、男が二人入ってきた。

新宿区うなばら銀行T支店支店長室
同日午前十時

「どうしても支店長に会わせろというものですから」

副支店長の近藤朋和が困惑した表情で貞務定男のいる支店長室にやってきた。

貞務は、勇次、藤堂、譲二と支店長室に籠っていた。

亭が何者かに誘拐されてしまった。今、その車のナンバー照会の結果を待っているところだった。雪乃が行方不明になったこともまだ解決していないところに厄介な問題が降りかかってきたことに頭を抱えていた。

「どなたですか？」

貞務は聞いた。

「駅の近くにありますレストランサボローの方です。女性店員さんです」

近藤が答える。

「なに？　サボロー？」

藤堂が驚いた様子で立ち上がった。

「すぐにこちらに呼んでください」

貞務も藤堂の驚きの理由が分かっている。近藤に急ぐように命じた。

「は、はい」

近藤は慌てて踵《きびす》を返した。

「レストランサボローって北川が誘い出された店じゃないか」

勇次が真剣な表情で言った。

「なにか手掛りでもあるんでしょうか」

譲二が言った。

「期待しましょう」

貞務は気を引き締めた。

「失礼します」

支店長室のドアが開き、近藤が女性を案内してきた。小柄で俊敏そうだ。丸いくっきりとした目が印象的だ。ぺこりと頭を下げた。

「どうぞこちらへ」

貞務は立ち上がって、自分の前の席に座るように言った。

女性は緊張した表情だ。貞務だけかと思ったら、いかつい男性が他に三人もいるではないか。特に一人は人相が悪い。いったい何者なのかと。

女性の表情が硬いのを察し、貞務は苦笑いしながら、「この三人は怪しい人じゃありません。ちょっと相談事がありましてね。気にしないでいいですから、どうぞお座りください」と言った。

「はい」

女性は貞務の前に座った。

「レストランサボローの方なんですね。私は、この支店の支店長の貞務定男です。こちらが木下勇次さん、こちらが藤堂三郎さん、私の友人です。ちょっと怖そうですが、なにも心配いりません。そして彼は譲二君。彼も私の友人です」

貞務の紹介で、藤堂が女性に向かって、「ニッ」と笑った。女性は笑っているのか、ただ単に表情を歪めただけなのか分からない複雑な顔になった。藤堂は女性を怯えさせるに充分な人相だ。

「さて、御用件を伺いましょうか？」

貞務は柔らかい口調で言った。

「お忙しいところをすみません。私、山崎《やまざき》美里と言います。W大に通っています。大学に近いサボローでバイトをしているんですが、今日、コーヒーポットを洗っていたら、こんなものを見つけたのです」

美里は、テーブルに付箋を置いた。

「なにか書いてありますね」

貞務が手に取った。

「はい。『うなばら銀行T支店の貞務支店長に連絡してください（雪乃）。サボローのサンドイッチを食べました』と書いてあります」

美里がはっきりとした口調で言った。

「えっ！　柏木君からのメッセージですか」

貞務は驚いて、付箋を目に近づけた。最近、小さな文字が読み辛い。

「おい、俺に見せてみろ」

藤堂が言った。

「待ってください。まず私が見ますから」

貞務が藤堂の逸《はや》る気持ちを抑えた。藤堂は不満そうな表情をした。

「確かにこれは柏木君の字です。詳しく話してください」

貞務は藤堂に付箋を渡した。藤堂は覗き込むようにそれを見て、勇次に手渡した。勇次と譲二がじっと見つめている。

「貞務に渡してくれというのは分かる。しかし、サボローのサンドイッチを食べましたってのはどういう意味だろう」

勇次が疑問を呈した。貞務は悩ましげな表情で首を傾けた。

「素直に読んでいいんでしょうね。サンドイッチを食べたって……」

譲二が首を傾げた。

「美里さん、これを見つけた時のことを詳しく説明してくださいますか」

勇次が丁寧な口調で言った。

「はい、私は、出前に使用したコーヒーポットを洗っていました。蓋をとって」美里はジェスチャーを交えて、「こうやって蓋の裏をみたら、この付箋がついていたのです。きっと助けを求めておられるのだと思って、急いでお知らせにきました」と真剣な顔で言った。

「ありがとうございます」貞務は礼を言い、「出前とおっしゃいましたが、そのコーヒーポットはどこに出前されたのですか」と聞いた。

「それが……」

美里は困り切った顔になった。

「どうされましたか」

貞務は優しく聞いた。

「出前と言っても、お客様が取りに来て、返しに来るんです。私が配達するわけじゃないんでこのポットがどこから返されたか分からないんです」

「そうですか？」

貞務が表情を暗くした。

「雪乃が、サボローのサンドイッチを食べたと書いて寄こした理由だが」勇次は思案する顔つきで、「サボローの近くにいるってことを知らせているんだろうな。サンドイッチとコーヒーが届く範囲ってことだ。それとこのサンドイッチを頼むってことは、常連ってことだよ」と言って美里を見た。

「私も勇次さんの言う通りだと思います。美里さん、このポットをどの客が利用したかなんとか分かりませんか」

貞務が聞いた。

「まさに雪乃は『生間《せいかん》』だな。ちとばかり意味は違うが、自分が生きて帰るために敵の情報をもたらしてくれているんだ。もう一人の『生間』も無事だといいが……」

藤堂が雪乃と亭のことを思い、しみじみと言った。

美里は、必死で考えているようだ。やや上目づかいになり、唇を強く嚙み、小鼻を膨らませ……。

「ポットに番号が振ってあるとかないんですか。だって返してもらわなきゃ困るでしょう?」

譲二が美里を見つめて呟いた。

「あっ」

美里が手を叩いた。

貞務たちは全員、美里に注目した。

「私、すぐ店に帰って、お知らせします。ポットの底に番号が振ってあります。それで注文を受けた店長が、どこの客がどのポットを持って帰ったか、管理しているはずです。ああ、どうしてそれに気付かなかったのか!」

美里は立ち上がった。

「貞務さん、俺たちも美里さんと一緒にサボローに行ってくる。譲二はここにいて何かの時に貞務さんの助けになってくれ」

勇次が言った。

「分かりました。いい知らせを待っています」

譲二の表情に明るさがわずかばかり戻った。

「頼みましたよ」

貞務は頭を下げた。とにかく早く雪乃の無事を確認したいとの思いでいっぱいだった。

千代田区うなばら銀行本店頭取応接室
同日午前十時十分

「今、共産中国は習近平《しゅうきんぺい》一派による独裁化を強めております。それに反対する者たちは粛清されておるんです。これに対する民衆の怒りは凄まじくなっております」

痩《や》せた老人である西念仁三郎は、よく通る野太い声で滔々と話し続けている。

西念は、見かけだけで判断すると、八十歳以上だろう。しかし黒い紋付袴姿で、目は猛禽類《もうきんるい》のごとく爛々《らんらん》と輝き、久木原の視線をことごとく跳ね返す力がある。この人物がただ者ではないことはその目力だけでも分かる。

――まるで古武士か、武道家のようだ。

久木原は、食い入るように西念の話を聞いていた。

西念の隣には黒いスーツ姿の若い男が座っている。眼鏡を掛け、髪の毛をきちんと整え、正座でもするかのように足を揃《そろ》えている。左目の下に小さなホクロがあるのが、特徴と言えるだろうか。

——そういえば西念にも左目の下あたりに小さなホクロがある……。

久木原は若い男が差し出した名刺に目を落とした。国際経済科学研究所研究員兼秘書室長黒住喜三郎と書かれている。黒い鞄を膝の上で抱えている。

——随分、時代がかった名前だなぁ。

「台湾に逃げた国民党軍は、今もなお大陸反攻を諦めているわけではございません。共産中国と台湾との間には、圧倒的な力の差があります。しかし、共産中国に弾圧されている民衆を支援し、なおかつ台湾内の反共産中国の民衆を組織化すれば、共産中国を打倒し、大陸中国に国民党の旗を掲げることは可能です。ちなみに共産中国にすり寄る姿勢を見せていた現政権を覆し、台湾独立派政権を樹立したのは、私どもの影響下にある者たちです」

西念の話は続いている。

久木原は、隣に座る佐藤に視線を向けた。

佐藤には、西念に関して詳しい話をしていない。それは当然だ。久木原自身がなにも知らないからだ。

しかし、西念が、財界の重鎮である生島赳夫の紹介であることだけを伝えてある。それだけで充分だと思うのだが、佐藤の表情には困惑が浮かんでいるように見える。

——西念の話をただのホラ話として受け止めているのだろう。

「さてそこで私たちの役割ですが、佐藤さん」西念はじろりと目を剥いて佐藤に呼びかけた。

「あ、はい」

意表を突かれたのか、佐藤は一瞬、動揺した。

「あなたは蔣介石総統たち国民党軍が中国の紫禁城《しきんじょう》などにあった宝物《ほうもつ》をことごとく台湾に運んだのをご存じですね」

「はい、故宮《こきゅう》博物院で見たことがあります」

佐藤は、辛うじて答えた。

「素晴らしいものだったでしょう。あれだけの宝物を傷つけることなく、戦乱の中を海を渡り、運ぶことができたのは奇跡だと思いませんか？」

「思います」

佐藤が真剣な表情に変わった。自分に質問が向けられたから緊張しているのだろう。

「どうしてそのようなことができたか、お考えになったことがありますか？」

西念は畳みかけて佐藤に質問する。

佐藤は、「いやぁ、大変なことだと思いますが」と苦笑いのような複雑な表情を浮かべ、久木原に助けを求めるかのように視線を送った。

「分かりませんか」

西念の口調が厳しくなった。

「はっ、申し訳ありません」

佐藤は、視線を落とした。

「それは蔣介石総統やその配下の者たちが如何に志が高かったかということの証明です。私利私欲で宝物を台湾に運んだのではないからです。共産党軍の連中のやり方は、ご存じでしょう!」

「はぁ、いえ、なんとも……」

佐藤の目が泳ぎ始めた。額に汗が滲んでテラテラと光っている。西念の勢いに押されているのだ。

「文化大革命の際、中国の多くの歴史的遺産はブルジョワ的だという汚名を着せられ、破棄、破壊されてしまいました。中国四千年の歴史が、無残な姿となったのです。あれが共産党のやり方なのです。それと同じ暴虐の限りが、国共内戦の中でも繰り広げられていたのです。蔣介石総統は、戦いには一時的に敗れはしましたが、中国の歴史まで共産党軍に破壊されてはならないという決死の思いで、宝物を運ばれました。中国人の心を守るためです。その思いは部下たちに浸透し、ただの一つも欠けることも、盗まれることもなく運ぶことができたのです。まさに奇跡ですぞ！」

西念は槍《やり》を突き刺すかのように佐藤に人差し指を向けた。

佐藤は、驚き、思わずのけぞった。

「蔣介石総統は、それでも心配でした。共産党軍が台湾に侵略してくるかもしれない。その備えをしておかなければならないとお考えになりました。当然の心配でしょう」

「は、はい」

佐藤は、大きく頷いた。

「そこで日本人の信頼のできる協力者に頼み、金塊やドルなどを日本に密《ひそ》かに運び入れ、日銀の奥深くに隠されたのです」

「しかし当時は日本は米軍占領下では……」

佐藤は、西念の話に引きこまれ始めたのか、初めて質問を返した。

西念は、薄く笑みを浮かべた。

「佐藤さんは、さすがだ。次期フヅキ電機の社長になられるだけのことはありますなぁ。いいところに気づかれる」西念は妙に感心をし、「その通りです。当時は、箸の上げ下ろしにまで米軍、ＧＨＱが口を出してくる時代です。そんな時代に数兆円にも上る金塊やドル紙幣を日本国内に運び込むことはできない」と言い、佐藤を強く見つめた。

「まさかGHQが……」

佐藤は、半身を乗りだした。

そう言えば佐藤は歴史が好きだったと久木原は思い出した。歴史上の秘話などを飲みながら話してくれたことがあった。

佐藤だけではない。経営者という者は、おしなべて歴史好きだ。なぜなら歴史から教訓を得ようと考えるからだ。

例えばどうして織田信長《おだのぶなが》は、長篠《ながしの》の戦で最強と言われた武田勝頼《たけだかつより》の騎馬隊を打ち破ることができたのかなどなど。歴史には勝者と敗者がいるため、その勝因、敗因を分析するだけで経営者にとっては大いに経営に役立つ。

「その通りです」西念は声を強くした。「当時、すでに事実上の冷戦が始まっておりました。その中でアメリカは、ソ連、今のロシアですな、それと中国とは必ずや戦うことになると考えました。その際、蔣介石を味方につけておくことは有利になると考え、大陸反攻のための資金を日本に隠匿することの協力をしたのです。その金額は、数兆円、ざっと見積もって八兆円になります」

「八兆円、ですか」

佐藤は目を大きく見開いた。

「しかしそれでも足らないと思ったでしょうな。日本が復興に向かう昭和二十四年ごろの国家予算でさえ約七千億円ほどに過ぎません。それの十倍以上の資金が日本に隠匿されていたのです」西念はそこで視線を弱め、「ねえ、佐藤さん」と、再び呼びかけた。

「はい、なんでしょうか？」

　佐藤は、すっかり西念の話に引き込まれているようだ。泳いでいた視線が落ち着きを取り戻している。

「使いたくありませんか？　日本は戦争に敗れ、なにもかも失ったんです。国土は荒廃し、産業も壊滅しました。ＧＨＱは、共産主義国家との冷戦を勝ち抜くために日本をその楯にしようと考えたのはご存じですね」

「ええ、存じております」

「日本の国力を再建しなければ、反共の楯にならない。そのため資金はいくらあっても足らないわけです。そこでＧＨＱは、一時的に蔣介石の資金を日本が使うことを認めたわけです。それは産業の復活や警察予備隊、今の自衛隊や反共を主たる政治目標に掲げた政党、今の与党民自党ですな、それを立ち上げる資金にも使われたのです」

「与党民自党の資金には、右翼の大立者の資金が使われたとか聞いたことがありますが……」

「Ｍ資金というのは聞いたことがあるでしょう？」

「はい。しかし耳にした程度です」

「GHQのマーカット少将の資金と言われ、戦後から今日に至るまで多くの経営者が、この実態に触れようとして失敗し、悲惨な目に遭ったこともご存じでしょう。実はその右翼の大立者の資金もM資金も実は、すべて蔣介石の秘密資金の一部なのです。それは蔣介石の頭文字をとって〝S資金〟と命名されております。実際にそれを使ったから戦後日本の復興があったのです。新幹線も、オリンピックも、鉄鋼や自動車産業の復興もなにもかも、戦後の貧乏な国家予算で賄えるものですか！　ありえないでしょう。日本の奇跡の戦後復興には蔣介石の秘密資金が活用されたのです」

「……ではどうしてM資金などというようないかがわしい話になったのでしょうか？」

佐藤の目が真剣さを帯びている。

「あなたの心配されることはよく分かります。それはたとえば十の案件のうち一件をいわば人身御供に差し出すことによって、この資金をより秘密にしておくためです。それはなぜか」西念の口調が再び強くなった。「すべてが成功したら、我も我もと誰でも利用したくなるでしょう。そうじゃないですか」

「そ、その通りです」

佐藤は、西念の勢いに押され気味になった。

「だから秘密を守るための犠牲者が必要になるのです。できるだけ話題になるような方に『M資金に騙された』と騒いでいただき、誰でも彼でもがよりつかないようにする必要があったのです。ごく選ばれた、特定の方しか利用できず、その利用は日本国家の重大事に関わること、そういう条件がついています」

「なるほどねぇ」

佐藤は、感心したようにため息をもらした。

「今、蔣介石の秘密資金は、私たちが事務局として管理を委ねられています。その資金は、日銀から大手銀行に管理が移り、かつてはうならば銀行もその前身の時代に管理が委ねられていました」

西念は久木原を見て言った。

それは、当然知っていますよねという確認に思えた。久木原は、西念の勢いのある視線に押されて、曖昧に頷いてしまった。しまったと後悔したが、久木原の脳裏にあの小切手が浮かんでいた。

西念は、隣に座る黒住という男に目配せした。

黒住は、大事に抱えていた黒い鞄の中から一枚の小切手を取り出して、西念に渡した。

西念は、それをテーブルの上に無造作に置いた。

「あうっ」

佐藤が、呻きとも悲鳴ともつかぬ声を発した。

久木原も「うっ」と声を洩らした。

――例の小切手だ。

「これはうなばら銀行の前身、大海洋銀行の元頭取である樽木信一郎様が、私どもの求めに応じて、管理されておられた資金を引き出すために振り出されたものです。樽木様は、久木原頭取と同じ大海洋銀行のご出身でしたね」

西念は再び久木原を見つめた。

「そうです」

久木原は、息を詰まらせながら頷いた。小切手を見せられると、これが本物かどうか、もう一度確かめたくて身体が硬く緊張してしまう。

「樽木様は、丸日《まるにち》銀行との合併の立役者でしたが、ご苦労されて不慮の死を遂げられ、その後はオンライン事故やなにやかやと、うなばら銀行は混乱し、旧大蔵省の官僚などを天下りで受け入れるなどの処置をした結果、今の久木原様で落ち着いたというわけですな」

西念はにやりとした。

「落ち着いたかどうかは……」

久木原が言葉を濁した。

「樽木様は、蔣介石の秘密資金の管理を委ねられておられました。私たちの求めに応じて、そこから資金を引き出す役割です。しかしうなばら銀行において丸日銀行を抑えつけ、自分たちの覇権を確立しようとこの資金を私的に使おうとされました。そこで今では、扶桑グループである、扶桑銀行に資金は移っております。その責任を痛感されたのが、樽木様の死因の一つではないかと私は憂慮しておりますが」

西念は、目だけを動かして久木原を見た。

ぞっとするほど冷たさを感じ、久木原は背筋をぞくぞくとさせた。

「本当なのか？　久木原」

佐藤は、興奮したのか、頭取と呼ばずに学生時代さながらに久木原と呼び捨てにした。

「ああ、樽木さんが不慮の死を遂げたことは事実だ。原因は不明だがね」

久木原は答えた。

「失礼ですが、この小切手は本物なのですか」

佐藤の目が赤く血走っている。

「よろしいですか」

久木原は上目づかいに西念に聞いた。

「どうぞ」

西念は落ち着き払って答えた。

久木原は、手を伸ばし、小切手を摑むと、天井に向けた。小切手が光を受けた。

「どうでしょうか」

西念はにこやかに言った。

「本物です。大海洋銀行のエンブレムである波と太陽の透かしが入っています」

久木原は、指先が震えるのが分かった。

頭取になってこんなに感動したことがあるだろうか。この小切手はまぎれもなく本物だ。八兆円にも上る資金を極秘に管理する業務があるのだ。樽木は失敗したかもしれないが、自分ならちゃんとやれるのではないか。今は扶桑銀行に管理が委ねられているという。あの銀行、そして扶桑グループが最強の企業グループと言われるのは、この資金を管理しているからではないのか。誰もが、この資金の前にひれ伏すに違いない。

久木原は、ようやく小切手をテーブルに置いた。

佐藤がそれをじっと見つめている。佐藤自身の目で、久木原が本物と断じた透かしを確認したいのかもしれない。

「佐藤さんも、どうぞ」

西念が、そんな佐藤の気持ちを見透かしたように小切手を佐藤の方にずらした。

佐藤は、無言でそれを手に取ると、久木原と同じように光に透かした。そして「おおっ」と声に出した。

「佐藤さん」

西念が穏やかな口調で言った。

「はぁ」

もはや佐藤は、度肝を抜かれたような頼りなげな表情だ。小切手を持ったまま、呆然としている。

「あなた、悩んでおられますね。もうすぐ株主総会です。総会後はあなたが社長になられます。そうですね」

「はい」

「しかし、あなたのフヅキ電機は倒産するでしょう」

西念は、なんの感情も交えずズバリと言った。

「えっ」

佐藤と久木原は、同時に声を上げ、西念を見つめた。目が点になるというのは、このような場合を言うのだろう。

「巨額の不良債権を隠しておられる。そのため経営は早晩、立ち行かなくなる可能性が高い。あなたはそれを解決しなければならない。それで久木原頭取に支援を頼んだ。しかし久木原頭取も苦しい立場だ。鯖江伸治から銃撃されたという自らのスキャンダルの火がまだ消えていない。銀行としての業績は不透明を極めている。御両人、違いますか」

西念は、口角を引き上げた。笑っているように見える。

佐藤と久木原は、うかつにも同時に頷くような仕草をしてしまった。

「フヅキ電機、うなばら銀行、共に日本経済にはなくてはならない企業です。なあ、黒住よ」

西念は黒住に声をかけた。

「はい、その通りでございます」

黒住は、目を上げることなく非常に慎重に言葉を選んでいるような口調で答えた。そしてテーブルの上に置かれた小切手を鞄に仕舞いこんだ。

第八章　フヅキ電機、危機一髪

某所
六月三日（水）午前十時三十分

——あのメッセージは、貞務支店長に届いただろうか？

雪乃は、部屋の中で祈るような気持ちになった。

隣のドアが開いた。北川が顔を出した。

「ちょっと気づきませんか？」

北川が言った。

「なにをですか？」

雪乃は首を傾げた。

「連中、バタバタしているんです。さっきちょっと水か、お茶をもらおうと監視している男に電話をしたのですが、『ちょっと今、忙しい』といつもと違う感じなんですよ」

「なにかあったのでしょうか？」

「分かりません」

「ひょっとしてあのメッセージが貞務支店長に届いて、警察が私たちを助けにやってくるという情報が彼らに伝わったのでしょうか？」

雪乃は、目を輝かせた。

北川は、笑みを浮かべて、「ひょっとしたらそうかもしれません。いよいよ私たち、ここから出られるかもしれません」と言った。

「やりましたね」

雪乃は、両手の拳に力を込めた。

――もうすぐ貞務支店長が助けに来てくれる……。

「『兵は拙速なるを聞くも』、よね」

雪乃は、呟いた。

「なんですかそれ？　また貞務とやらいう支店長の言葉ですか？」

北川数馬が小首を傾げた。

「まあ、そんなところです。孫子の兵法で、短期決戦がよいって意味なんですが、思い立ったら吉日って意味に使ってます」

雪乃は得意げに言った。

「なにを思い立ったんですか?」

「動きを探ってみようと思います。私たちを監視しているというか、世話をしているというか、黒スーツの男性になにか起きたのかって」

「妙にバタバタしているからですね。でも私には、なにも教えてくれませんでしたよ。忙しいからって言うだけで」

北川は眉間に皺を寄せ、悔しそうに言った。

「あのイケメンじゃない方、意外と私に親切なんですよ。昨夜、北川さんに事情をうかがった後、いろいろ話しかけてくれるんです。学生時代はスキー部にいたんですって。いい人なんじゃないですかね」

雪乃は、ニコッとした。

「スキー部ですか」北川は、驚いた顔をした。「雪乃さん、よくこんな状況であいつらとよもやま話ができますね。すごすぎです。いずれにしても何事も試してみるに限ります。失敗は成功の母と言いますからね。いったいどうやって話しているんですか?」

「あの小窓越しです」雪乃はドアについている小窓を指《ゆび》さした。

「あれですか? 私の部屋にはないですね。では、私はちょっと席を外します。よろしくお願いしますね」

「なにか分かったら、すぐに教えますから」

雪乃は、ドアを開け、隣の部屋に消えていく北川を見送った。

雪乃は、監視役がいる方のドアに向かって歩く。

小窓を塞ぐ被いを開けると、外の監視役と話ができる。

雪乃は、小窓の被いを摘まんで持ち上げた。男の後頭部が見える。

「ねえ、ちょっといいですか」

雪乃は、男に声をかけた。

「どうかしましたか。今、あまり話せる状況じゃないんですが」

男は、振り向かずに答えた。

「いつまでここにいるの？　家族や銀行の人も、心配していると思うんですよ」

「もうすぐじゃないですか？　無事に出られますよきっと」

「そんな甘いこと言って、信じていいんですか」

「隣の男、次第ですよ。あなたも隣の男と話しているでしょう？」

——知っていたの？

雪乃は、ドキリとした。ドアを開けて北川と交流していることも承知しているのかもしれない。

「えっ、なんのことかしらね」

雪乃は、一応、とぼけてみせた。

男が、息を殺して笑っているのが分かる。

「なにが、おかしいの」

ちょっと怒った口調で言った。

「隣の男、北川って言うでしょう。あなたと話してるのは分かっていますよ。盗聴装置を仕掛けておけばよかったなって後悔しているんです。まさか、あなたみたいな余計な人が紛れ込んでくるとは思ってもみなかったものですからね」

「余計で悪かったわね。だったら早く家に帰してよ」

「それも皆、隣の北川次第です。北川は、秘密を握っているんですが、それを明らかにしようとしないんです。それさえ明らかにしてくれれば、あなたも北川も自由になれるんですよ。北川にあなたからも話してくれませんかね」

──あのＵＳＢメモリのことだわ。北川さんはフヅキ電機の秘密が入っているって言っていた……。

「その秘密を知って、どうするの？」

「そりゃ金にするんでしょうね。でもねボスは、もう待てないって動き出してますけどね」男は言い、「あっ、いけない」と口を手で塞いだ。

「もう動き出しているってなに？」

雪乃は声を強くした。

「もう、余計なことは言わないでおきます。叱られますから」

「ふーん、度胸がないのね」雪乃は、男を煽《あお》った。「ちょっと今日は、バタバタしてるんじゃないの」

「分かりましたか」

「分かるわよ。あなたはここにいるけど、ちょっと人の動きが激しいもの。どうかした？」

雪乃の問いかけに男が振り向いた。

——あら？　ホクロがない。

「ホクロがないわよ」

雪乃が言うと、男は手で眼鏡の左下を触って、「忘れちゃったですね。いいですよ。あんなもの。そろそろここから足を洗おうかと思っているんですから」と言った。「えっ、足を洗うって？」

「この組織を抜けようかって思っているんです。ヤバイでしょう。そんな雰囲気なんです」

男は、神妙な表情になった。

「バタバタの原因は、それ？」

雪乃は、ぜひとも質問に答えてほしいと切なげに言った。

「理由は分からないんですが、北川を連れ出さねばならないみたいなんですよ」

男が顔をしかめた。

「えっ、北川さんをどうするの？」

雪乃は不安な表情で聞いた。

男は、首を振った。

「知らされていません。でもどうもここが知られてしまったらしくて、またどこかに移動するみたいなんです」

「誰に知られたの？　警察？」

「分かりません。でもよくない傾向ですね。あなたが来てから、どうもマズイ」

男は雪乃を睨んだ。

「私のせい？　バカなことを言わないでよ。閉じ込めてんのはあなた方のほうじゃないの？　北川さんをどうするの」

雪乃は問い詰めた。

男は、唇に指を当て、静かにするようにと動作で示し、それから両手で自分の首を絞める格好をした。

「きゃっ」

雪乃は、叫んだ。

「ということですかね。あなたは大丈夫ですよ。きっとね。北川は用済みになったのかもしれませんね。それで連れ出すためにバタバタしているんです」男は言い、「あっ、呼ばれたみたいですから。ちょっとここを離れますね」

「ちょっとちょっと」

雪乃は、男に呼びかけたが、答えることなく姿が見えなくなった。

「どうしよう……」

雪乃は、男が自分の首に両手を当てた姿を思い浮かべた。あれは、北川を殺すということではないのか。

——もはや用済み？

北川は、ＵＳＢメモリを持っていれば安全と言っていたが、もはやそうではないのだろうか。

「どうしよう……。ここを抜け出さないと、北川さんが大変なことになる……」

雪乃は、小窓のカバーを閉めた。

千代田区うなばら銀行本店頭取応接室

同日午前十時三十分

久木原は、佐藤が本気で怒っているように見えた。

応接室は重苦しい沈黙に支配されていた。誰かが口を開かねば、このままここにいる者たちは、沈黙に押しつぶされかねない。

佐藤の表情が歪み、「なにを根拠に、そんなことをおっしゃるのですか」と呻くような声で沈黙を破った。

「そんなことと言いますと？」

西念は、不気味な雰囲気を漂わせて薄ら笑いを浮かべた。

「巨額の不良債権を隠しているという話です。そんな事実はありません。我が社は透明性を持って決算を行っています」

佐藤の声が震えている。口の隅には白い泡が付着している。

西念が指摘したことは事実だ。フヅキ電機は千二百億円もの不良債権を隠蔽している。佐藤も認識している。

しかし、西念から指摘されたからと言って簡単に認めるわけにはいかない。

――しかし、どうしてだろうか。

久木原は西念の薄ら笑いを見るともなく見ながら、不思議に思った。

なぜフヅキ電機の不良債権隠しのことを知っているのか。単なるブラフとも思えない。

そもそも西念がこの場にフヅキ電機の佐藤を呼べと言ったのはなぜか？

——この男、ただ者ではない。うなばら銀行の苦境もフヅキ電機の苦境もすべて承知なのだ……。

久木原は、なにやらゾクゾクと背筋に寒気が走り、身体中に鳥肌が立つ思いがした。寒いのではない。恐怖心からだ。

「先程、私の指摘に首肯されたのではないですか？　くくくく」

西念は、くぐもった笑いをこぼした。

「首肯などしておりません。首が動いただけです。全くの事実無根です。あまり失礼なことをおっしゃると、いくら生島会長のお知り合いであっても私は帰らせていただきます」

佐藤は、腰を浮かしそうになった。

「まあ、待て」

久木原は思わず友人に声をかけるような口調で佐藤に言った。

「う、う、うーん」

佐藤は、久木原を恨めしげに見つめ、腰を下ろした。

「西念様、佐藤様が話をお聴きになる気がないのであれば、私たちの方こそ引きあげませんか」

黒住が、おずおずと視線を西念に向けながらも、断固とした意志を示す口調で言った。

「そうだな。私たちは、フヅキ電機様の苦境を助けようと思っているだけだ。溺れている者に手を差し伸べているのに、その手を払いのけられては、なにをか言わんやだ」

西念は、黒住に向かって頷いた。

「佐藤様、久木原頭取」黒住は、静かな口調で言った。「西念様は、必要とされている人のところに、必要な時期に現れる方です。私どもは、フヅキ電機様、うなばら銀行様が、西念様の力を必要とされているに違いない。それもかなり喫緊の課題として必要とされていると思い、参上いたしました。しかし、それはどうも間違いであったようです。無駄な時間を費やすことはできません。失礼させていただきたいと思います。西念様、行きましょうか」

黒住が西念に立ち上がるように促した。

「そうだな……」

西念は言った。

「ちょっとお待ちください」

佐藤が、青ざめた顔で両手を伸ばして西念を押しとどめた。

「はて、いかがされたかな？」

西念は、佐藤の動きをあらかじめ予期していたかのように微笑した。

「お聞きしたいのですが、どうしてフヅキ電機が不良債権を隠蔽しているとおっしゃったのですか」

佐藤の目は大きく見開かれたままだ。

「その根拠を示せと、おっしゃるのですか？」

「まあ、そのようなことです」

佐藤は、苦しそうな表情を浮かべた。

「私どもは、貴重な蔣介石の資金の運用を任されております。これは、世のため、人のために使わねばならないのです。そのための情報は絶えず入手しております。私どもの得た情報に間違いがあるなら、それもよしとしましょう。間違いがないなら、あなたは大いに後悔されることでしょうな。根拠を示せとおっしゃるが、根拠がなくて、このようなことを申し上げるものでしょうか。あまり私どもを見くびられない方がよろしい」

西念は、怒りを含んだ表情で、じろりと佐藤を見つめた。

佐藤のこめかみに一筋の汗が流れ落ちるのを久木原は見逃さなかった。

「佐藤次期社長、西念先生の話をもう少し伺ってもいいんじゃないでしょうか」

久木原は、友人ではなく客に接するような丁寧な口調で言った。

佐藤は、なにかを深刻に考えている様子で、じっとうつむいている。

「では帰るとしますか」

西念が黒住を促した。

「ちょっとお待ちください」

久木原が、慌てた様子で言った。

「はて、ここはお待ちくださいが多いところですな」

西念は、明らかに不満そうな表情を浮かべた。

「申し訳ありません。私の方もお聞きしたいことがございます」

「どうぞ、おっしゃってください」

「フヅキ電機は、私たちがメイン銀行で取引させていただいております。今、先生がおっしゃった不良債権のことが事実であれば……」久木原は、佐藤を見つめた。佐藤は、顔を上げ、久木原を厳しい表情で見つめ返している。

「ふふふ」西念は如何にも愉快そうな様子で笑った。「さて、私に、どうなるかと尋ねられてもね。それは佐藤さんが一番、ご存じではないでしょうか？　世間は、なんと言うでしょうな。現在では、隠蔽するということが最大の非難の対象となります。何事も透明性が重視される時代です。もし隠蔽が事実なら、普通に赤字が出るのとはわけが違います。フヅキ電機そのものの経営が疑われることになり、その衝撃は想像を絶するものになるでしょう。バブル崩壊後、証券会社などが不良債権を隠蔽していたことが発覚し、破綻に追い込まれました。それだけならまだいい。経営者は、逮捕されてしまうでしょうな。会社のことより、逮捕されることに危機感があるのではないでしょうか。勿論、そうなれば代表訴訟になり、巨額の賠償金を請求され、財産もなにもかもなくされることになるでしょう。要するに、不良債権の隠蔽が、もし……」西念は、「もし」を強調し、にんまりと佐藤を見つめた。

「もし……」

久木原は、唾をごくりと飲み込んだ。

「もし、事実なら、会社は、勿論、隠蔽に関わりのあった経営者が今まで築き上げた人生はことごとく無に帰するでしょう」

西念は強く言い切った。

「ううう」

佐藤が、呻き声を上げた。

「もし、もし事実ならどうすればいいのでしょうか」

久木原はすがるような口調で言った。

「すべて公表するのが最もよいでしょうな。しかしそれはできない。会社もダメになり、経営者もダメになり、従業員も取引先もみんなダメになるでしょうな。ねえ久木原頭取」西念は久木原を見つめた。

「うなばら銀行は、不良債権を隠蔽するような会社を支援する際にはどうなさいますか?」

「それは……」

久木原は苦渋に満ちた顔をした。

「徹底的にリストラし、経営陣の責任を追及することを前提に支援することになるでしょう。その際は、うなばら銀行も不良債権の償却などで痛むことを覚悟しなければなりません。今、うなばら銀行は、報道などによりますと、久木原頭取自身が引き起こした悪評、あの銃撃事件ですが、それが原因で資金の流出が止まらないというじゃないですか。もしフヅキ電機が経営危機に陥ったら、さらにその資金流出は大きくなるでしょう。

そうした事態を防ぐには唯一つ、資金援助し、極秘裏に不良債権を処理するしかありません。多くの企業が、その道を選択してきました。例えば東亜大日銀行は、不良債権を隠蔽しながら巨額増資を実行し、再建を果たしました。西江戸機械メーカーも同様に第三者割当増資を依頼し、生き延びました。彼らは、不良債権を隠蔽していたことなどおくびにも出しません。その他、サムライコンピュータもブラームス製薬も衣杜自動車も、あげればきりがありませんが、幾つもの企業が極秘裏に不良債権を処理してきました。それは私のような資金を自由に動かすことができる者がいるからできるのです。そうやって危機を乗り越えた企業経営者は、名経営者として今でも平然とトップに君臨し続けています。正直に不良債権の実態を公表した企業のみが、世間の批判を浴び、経営者は失脚しているというのが実態です。私は、正直こそビジネスの王道だと思っております。しかし、正直者がバカを見るのも、またビジネスの裏の王道なのです」

西念は、具体的な会社名を挙げた。それらは久木原に衝撃を与えた。うなばら銀行のメイン取引先もあったからだ。それらは確かに一時の経営不振から脱却し、今では優良企業として評価されている企業ばかりだった。それらの企業も西念の支援を得て、蘇ったというのか。

「西念さん、あなたは我が社が不良債権を隠蔽していると、まるで事実のようにおっしゃるが、全く根拠のない話だ。証拠を見せてくださいよ。そうでないとあなたの話を聞くことができない。名誉毀損です」

佐藤が意を決したように語気強く言った。

「佐藤さん、まだそんなたわごとをおっしゃるのですか。私はいい加減なことは言いませんよ。なあ、黒住」

西念は隣の黒住に同意を求めた。

黒住は、バッグを開け、なにかを取り出し、それをテーブルの上に置いた。写真だ。部屋の中で椅子に座っている男が写っている。

「どうぞご覧ください」

西念は、写真を見るように佐藤を促した。

佐藤は、不審そうに写真を手に取った。みるみる顔色が青ざめ、唇が震え出した。

「こ、これは」

佐藤が言葉を失い、目を大きく見開いた。

「ご存じの方ですね。これで私が言っていることが、根拠のない話ではないことがお分かりになったでしょう。くくく」

西念は含み笑いを洩らした。

「佐藤、この写真は誰なんだ」

久木原は聞いた。

佐藤はなにも答えない。奥歯を嚙みしめ、今にも血を流さんばかりに拳を強く握りしめているだけだ。

――佐藤、いったいどうするんだ？


――この西念という男は、いったい何者なのだ。この写真に写っているのは北川数馬ではないか。不良債権のデータを持ったまま失踪している社員だ。間違いない。北川は、西念と一緒にいるのか。

佐藤は、大きく息を吐いた。落ち着かねばならないと思ったからだ。

――西念の背後には、北川がいるのだ。すべて北川が仕組んでいるのだ。

佐藤は、隣に座る久木原に目を遣《や》った。

——久木原、なぜこんな男を紹介したのだ。こいつは詐欺師じゃないのか。冷静に考えて八兆円もの資金を動かすことができる人物がいるわけがない。ビル・ゲイツじゃあるまいし……。

——詐欺師？

そうだ、詐欺師に違いない。巷間《こうかん》、噂されるM資金詐欺だ。しかし、ただの詐欺師ではない。北川が背後にいるとすれば、西念を怒らせれば、不良債権隠蔽の事実を公表されてしまう。そうなればすべてが終わりだ。

——待てよ。もし詐欺師ではなく、本当に資金を動かすことができる人物だったら……。北川から情報を得て、本気でフヅキ電機を救済したいと思っているとしたら……。

——正直者がバカを見る。

西念の言う通りだ。私は、正直に生きてきた。仕事もなにもかも真面目にこなしてきた。

それなのにこんな理不尽な目に遭わないといけない。これはすべて桧垣や野村のせいだ。私はあいつらの犠牲者なのだ。だからこんなにも西念の話に心を奪われてしまいそうになるのだろう。

——本当に情けない男だ。この私は……。

桧垣と野村が組んでやってきた不良債権隠蔽の尻拭いをさせられているだけだ。尻拭いした結果、すべての責任を負わされるのだ。

卑怯《ひきょう》にも木川の奴は、抜けやがった。ずるい奴だ。一番、やばくなったものを押しつけて、おさらばだ。きっと株主総会にも体調不良とか理由をつけて、欠席する気でいるんだろう。

一番のバカはだれだ？　この私だ。桧垣に唯々諾々と従っている。正直者がバカを見る。それがビジネスの裏の王道とは、西念も上手いことを言うものだ。

佐藤は、必死で考えを巡らせた。頭が熱くなっていく。北川の写真を見せられたことで、覚悟が定まり始めた。もう逃げられない。どんな判断をしても不良債権隠蔽の事実は公表されてしまうに違いない。それを防ぐためには、西念を利用するしかない。どうせ利用するなら、桧垣や野村を追放するために利用できないか。考えろ、考えるんだ。

佐藤は、自分に言い聞かせた。

――もし西念と組んでこの不良債権の問題を片づけることができたら私は、桧垣を上回る権力を持つことができるのではないか。

久木原は、西念を信じている。それは間違いないようだ。先ほどの巨額小切手は本物だった。紹介者の生島も財界の大立物だ。これらから信じるに足ると判断しているのだろう。

先ほど西念の力で助かったと名前の挙がった企業は、どの企業も大企業ばかりだ。それらは多くの問題を抱えながらも、復活を成し遂げている。

佐藤の脳裏に桧垣の傲慢な顔が浮かんできた。

——桧垣、あいつだけは許せない。いつまでも大きな顔をさせるものか。追放してやる。西念が本当に巨額資金を動かすことができる男かどうかはまだ分からない。しかし一か八か信じてみよう。資金援助を受ける条件として桧垣を追放することにすればいい。

佐藤は、思わずほくそ笑んだ。

——西念からの資金はうなばら銀行を通じるのだ。うなばら銀行からの支援に見えるだろう。桧垣には、うなばら銀行が桧垣の退陣を条件にしていると言い切るのだ。

桧垣にしてみれば、不良債権隠蔽の罪で逮捕されるのを選ぶか、静かな引退を選ぶかという選択になるが、どれほど悪あがきをしようと、静かな引退を選ぶのは間違いない。その際、野村も引退させる。こうなると、フヅキ電機は名実ともに私の支配になる。

西念の支援を受けずに正直に千二百億円の不良債権を隠蔽していましたと告白した場合はどうなるだろうか。

——間違いなく私は終わるだろう。

桧垣と一緒になって不良債権を隠蔽しようとした社長として、就任早々にも辞任をさせられて、桧垣と一緒に逮捕される可能性だってあるだろう。否、その可能性が強い。

佐藤は、西念を見つめた。

――本当にこの男は巨額資金を扱うことができるのか。信じていいのか。久木原の立場を考えると、不良債権を隠蔽したままでうなばら銀行の支援は期待できない。ああ、こんなことなら桧垣から次期社長と言われた時に、謝絶すればよかった……。

佐藤は、覚悟を決めつつも、まだ迷っていた。すがるような思いを抱き、久木原に顔を向けた。

――おい、私がどうするべきか、決めてくれ。

新宿区うなばら銀行T支店

同日午前十時三十分

貞務は、支店長の席に座り、案件の決裁印を押捺《おうなつ》していた。案件の決裁は、早い。副支店長の近藤がしっかりと中身を見てくれているので安心しているからだ。

しかし、憂鬱だ。頭の芯が重い。気分が晴れない。

ふと顔を上げると、「支店長！　なにやってんですか！」と雪乃の元気な声が聞こえてきそうだ。

私は、大いなる間違いをした。警察の真似ごとのようにオレオレ詐欺を追いかけるなどという行為を雪乃に許してしまったことが失敗の始まりだったのだ。その上、北川亭も何者かに連れ去られてしまった。大失態だと言えるだろう。

私でさえ驕《おご》っていたのだろうか。雪乃のことだ。まさか……ということは絶対にないだろうが、それでも早く助け出さないといけない。

「支店長」

近藤が、声をかけてきた。貞務の傍に立ち、案件を差し出してくれている。

「はい、なんでしょうか？」

貞務は顔を近藤に向けた。

「印鑑を押す箇所が違います」

「あっ、そうですか？」

見ると、全く違う箇所に「貞務」という印鑑を押してしまっている。

「気にかかるのですね。雪乃さんのことが……」

「ええ、反省をしつつ、心配しています」

「大丈夫ですよ。彼女なら」

近藤が優しげな笑みを浮かべる。

「私もそう思っていますが、早く解決しないといけません」

貞務は、所定の枠に印鑑を押し直した。

「支店長、始まりはオレオレ詐欺だったのですね。ひとつ、事件の最初から考え直してみますか」

近藤が、決裁済みの書類を片づけている。

「そうですね。『人を致して人に致されず』と言いますからね」

「どういう意味ですか？　やはり孫子ですか」

「ええ、孫子の兵法の中の虚実篇《へん》の中の一節です。要するに戦いに勝つためには、相手のペースに乗らないで主導権を握らねばならないということを教えてくれているんです」

「今のところ相手のペースに乗っていますからね」

「孫子は、敵より先に戦場に行って戦えば有利に戦うことができると教えます。近藤さんのおっしゃる通り、今は、相手のペースである事件を、こちらのペースに引き戻すことが必要です」

近藤は、貞務の説明を聞き、考えるような表情になった。

「なるほど先手必勝ですね」

近藤は、得意げに言った。自分も諺《ことわざ》の一つも知っていると言いたげだ。

「『先んずれば人を制す』。司馬遷《しばせん》の『史記』に出てくる言葉ですね。項羽《こうう》の叔父の項《こう》梁《りょう》が挙兵をすすめられた時に言われたものです」

「そうなんですね。『史記』ですか。支店長はなんでもよくご存じですね」

「いえ、浅い知識です。さて近藤さんの言う通り事件を見直してみましょうか。最初は……」

貞務は近藤に話を向けた。

「最初は、久木原頭取のお母様である芳江様が、孫、すなわち久木原頭取のご長男である孝雄様の名前で金銭を詐取されそうになったことです」

貞務は近藤の話に沿って、手元に置いた便箋に久木原善彦、芳江、孝雄と書いた。

「近藤さん、これはオレオレ詐欺ですが、疑問を挙げていいでしょうか？」

「なにか疑問がありますか？　普通のオレオレ詐欺のようですが」

近藤は、小首を傾げた。

「まずなぜ久木原頭取の母親なのか、なぜ久木原頭取の長男を騙ったのか」

貞務の視線が強くなった。

「偶然ではないでしょうか？」

「偶然かもしれませんが、そうではないかもしれません。この疑問はちょっと置いておきましょうか？　いずれにしても久木原頭取が共通項であるようです」

「……なるほどね。頭取ですか」

近藤は、眉根を寄せ深刻そうな表情を浮かべた。

「続いてはどうなりましたか」

「はい、支店長。模擬紙幣を用意して雪乃さんや勇次さんたちが罠《わな》を仕掛け、『受け子』であった北川亨君を捕まえました。ここまでは私たちが相手の先を行っていた気がします。相手を誘い込んだわけですからね」

近藤は、貞務の「人を致して人に致されず」を充分に理解しているという顔をした。

「雪乃、北川亨」と書き、「ここで譲二君が猫ホームレスを、そして雪乃さんが詐欺一味の跡をつけていったのですね」

貞務は近藤に確認を求めた。

「はい、その通りですが、北川亨君の供述によっていろいろなことが分かりました。亨君は、ベンチャー企業の経営者だった大井健介によって『受け子』に誘われたこと。大井と亨君、譲二さんはT高校の同窓生。亨君が大井の誘いに乗ったのは、父親がなにか会社の秘密を握ったまま失踪し、その行方を大井が知っているらしいからということ、でした。大井が怪しいですね。支店長、すべての黒幕は大井ですよ。藤堂さんに頼んで、大井を逮捕してもらいましょう」

近藤は、大きく頷いて、左の掌《てのひら》を右の拳でドンと叩いた。

貞務は、近藤が挙げた名前を書きとめ、「亨君のお父さんの勤務先はフヅキ電機でしたね」と近藤に確認した。

「その通りです。東証一部上場の優良企業で当行がメイン取引をしています」

「フヅキ電機か……。近藤さん、役員名簿は調べられますか？」

「フヅキ電機の役員名簿ですね。ちょっとお待ちを」近藤はスマートフォンを取り出すと、素早く操作した。「これは便利ですね。分からないことがあると、すぐにこれに頼ってしまいます。頼りすぎてバカになりそうです」

「コンピュータというのは、自分の脳を外に出しているのと同じだっていうことを言う人がいますね。カーナビに頼ると、地図が覚えられないって言いますからね」

「ほんと、その通りです。はいはい、出ましたよ。便利ですね」

近藤は、スマートフォンの画面を貞務に見せた。

「ほう、佐藤は専務になっていたのか」

貞務が画面を見て、呟いた。

「お知り合いですか」

近藤が聞いた。

「この専務の佐藤恵三は大学の同期です。久木原頭取とも仲が良くて一緒にバカな遊びをしていたものです。フヅキ電機と聞いて、佐藤がいたなぁと思い出しましてね。かなり長い間、会っていないんですが、専務とは出世しましたね」

「この方、次期社長ですよ」

近藤が感心したように言った。

「本当ですか」

「ええ、ちょっとよろしいですか」

近藤は、再び、スマートフォンを操作すると、「はい、支店長、これです」とニュースサイトを見せた。

「あれぇ、すごいなぁ」

画面には、佐藤が次期社長に内定したとの記事が映し出されていた。

「支店長には連絡はなかったのですか」

「ないですねぇ」貞務は苦笑しながら、スマートフォンを近藤に返却した。「ねえ、近藤さん、当然、メイン先の社長に関するニュースですから、久木原頭取は知っているでしょうね」

「当然ですね。お祝いを真っ先にするでしょう」

「ということは久木原頭取とフヅキ電機の佐藤とは、最近連絡を取り合っているのでしょう。そのフヅキ電機に勤務していた北川亨の父親が、会社の秘密を握ったまま謎の失踪をしている。大井に匿われている可能性もある……」

頭の中にもやもやとした霧のようなものが漂っていたが、まだ形にならない。

「なにか疑わしくなってきましたか？」

「まだなんとも言えませんね」

近藤に返事をしながら貞務は、久木原が奇妙な電話をしてきたことを思い出した。国際経済科学研究所、そしてそこの代表西念仁三郎を知っているかと聞いてきたことだ。久木原の質問には答えられなかったが、なぜあんな質問をしてきたのだろうか。並川が調べてくれることになっているが、なにか分かっただろうか。

貞務は、久木原の質問してきた研究所と代表の名前を便箋に書きとめた。書きとめた名前からは怪しげな臭いが立ち上ってくる気がしたが、雪乃の行方になにか関係しているのだろうか。

「支店長、よろしいですか」

近藤が便箋のメモ書きを覗き込んだ。

「なんでしょうか？」

「そのメモの内容ですが」

「どうかしましたか？」

「大変失礼なことかもしれませんが、久木原頭取から線を引くと、これらの登場人物がなんとなくみんな繋がりますね」

近藤は、便箋に書かれた久木原善彦の名前と他の名前との間に線を引き始めた。

久木原善彦―佐藤恵三―北川亨父―北川亨―大井健介……。

貞務は、近藤が線を引いていくのをじっと見つめていた。頭の中でなにかが形になっていく。

「近藤さん、いいところに気づきましたね。すると……、芳江さんは当然、久木原頭取に繋がります。残る国際経済科学研究所、西念仁三郎も、久木原頭取からの質問でしたから、こうやって線を引くことができる」

「支店長、猫ホームレス男も繋げてしまえばどうでしょうか」

近藤は、西念から猫ホームレス男を繋いだ。

「うーん」

貞務は思わず唸った。

「頭取に先手必勝ですか？」

近藤が呟いた。

新宿区T町レストランサボロー

同日午前十時三十分

サボローの店内はかぐわしいコーヒーの香りで満たされている。客の姿はまばらだが、それぞれが新聞を読んだり、本を開いたりしながら、コーヒーの香りに身を委ね、朝の貴重なひと時を寛いでいる。テーブルには、定番のサボローサンドイッチが置かれている。

「ここへ置いておきます。美味しかったです」

客が、コーヒーポットを持って入ってきては、カウンターに置いていく。

サボローの客は、店内で寛ぐよりもポットに入ったコーヒーを持ち返り、オフィスなどで飲むことが多いようだ。勿論、その際もサンドイッチは欠かせない。

美里が、客からポットを受け取ると、それをキッチンで手早く洗う。

勇次と藤堂は、隅のテーブルに陣取り、無言でサンドイッチを食べている。

二人の前には「持ち帰り客リスト」とでも称すべきノートが置かれている。そのノートにはポットの底に記された番号、ポットを持ち帰った客の名前などが書かれている。

代金は前払いとなっている。ポットは、その日の、できるだけ早い時間に返却するのがルールだ。次の客に、そのポットを回さねばならないからだが、最近はマイ・ポットを持参する客の方が増えた。返却の面倒がないからだが、その際は、代金を払うだけで当然、名前などを記入する必要はない。

「どうするか」

藤堂が勇次に言った。相当なしかめ面になっている。

「亭は、何者かに連れ去られたし、雪乃がメッセージを託したポットを返却してきた奴は分からないし、どの面下げて、貞務さんのところに戻ればいいんだ」

勇次も渋い表情だ。

「亭を連れ去った連中の車は、やはり盗難車だった。足がつく車ではやらないと思っていたが、予想通りでがっくりだぜ」

藤堂が顔を歪めた。

警察時代の仲間の刑事から、北川亭を連れ去った車の所有者についての情報が提供されたが、盗難車だったのだ。

「後は、情報を待つだけだな」

勇次が言った。

「まだはっきりとは分からないが、誘拐事件になるかもしれないということで車のナンバーを手配してもらっている。どこかで発見されたら連絡がくるだろう。それに期待するしかない」

藤堂は、力なく答えた。

持ち帰り客リストには、本日分として三十数名の名前と電話番号が記載されている。ほぼ全員が既に返却し終わっている。この中の誰かが、サボローからコーヒーを持ち帰り、雪乃に提供し、そしてここに返却してきたのだ。しかしリストには見知らぬ名前と携帯電話の番号しか記載されていない。

「このリストの電話番号に一人ずつ、当たるしかねえのかなぁ」

勇次が、スマートフォンを取り出した。

「もしもし、そちらで雪乃って女性を監禁してませんかって聞くの？　勇次さん」

藤堂が聞いた。

「うーん、そんなこと、聞けやしねぇなぁ」勇次は、リストを睨み、「この店は七時に開店する。そして美里がポットを持って支店に来たのが、十時ごろだ。その間、約三時間。その間に雪乃にコーヒーを提供している……」と呟いた。

「なにをぶつぶつ言っているんだい」

「考えごとをしているんだよ」勇次は、キッチンにいる美里を振り向き、「美里ちゃん、ちょっと手があくかな」と聞いた。

「はい、なんでしょうか」

美里が明るい声で答える。

「ちょっと聞きたいことがあるんだけど。来てくれる？」

「いいですよ」

美里は、濡れた手をタオルで拭うと、勇次と藤堂のテーブルにやってきた。

「このリストの客は、ほぼ常連さんだよね」

勇次は聞いた。

「はい、そうです」

「君があの問題のポットを見つけたのは、何時？」

勇次の問いに美里はすこし考えるような顔で、「九時四十分とかその辺だったと思います」

「そうだよね。君が支店にやってきたのは十時ごろだった。するとさ、そのポットを返却してきたのはもっと前ってことになる。少なくとも九時四十分前に返却しに来た客だね。そしてその客が、コーヒーを持ち帰り、自分の家、またはオフィスでポットから自分のコーヒーカップに移し、また返却するという時間を考えれば、開店早々に来店した客にならないかな」

勇次は、七時台に来店した客の名前を指差した。サボローは開店時間が早いことが知れ渡っているのか、持ち返り客のほぼ半数が七時台に来店している。

「そうですね……」

美里は、じっとリストを見つめた。

「特徴を覚えていない？　きっとヘビィな常連さんだよね」

勇次は美里を見つめた。

「勇次さんの言う通りだ。この店に七時台に来るというのは、相当なヘビィユーザーだぜ」

藤堂も美里をじっと見つめた。

「よろしいですか」

美里は、勇次と藤堂を見つめて聞いた。

「いいよ、いいよ、なにか思い出した？」

藤堂が息を弾ませた。

「七時台の人たちは、おっしゃる通りほぼ毎日、この店のコーヒーを持ち帰りされます。だから親しい人も多いです。その中で特徴と言えば……」

「年配の人は、省いていいと思う。若い奴だよ。きっと」

勇次が、美里の記憶を刺激しようとする。

「若い人で……。ああ、そうだ。この人」美里が指を差した。「ホクロがあります。いや、ないかな。あれ、どっちかな」

「ホクロがあるの？」

藤堂が言い、勇次と顔を見合わせた。

「変だなと思っていたんです。この人は、左目の下にホクロがあるんですが」美里は指でホクロの大きさを示した。「でも今朝はなかったような……、それであれ？　って思ったのです」

「勇次さん、そいつに間違いない。ホクロと言えば、亨を受け子に誘った奴にもホクロがあった」

「ああ、だが今朝はないってことは別人か？」

「違います。今朝はホクロがなかっただけで同じ人です。それで私が、不思議そうな顔をしたんです。すると『ああ、これ』とホクロのあった場所を指差して『付けボクロなんだよ』って。私が『ファッションですか』って聞いたら、『まあ、そんなものかな。ホクロって黒子って書くんだよ。黒い子の仲間の印さ』と笑ったんです。とてもいい人の印象でしたね」

　美里は、やっと大事なことを思い出したのにほっとしたのか頬を緩めた。

「こいつだ。藤堂さん、この携帯番号から相手を探ればいい。ありがとう、美里ちゃん」

　勇次が立ち上がった。

「俺の仲間に調べさせるから」

　藤堂が言った。

　警視庁に頼み、携帯番号から所有者を割り出すつもりなのだ。

「時間がない。貞務さんのところに行って対策を考えるぞ」

　勇次が、藤堂の背中をぽんと叩いた。

「勇次さん、藤堂さん、またコーヒー飲みに来てね」

店を出ていく二人に美里が声をかけた。

「ああ、今度は雪乃を連れてくるから」

勇次が振り向き、笑みを浮かべた。

某所
同日午前十時四十分

「おい、起きろ」

ドアが開き、北川亨の前にサングラスをかけた男が現れた。髪はオールバック。ダークスーツ姿だ。

亨は、ベッドから身体を起こした。

「ここはどこですか？」

亨は泣きそうな声で言った。

「どこでもいい。もうすぐ父親に会わせてやる。これで目を隠すんだ」

男は、アイマスクをベッドの上に投げた。

「これで目隠しをするんですか」

「そうだ。絶対に外を見るんじゃないぞ。見たら、父親に会えないと思え」

男は、冷たい響きの声で言った。

亨は、言われた通りにアイマスクで目隠しをした。

〈はい、今からここを出ます。上手くいけば、すぐにでも目的を果たすことができるでしょう〉

男が誰かと話している。どこかに電話をしているようだ。

「さあ、行くぞ。立て」

亨は、ゆっくりとベッドから腰を上げた。

亨の腕を誰かが摑んだ。ごつごつとした感触だ。男が亨の腕を摑んだのだろう。

「父に会えるんでしょうね」

亨は震え声で聞いた。

「ああ」

男は、曖昧な口調で答えた。

千代田区丸の内フヅキ電機本社会長室
同日午前十時四十分

「会長、もうすぐ決着がつきます」

野村が、携帯電話をスーツの内ポケットに仕舞いこみ、ソファで新聞を広げている桧垣に言った。

「私はなんのことか全く知らんぞ。全くな」桧垣は強い口調で言い、「いいな」とジロリと目を剥き、野村を睨みつけた。

「御意にございます」

野村は大仰に腰を折った。

千代田区うなばら銀行本店頭取応接室
同日午前十時四十分

「私を信じなさい！」

西念が腹の底から湧きあがるような響きのある声で佐藤に向かって言った。

「信じてよろしいのでしょうか」

佐藤は西念をすがるような目で見つめた。

隣に座る久木原は無言のままだ。西念を紹介しておきながら、いいとも悪いともなにもアドバイスをしない。銀行家らしいやり方だ。すべて客が判断したこと、いわゆる自己責任なのだ。騙されようが、上手く行こうがお手並み拝見という態度なのだろう。

うなばら銀行としてもフヅキ電機を支援する気はあるだろう。フヅキ電機が経営危機に陥ったら、うなばら銀行も無傷というわけにはいかないからだ。しかし桧垣や野村が望むように不良債権隠蔽の事実を隠したままでは無理なのだ。

「分かりました。西念先生、ご支援ください」

佐藤は、首を折るように力なく西念に頭を下げた。

「よろしい。全面的に支援しましょう」

西念は、笑みを浮かべ、力強く言った。

「久木原頭取。お聞きになりましたね。佐藤さんが支援をご依頼になりました。よろしいですな」

西念は、佐藤を睨むように見つめた。

「よろしくお願いします」

久木原は答えた。

「それではうなばら銀行で十億円ご用意ください。それで私どもは必要な金額を用意いたします」

西念は言った。

「十億円ですか？」

久木原と佐藤が同時に聞いた。

「これは後で返却いたします。私どもにとって十億円などは端金《はしたがね》です。しかしお互いの誠意の証《あかし》としての証拠金です。用意できますか？」

「久木原頭取、どうなんですか？」

佐藤が真剣な表情で聞いた。

「分かった。なんとかしましょう。西念先生の国際経済科学研究所に十億円を入金します」

久木原は答え、唇を引き締めた。

頭取の久木原にとって西念の国際経済科学研究所に十億円を融資するなどは簡単なことだ。部下に指示をして、書類を適当に書かせればよい。政治家などに融資をする際に使う手法だ。

「それでは具体的な実務、日程などは黒住から説明させます」

西念が黒住を振り向いた時、黒住の携帯電話が鳴った。

「西念様、少しお待ちください」

黒住は、携帯電話を耳に当てた。

西念は不愉快そうな表情を浮かべた。

「なに？　なんだと」

黒住が、丁寧な態度を豹変させた。

「なにかあったのか」

西念が表情を曇らせた。

「すみません。ちょっと席を外させていただきます。すぐに終わります」

黒住は、携帯電話を耳に当てたまま、立ち上がり、応接室から慌てて出ていった。

「お茶のお代わりでもいただきましょうかな」

西念が久木原に言った。

「は、はい」

久木原はテーブルの卓上電話を取りあげ、秘書に、「お茶のお代わりを、人数分、急ぎだ」と指示した。

第九章　悪い奴は誰だ？

新宿区うなばら銀行T支店前
六月三日（水）午前十時四十分

荒い息を吐きながら、勇次と藤堂が通りを走る。T支店の看板が見える。

「勇次さんよぉ、ちょっと待ってくれ。もう走るのは無理だな。こんなに息があがっちまった」

藤堂が、立ち止まり勇次に掠れ声で言った。

「俺もさ、もう年だね。これじゃ悪い奴を追いかけられないぜ」

勇次も肩で息をしている。

「電動自転車が必要だな」

「ちがいねぇな。さあ、貞務さんのところに急ぐか。雪乃の運命がかかっているからな」

「そうだな。急がないと」

勇次と藤堂は、再び走り出した。

「やっと着いた。藤堂さん……」

勇次が支店の看板を見上げた。

「ああ、貞務さんはいるかな」

二人は、支店に駆け込んだ。

ロビーにいた客が、二人を見て驚く。人相の悪い男が息を荒らげながら登場したのだから、何事かと思ったのだろう。

貞務は一階には見えない。

「二階だろう」

勇次は言った。

階段を上る。藤堂は腰が曲がり、足が上がっていない。急いで走ったことでかなり足がつかれているのだ。

「おお、勇次さん、藤堂さん」

支店長の椅子に座っていた貞務が、二人を見つけて声をかけた。

「貞務さん、大変だよ。雪乃をさらった奴の携帯番号が分かったぞ」

藤堂が言った。

二階の営業室にいた行員たちの視線が一斉に藤堂に集まった。

藤堂は、口に両手を当て、「やばい」と呟いた。

まだ行員たちのほとんどは雪乃になにが起きたか知らないのだ。

「二人とも、早くこっちへ来てください」

貞務が強張った顔で手招きをした。

「ごめんよ、ごめんよ」

藤堂は、営業室内をかき分けるようにして貞務の下に急いだ。そのあとを勇次が続く。

「こっちへ入ってください」

貞務は、二人を支店長室に招き入れた。

「何か分かったのですね」

支店長室にいた譲二が素早く立ち上がった。

「おお、譲二君。いい情報だ。やっと息をつけるぜ」

藤堂が、支店長室のソファに腰を落とし、息を吐く。

「お水をお持ちしましょうか」

近藤副支店長が心配そうに聞いた。

「おう、そうしてくれるか。気が利くじゃねえか」

藤堂が笑みを浮かべる。

近藤は、立ち上がると、支店長室の隅にある給茶機に行き、勇次と藤堂にコップに注いだ水を運んできた。

支店長室には、行員に負担をかけないようにコーヒー、日本茶、冷水などを提供してくれる給茶機が据え付けられている。

支店長である貞務も自らコップにコーヒーを注いで飲んでいる。

藤堂は、近藤からコップを奪い取るようにすると、一気に水を飲みほした。

「おお、生き返ったぜ」

「藤堂さん、美味そうに水を飲んでいる場合じゃないだろう。さっさとサボローで分かったことを貞務さんに話せよ」

勇次がせかした。

「そうだ、その通りだ。携帯、携帯番号が分かったんだよ。これだ」

藤堂は、テーブルに番号を書いたメモを置いた。

貞務がそれを手に取った。じっと見つめた後、勇次と藤堂の顔を順に見た。

「これは……どうして？」

「美里ちゃんが、ホクロがある若い男、今朝はそれがなかったみたいだがね、その男にコーヒーのポットを渡したことを思い出してくれたんだ。それが奴の携帯番号さ。俺は仲間にその番号の持ち主を洗わせるつもりなんだが、事は急いでいるからさ。貞務さんに、まずは相談だと思って。なあ、勇次さん」

藤堂は勇次に同意を求めるように言った。

「……ということだよ。どうする？　貞務さん。この電話にかけてみるのが一番、手っ取り早いが怪しまれる可能性はゼロじゃない」

勇次が渋い顔で言った。

「すぐかけましょう」

譲二が勢い込んだ。

「そうですね……」

貞務は浮かぬ顔でじっとメモを見つめている。

「『兵とは詭道なり』って貞務さんは言うじゃないか。所詮、騙し合いだって。俺が、レストランサボローの従業員になりすまして電話をかけてみようか。警察で持ち主を調べてからなんて悠長なことを言ってられないだろう。電話をして、なんだかんだと言いつくろって場所を聞き出すんだ」

勇次が真剣な顔で提案する。

「そりゃいい。相手はなりすましを得意とするオレオレ詐欺だ。それを、こっちがなりすまし騙すなんざ、面白い」

藤堂が賛成する。

「しかし……」貞務は言葉を濁したままだ。「『迂《う》を以て直と為《な》し』とも言います。わざと遠回りしておきながら敵に先回りするということですが、ここは慎重にしないと、敵に先んずることができません。焦って勇次さんに電話をしてもらったとしても、疑いをもたれたら解決が見通せなくなる可能性がありますからね」

貞務の迷いのある発言に勇次が表情を曇らせた。

「じゃあ、どうするってんだよ。やっぱり警察仲間にこの番号の持ち主を調べさせて、それから攻めるか。ぐずぐずできないぜ」

藤堂が怒ったように言った。

「一刻を争う事態です。貞務さん」

譲二が焦る。

「さあて、どうしますか……」

貞務は、唇を歪め腕を組んだ。

「支店長！」

急に支店長室のドアが開き、美里が入ってきた。

「美里ちゃん、どうしたの？」

藤堂が驚いて振り向いた。

「コーヒーを届けた先の携帯番号に電話しちゃいました」

美里が屈託のない笑顔で言った。

「えっ!」

貞務たちは言葉を失って、美里を凝視した。

千代田区うなばら銀行本店
同日午前十時四十二分

黒住は、携帯電話を耳に当てながら口を手で覆い隠している。

〈北川の息子を預かっているんだがね〉

先ほど黒住の携帯電話に部下から緊急連絡が入った。

北川数馬に関することだと部下は動揺して言い、事態をどう処理していいか判断できないと、黒住に相談してきた。電話番号を転送するので至急、そこにかけてほしいと言う。

黒住は、部下から転送されてきた電話番号に電話をかけた。そこからは聞いたことがないような低く不気味な声が聞こえてきた。

思わず黒住は、今、自分がうなばら銀行本店にいることを忘れてしまいそうなほど慄《おのの》いた。

「なんのことでしょうか？」

黒住は緊張して答えた。

〈とぼけなくてもいいさ。あなたがなにをしようとしているのか知らないが、北川数馬を匿っている、いや拉致かな、まあどっちでもいい。北川があなたのアジトにいることは摑んでいるんだ。悪いことは言わない。北川をこちらに渡してもらえないか〉

「北川の息子など関係がない」

黒住は、語気を強くして言った。

〈関係ないことなどあるものか。あなたの後輩だろう？　大井健介さん〉

相手の男が薄笑いを浮かべているのが見える。

黒住は、足の指先から冷たさがしびれのようにジンジンと身体全体に伝わってくるような気がした。恐怖だ。

「なに？」

〈あなたは大井健介さんでしょう。ＩＴベンチャーで名を挙げられたことがありましたな。しかし、その後、脱税やインサイダー取引などの噂を立てられ、忽然《こつぜん》と消えてしまった。まさかくさい飯でもお食べになっていたんじゃないでしょうな。ふふふ。今は、なにを本業にされているかは詳しくは申し上げませんが、なんだか相変わらず悪さをさ

れているようですな〉

「おっしゃっている意味が分かりません」

声が震えてくる。

〈とぼけんなよ。あなたに関しては、われわれは調べさせてもらった。その中で北川の息子も仲間に入れていることが分かった。詐欺でもやっているんだろう？　もしそうならITベンチャーの旗手にしちゃ、ケチなことを考えたものだな。それで北川の息子を見張っていたら、どういうわけか、息子がうなばら銀行の連中に捕まってしまったんだ。チャンスを狙っていたら、今朝、ようやく捕まえることができたってわけさ〉

――だから北川は来なかったのか？

黒住、否、大井は今朝レストランサボローで北川亭と会うことになっていた。少し時間に遅れてしまったが、彼は来なかった。訝《いぶか》しく思ったが、コーヒーを飲み、店を出たのだった。

＊

北川数馬を大井が匿っているのは事実だ。

北川数馬がある日、突然、大井に電話をかけてきた。北川とは、過去に仕事を通じて付き合いがあったが、最近は、疎遠になっていた。

正直に言って北川数馬と名乗られてもすぐには思い出せなかったほどだ。

「助けてください」

北川は焦った声で言った。

「どうしたのですか」

「追われているんです」

切羽詰まった北川の様子に大井は、人目につかないように都心のホテルの一室を予約し、北川と会った。

北川は自分の置かれた状況をぽつりぽつりと話した。顔は耐え難い苦しみに歪んでいた。

北川は、フヅキ電機の財務部に勤務し、巨額不良債権隠蔽にかかわる業務を担っていた。しかしトップにもうこれ以上、隠蔽すべきでない、このまま隠蔽し続けるなら証券取引等監視委員会に告発するつもりだと申し出た。

その時から、自分の周辺に不思議なこと、脅しと言えるようなことが起きるようになったという。

通勤途上に、車でひき殺されそうになったり、帰宅途上に何者かに追いかけられそうになったり……。退職の意向を会社側に示すと、さらに脅しはエスカレートし、北川は、危害はいずれ家族にも及ぶ可能性があると危惧した。

フヅキ電機が自浄作用を発揮して不良債権の隠蔽を公表することが全くなされないのであれば、告発に踏み切らねばならないが、それまではどこかに隠れる必要があると考えた。

しかし、どこに隠れればいいのか。その時、北川は大井を思い出したそうだ。

大井が、息子の亨の先輩だということが最も大きな理由だった。それにＩＴの世界から消えて以来、悪い噂を耳にしたが、だからこそ姿が見えない悪い連中から身を守るには相応しいと考えたのだろう。

「誰があなたを狙っているとお思いですか?」

「フヅキ電機の桧垣会長、野村専務の手の内の者だと思います。この二人が隠蔽の主犯ですから。それに野村専務は、恐ろしい人です。社長の木川でさえ言いなりですから。桧垣会長の女性スキャンダルをもみ消しているうちに力をつけたのではないかと思います。不良債権隠蔽でも主導的立場でしたから」

「ヤクザと繋がりでもあるのですか」

「その可能性が高いです。私を脅かしていたのも野村専務の息のかかった連中ではないかと……。今は、まだ脅しで済んでいますが、そのうち殺されるに違いないのです。それで消えることにしました」

「証券取引等監視委員会への告発はいつするつもりですか」

「実は、まだ迷っています。フヅキ電機の自浄作用次第です」

「告発するんですから、当然、なにか資料をお持ちなんですね。あなたの証言を裏付ける……」

大井がこの質問をした時、北川の表情に陰のように不安が走った。北川は逃げるのに必死でデータは持ち出していないと言ったが嘘だろう。ＵＳＢメモリかなにかにデータを保存して持ち出しているに違いない。

大井は、北川の不安の根拠を理解した。

大井に、データを奪われるのではないかと心配しているのだ。

――これは使える。データを手に入れることができれば、金になる。北川をかくまう部屋に映像も撮れる盗聴システムを完備しておけば、データの隠し場所などすぐに分かるだろう。

大井は、心底、心が躍るような思いになった。

「匿ってくださいますか」

北川の依頼を、大井はすぐに了解した。北川は、本心から嬉しそうな表情をした。

実は、大井には、もう一つ別の顔があった。西念仁三郎が主宰する国際経済科学研究所に所属する人間の顔だった。

大井は、西念に心酔していた。もともとは、西念の方から大井に近づいてきた。

ＩＴベンチャー企業を経営している時のことだった。

開発していたソフトに失敗し、資金繰りに苦労していた。夜、資金集めをしている夢にうなされ、急に目覚めてしまうことも度々だった。

そんな時、知り合いの経営者からの紹介で西念と出会った。

大井は、すぐに西念のことを信用した。紹介者は、自分の支援者であり、世間でも一流と言われる経営者だったからだ。

西念は、大井に向かって、「あなたのような才能が、金で世間から消えてしまうのが惜しい」と言った。その通りだと思った。自分のような天才が、たった数億円の資金不足で、世の中から見捨てられるのは許せないと思っていた。

大井は、西念に要求されるままに会社の実印や証明書などを手渡した。資金を支出するのに必要な手続きだという説明だった。

しかし、待てど暮せど資金は出なかった。大井は、西念にすがった。西念は、「待て」と言うだけだった。紹介者の経営者にもすがった。彼も、「西念様を信用すればいい」と言うだけだった。

大井は、待った。しかし結局、資金は出なかった。その代わりに会社の実印を押した書類や証明書などが債権者の間に出回り、「大井の会社はヤバイ」という噂が流れた。

大井は、西念に、「早くなんとかしてほしい」とさらにすがった。

その時、西念は、いつくしむような眼で、「もう金で苦労するな。なぜあなたは私を信用したのか」と問いかけてきた。

「なぜって紹介者の経営者が私の知人だったからです」

「その知人を信用し、私を信用しないのかね。だったらその知人から金を借りればいいではないか」

「……あなたが私に資金を融通してくれるとおっしゃったから」

「大井さん、あなたは金以外に信用するものはないのか。そんなことだから事業に失敗するんだ。私と組みなさい」

「あなたと組む？」

「そうです。あなたはリーダーシップがあります。若い人を束ねるのがお上手だ。金の使い道を知らないでいる老人たちの金を若い人たちに使わせる役目を果たしなさい。あなたは私の秘書となり、黒住喜三郎と名乗り、老人たちから金を奪い、若い人たちに配分する役割を担うのです。それがあなたの役割です。そうすればあなたの道はおのずと開かれるでしょう」

西念は強い口調で言った。

大井は、西念に騙されたのだと思った。しかし、どういうわけか悪い気はしなかった。

自分だってベンチャー企業ということで出資者に夢を語り、資金を出させてきたではないか。もし西念に騙されたのだとしたら、それは今まで自分がやってきたことの報いでしかない。

それにしても西念という男は、全く悪びれない。あたかも自分が指し示す道が、大井の歩むべき道だと言わんばかりだ。その絶対的な自信に、大井は興味をそそられ、西念の指示に従うことにした。人は、なぜ騙されるのか。そんなことにも興味を覚えた。それよりなにより西念の言う蔣介石の秘密資金、すなわちS資金が実際にあるのかどうかを、自分の目で確かめたくてならなかった。

西念を紹介してくれた知人の経営者は、確かに一時の苦境から抜け出し、順調に経営を続けている。彼はS資金の助けを得たのか？　ではなぜ自分は得られないのか？　どこが違うのか？

「S資金は本当にあるのでしょうか？」

大井は聞いた。

「あります。私たちが管理しているのです。私を信じなさい」

西念は、大井がたじろぐほどの勢いで言った。

大井は、この際、とことんこの西念という男につきしたがってみようと思い立った。

その決断をした時から、不思議なことにＩＴベンチャー企業を休眠したにもかかわらず債権者から追われることがなくなった。

なぜだか理由が摑めない。債権者は、大井の与《あずか》り知らない事情によって、大井から借金を取り立てるのを諦めたのか、あるいはなんらかの事情によって納得したのか……。

「債権者たちが黙っていますが、西念様がなにかなさったのでしょうか？」

大井は聞いた。

西念はにやりと笑って、「S資金のおかげですよ。あなたは私と組む運命なのです。私についてきなさい」と言った。

西念の姿は、大井には聖書で読んだイエス・キリストに見えた。イエスは、弟子たちになにもかも捨てて自分に従いなさいと言ったと言う。西念も同じだ。何もかも捨てて、自分に従えと言っていた。

大井は、もう迷わなかった。西念が代表を務めていた国際経済科学研究所の研究員兼秘書室長として、黒住喜三郎と名乗り、第二の人生を歩むことにしたのだ。

西念は詐欺師かもしれない。しかし彼の周りに多くの経営者が、S資金を当てにして集まっていることは事実だ。

「大井さん、私を詐欺師だと思うかね」

西念は、直截《ちょくせつ》に聞いた。わずかに微笑んでいる。

「分かりません。しかし西念様や多くの人が、S資金の存在を信じているのは事実です」

「人の欲望は際限のないものです。欲望があるから人に騙されるのです。欲望を捨てれば、こんなに楽なことはありません。さあ、大井さん、あなたは黒住喜三郎に生まれ変わったのです。人の欲望を操る人におなりなさい。そしてS資金管理の、私の後継者となるのです」

S資金の管理者……、それは大井にとって魅力的に聞こえた。

――S資金はある、必ずある。

それは大井の信念となった。そして大井は、若者を集めて、組織を立ち上げた。

それを世間はオレオレ詐欺と呼ぶが、大井にとっては詐欺ではない。資金移転業、資金活用業とでもいうべき事業だ。無用の長物と化している老人の貯蓄を若者に移転し、活用することで世の中を変えていくのが目的だ。

大井は、若者を集めた。電話などの設備や、金持ちで騙されやすい老人たちの情報やそのほかの事業を立ち上げる資金は西念が準備した。

若者はすぐに集まった。大井は、彼らに、「人を騙すのではない。生きていない金を生かすのだ」と教え込んだ。そして老人たちから奪い取った金を利用し、見込みのある若者たちに事業を立ち上げさせた。世間ではオレオレ詐欺だと非難するだろうが、大井と若者たちは正しいことをしていると自信を持っていた。

彼らは、自分たちが金を生かすのだという極めてシンプルな経済原則に則《のっと》り、働く。それは銀行が預金者から預金を集め、事業に生かすのと似ていた。そのため銀行以上に規律を厳格にした。

黒のスーツ姿で、夏でもネクタイを着用するというのは無論のこと身だしなみには十分に注意を払う。絶対に目立たぬことを徹底させ、無駄遣いなども禁じた。

「お前たちは、黒子だ。目立ってはいけない」大井は若者たちに、口をすっぱくして教え込んだ。

誰かの発案で、仲間の印として左目の下にホクロをつけようということになった。黒子はホクロでもあるからだ。それに大井にもその場所にホクロがあった。

規則に反する者は、容赦なく辞めさせた。その代り、真面目に働く者には、支援を惜しまなかった。若者たちの何人かは、今ではベンチャー企業の有名経営者に育っている。

オレオレ詐欺であっても大井にとっては事業だ。若者を育てる意義は大きい。経営は極めて順調だった。

大井は、北川を国際経済科学研究所が入居するマンションの一室に匿った。そのことを北川の事情を含めて西念に報告した。

「フヅキ電機に勤務していた北川という男が逃げ込んできました。かくまっております」

「窮鳥懐に入れば猟師も殺さずと言いますから、助ければいいでしょう」

「フヅキ電機の不正のデータを持っている可能性が高いのですが、明らかにはしません」

「なかなか賢い人のようですね。匿ってくれと言いつつも、あなたを信用していない。そのためにデータを大事にしているんでしょう」

「そうだと思います。北川のデータ、おそらくUSBメモリに収めているのでしょうが、それを手に入れることができれば、金になるのではないかと思います」

大井は西念の様子をうかがいつつ、言った。

「金？　金にしてどうするのですか？　フヅキ電機を恐喝でもするんですか？」

西念は睨んだ。

「いえ、つい、そのような考えを持ってしまいました。申し訳ありません」

西念にとって金など問題ではないのだろう。彼は不思議なほど金には執着がない。S資金の管理者として、資金に困っている経営者に会いに行くだけだ。そしてその利用を勧める。その結果、西念の周りで多くの金が動くことになる。

大井が経営していたITベンチャーの実印を押した証明書などが高額で取引されていたと聞いたのは、西念の秘書になってからのことだ。あの証明書などが、どんな悪事に使われたのかは、大井の与り知らないところだ。そしてそれによって西念がどれだけ懐を肥やしたのかも……。

　大井が考えているのは、西念の跡を継ぎ、S資金の管理者になることだ。本当にS資金はあるのか。そのテーマは多くの経営者を迷わしてきたが、今は大井自身が迷い込んでいると言っていいだろう。

「ちょっと仕掛けてやりますか」と、西念がまるでいたずらでも思いついたかのように言った。

「仕掛けですか……」

　大井は、小首を傾げた。

「フヅキ電機は、東証第一部の大企業です。その会社で不良債権が隠蔽されており、詳細は不明ながら、経営を揺るがす額に違いない。そうすると会社はどうしますか？」

　西念は、大井の考えを覗き見るような目つきになった。

「公表せねばなりませんね」

　大井はあいまいに答えた。あまりにありきたりな答えであり、西念の要求に応えているとは思えない。

「当然、そうでしょうが、その前に資金を調達し、この不良債権をなんとか処理しようと思うでしょう」

「はい」

「資金調達はどこでしますか？」

「銀行でしょうね」

「フヅキ電機のメイン銀行はどこでしょうか？」

大井は、しばらく考えた結果、「うなばら銀行ではなかったでしょうか」と答えた。

西念は笑みを浮かべた。

「正解です。それでフヅキ電機は、うなばら銀行に資金調達のために駆け込みます。フヅキ電機が正直に不良債権の隠蔽の事実を話したとして、うなばら銀行は応援するでしょうか。あなたも元経営者の一人としてお考えください」

西念は、いろいろなテーマで禅問答を繰り返す。それが一つ一つ、自分の血肉になっていく。

イエスに使徒が、孔子に弟子が従ったのも、師と弟子との質問と回答のやりとりが自分の教養、本来の知恵になったからだろう。

「銀行は、慌てて、フヅキ電機を調査し、経営者に責任を取らせ、経営内容次第ではどこかに合併、あるいは吸収させてしまうでしょうね。なんとか不良債権を損失に変えないために。それがいつものやり方です。銀行は、いざとなれば冷たく、薄情なものです」

大井は、資金繰りに苦労した時の銀行の冷たい態度を思い出し、腹の中が煮えかえる思いがした。

「銀行も冷たいですが、企業もダメな経営者ばかりです。不良債権を隠蔽したということは、自分の責任を回避したいからに他なりません。会社を守るためには仕方がなかったと言い訳する経営者がいますが、正直な経営こそ会社を守ることなのです。正直に勝る経営を律する言葉を私は思いつかないほどです。いつかなんとかなる。そんな甘い予想が問題先送りに繋がり、経営をにっちもさっちもいかない状況に追い込みます」と、西念は珍しく憤慨して見せた後、「まあ、だからこそ私が管理するS資金の出番となるのですがね」と含むような笑いを浮かべた。

「おっしゃる通りでございます」

「フヅキ電機にS資金を使うようにと勧めるのは、まあ、いつでもできるでしょう。この際、うならば銀行にS資金を勧めましょう」

「銀行は預金があるから、S資金は必要がないでしょう」

大井は西念の言葉に疑念を挟んだ。

「あの銀行は、今、資金が流出しているのです。頭取は久木原善彦というのですが、これがなかなかの曲者《くせもの》です。性格はずるがしこく、懲りない男です。この男が起こしたスキャンダルで銀行から資金が逃げているのです」

「その頭取、誰かに銃で襲われたんじゃなかったですか」

「鯖江伸治という並川組の企業舎弟とでもいうべき男に襲われました。この鯖江も曲者で、並川組を乗っ取ろうと画策した結果、失敗して久木原への銃撃になったのです」

西念の自信ありげな様子に大井は、気になることがあった。

「西念様は、その鯖江という男もご存じなのですか」

大井の質問に、西念はふっと表情をやわらげ、「知るも知らぬも逢坂《おうさか》の関、ですかね。闇の世界は、闇に巣くう者のみぞ知る。ただ鯖江は恐ろしい男です。激しい男です。久木原をまだ狙っているでしょう。蛇のように執念深く、頭の切れる人間です。もし私が鯖江の名前を出せば、久木原頭取は震え上がることでしょうね。鯖江は、久木原頭取との関係については一切、口をつぐんでいるわけですが、それはこれからも狙い続けるというメッセージですから」

大井は、「分かりました」と言い、「具体的にはどのようになさるおつもりですか」と聞いた。

「銀行は、どれだけいじめても構わない。世間の恨みを買うことはあっても、感謝されることなどないからです。そこで久木原頭取にフヅキ電機を紹介してほしいと頼みます」

「いきなりですか」

大井は驚いた。いきなり見ず知らずの西念からフヅキ電機を紹介してほしいという依頼を受けて、銀行のトップが受けるものだろうか。

「まあ、動いてみましょう。なんとかなるでしょう。うなばら銀行とフヅキ電機との関係など早急に調べます。銀行を陥れるのが一番、愉快、痛快で、誰からも非難されません」

西念は、楽しそうに笑った。

そして三毛猫をいとおし気に抱えると、どこへともなく去っていった。

西念の猫好きは異常なほどだ。いつも数匹の猫に囲まれている。西念がどこで暮らしているかは、研究所の者は誰も知らない。突然、ホームレスの姿で、猫を連れて現れた時には、驚いたものだ。

なぜホームレスの姿などしているのですか？　と聞くと、「こうやって下から世間を見ていると、よく見えるのです」と屈託なく答えた。本当に変わった人物だ。しかし、その情報は精度が高く、いったいどこから入手しているのか、恐ろしくもある。きっとうなばら銀行を震え上がらせる情報を手に入れるに違いない。面白くなりそうだ。

＊

さて、この電話をかけてきた男は何者だ。黒住を大井と知っているのはごく一部の者だけだ。

「私は、黒住という者です」

大井は、気を取り直して返事をした。

〈まあ、とぼけるならそれでもいいさ。北川の息子はどうする？〉

「どうすると言われてもねぇ」

この人物は、なにを企んでいるのだろうか。

先ほど、研究所の連中には、最大限の警戒をしろという緊急事態メールを発信しておいた。きっと詐欺の証拠を隠すなどバタバタとしていることだろう。この男が研究所を監視していることは間違いない。そこでなにが行われているかも知っているのだろう。警察に踏み込まれることを前提にした警戒をしておくべきだとの指示を出したのだが……。

〈俺は、北川の親父が必要なのだよ。息子と親父とを交換したいんだ。お前が要求に応じないせいで、息子が悲惨な目にあったら、お前、北川の親父から恨まれるぞ。ずたずたに切り刻んだ息子の遺体を送ってやろうか〉

男の薄笑いがスマートフォンの先に見える。

＊

大井は、自分を慕ってくる若者たち、T高校在校生なども含めて彼らを勧誘し、オレオレ詐欺の「受け子」や「かけ子」などに使っている。この中で才能のある若者を選び出し、資金を渡し、ビジネスを始めさせている。

彼らは、「老人たちが活用していない資金を、世のため、人のために使おう」という合言葉の下で働いているが、誰もが生き生きとした表情だ。

選挙をしようが、なにをしようが世の中は変わらない。年寄りたちが支配しているだけだ。金も名誉もなにもかも年寄りたちに独占されている。

選挙権が十八歳以上に引き下げられたが、若者の意見など国政に反映されることはないだろう。全員が選挙に行けばいいが、二百四十万人と言われる新しい有権者のうち一割で二十四万人、二割で四十八万人だ。もしたった二割しか選挙に行かなければ、世の中に影響力など全くないに等しい。

それより老人たちが、なんの目的もなく貯め込んでいる金を若者に移転して有効活用する方が、世の中を変えることができる。

この大井が西念から与えられた役割に、多くの若者が賛同して、オレオレ詐欺というビジネスに参加している。

実際、世間は、オレオレ詐欺と非難するが、やっている若者たちは、世直し活動と呼んでいる。

詐欺を働き、若者を騙しているのは、大人や老人たちではないのか。これは若者たちの怒りを反映したビジネスなのだ。

北川数馬の息子、亨にも大井は、声をかけた。父親の数馬にも会わせてやることを条件にすると、亨は、すぐに仲間に入り、熱心に働くようになった。

大井は、亨を確保しておく必要があった。それは北川数馬からフヅキ電機の不良債権隠蔽の詳細なデータを手に入れようと考えていたからだ。

「そんなデータは必要ないですよ。あなたが欲しければ、取ればいい。そのデータを必要としているのは、フヅキ電機だけです。世間に公表されては、たまったものじゃないですからね」

西念は、データを入手することにはこだわらなかった。しかし、それがあれば、「もっと世直しができる。不良債権を隠蔽するような会社を駆逐できる」と大井は考えた。

大井は、世直しという名の世の中への復讐《ふくしゅう》を考えていた。

若い経営者だった自分を認めず、いつまでも老醜を晒《さら》す経営者がはびこる、世の中を変えるのだ。

大井は、その考えに酔った。

そして亨から父親の数馬にデータを大井に渡すように説得させるつもりだった。

亨を「受け子」に指名したのだが、ドジを踏んで、捕まったという報告は受けた。

警察に突き出されても、大井たちのことは一切、話してはならないというのがルールだった。そのルールを守らないと、どんな制裁を受けても文句は言えないことになっていた。

それに「受け子」の若者たちは、国際経済科学研究所のことは知らない。ラインでつながっているだけだから、捕まっても大井たちの本拠地がバレるという心配はない。

しかし亨には、北川数馬を説得する役割を担ってもらわなければならないと考えていた。そのため亨が、どういう状況に置かれているかは気になっていた。

亨から連絡があった時、正直に言って、ほっとした。というのは、どうも警察に捕まっているわけではなさそうだったからだ。「受け子」の役割を果たせずに、騙そうとしていた老人の親族か誰かに捕まったのだろう。それなら高校生であることが分かれば、説諭されて無罪放免される可能性がある。それに期待をしていた。

案の定、その期待通りに亨から会いたいという電話が入った。周囲に誰がいるとも分からないから、少し冷たい態度をとってしまったが、正直、無事でよかったと思った。

「受け子」を警察に捕まえさせない。これを仕事の原則にしていた。他のオレオレ詐欺集団は、「受け子」を使い捨てのようにするが、大井は、それは絶対にしないと誓っていた。

才能のある若者をそこから選び出し、「かけ子」に昇格させたり、さらにもっと組織を任せたり、ベンチャー企業を起業させていたからだ。

不幸にも警察に逮捕されても、陰ながら徹底的に面倒を見ることにした。弁護士費用なども大井が立て替え、もしも学校を強制的に退学させられたら、留学などの手段を講じ、学業の継続を図った。それが若者たちが大井を裏切らない理由でもあった。

亨は、大井や組織を信用しているだろうか。それが気がかりだった。しかし組織に誘い込んだ責任はある。守るべきは、守る。それが大井の生き方だ。仲間を守らなければ、仲間はついてこない。

それにしても亨には約束通り父親の数馬に会わせてやろう。そう思っていた矢先だったのに……。

＊

「亨の父親をどうするつもりだ」

〈さあな、それは交換が成立してから考えるさ。それよりもお前にとっちゃかわいい弟

分の亭ちゃんを助けたくないのかね〉

男は電話の向こうで笑いを漏らした。

「分かった。北川数馬と亭との交換を承知する。具体的にどうすればいいんだ」

〈分かればいい。それじゃあ十二時きっかりに新宿の都庁前にあるセントラルシティホテルの一階ロビーに連れてこい。昼時で人がごった返しているから、怪しまれることはない。そこで親子の交換をしようじゃないか。分かったな。十二時きっかりだぞ〉

男は電話を切った。

盗聴装置によって北川数馬がデータを予想通りＵＳＢメモリに保存してどこかに隠していることが分かった。この男は、そのＵＳＢメモリに保存されたデータが欲しいのだろう。

大井は腕時計を見た。午前十時五十分だ。後、一時間ほどしかない……。大井は、久しぶりに焦りを感じていた。この男はいったい何者なのだ。

新宿区うなばら銀行Ｔ支店支店長室
同日午前十時五十分

「それで美里さん、電話の様子をお聞かせください」

貞務は、美里を目の前に座らせた。彼女の周囲を勇次、藤堂、近藤が取り囲んでいる。

美里は、少し怯えた様子を見せた。

「はい、私、電話をかけたんです。すると聞き覚えのある声で返事が返ってきました。あっ、この人、コーヒーを取りに来た人だって思ったんです。それで『コーヒーポットの返却がまだなんですが』って、とっさに言ったんです」

美里が勢い込んで話す。

「それで……」

貞務が身体を乗り出す。

「そうしたら『おかしいな。返却したと思いますが』って。それで『私、そちらへ取りに伺います。コーヒーポットがないと困りますので。どちらに伺えばいいですか』って強引に言ったんです」

ちょっと自慢気だ。機転が利くだろうという表情になった。

「いいじゃないのさ」

藤堂の表情がほころんだ。

「そしたら、ちょっと驚いた様子で、『えっ、そうですか。こちら国際経済科学……。でもちょっと待ってください。私の方で探してみます。それで届けます。わざわざ来ていただかなくても結構ですよ。それにしてもおかしいな。私が返却しに行きましたからね』『そうですか。それじゃ私の方でももう一度探してみます。もしなにか分かったら連絡をお願いします』って。まあ、こんな調子です。結局、住所などは聞くことはできなかったんです。すみません」

美里は、悔しそうに唇を歪めて、頭を下げた。

「いえいえ、大変な情報です。ありがとうございます。確認ですが、相手は、国際経済科学云々《うんぬん》と言ったのですね」

貞務は美里の目をじっと見つめた。

「はい、確かに」

美里も貞務を見つめ返して、大きく頷いた。

貞務は、美里から勇次と藤堂に視線を移した。

「貞務さん、それって久木原が言っていた国際経済科学研究所じゃねえのか」

勇次の表情が険しさを増した。

「このメモです。国際経済科学研究所。所長西念仁三郎。住所がT町○○」

貞務は、ポケットからメモを取り出し、テーブルに置いた。

「支店長」

近藤が言った。

「なんでしょうか？　近藤さん」

「また久木原頭取との線がつながりましたね」

「ええ」

貞務は近藤を見つめ、頷いた。

「つながったって、何がですか」

譲二が聞いた。

「ええ、繋がったのです。全ては久木原頭取につながったのです」

貞務が微笑した。

「私、どうしたらいいですか?」

美里が言った。

「美里さん、ありがとうございます。大変貴重な情報を感謝します。後は、私たちでやります。仕事に戻ってくださいますか」

貞務は優しく微笑んだ。

「分かりました。なにかあったらいつでもお手伝いします」

美里は、すっと立ち上がると、勇次と藤堂に、「勝手に電話してすみません」とぺこりと頭を下げた。

「いやいや、助かったよ。俺たちの野太い声で電話をすりゃ怪しまれるのは必定だからな。なあ、勇次さん」

藤堂は、勇次に同意を求めた。

「俺は、優しい声を出せるが、藤堂さんは無理だね」

勇次がからかうように言った。

「なに言うんだよ。あんまり変わらないと思うんだけどね」

藤堂が苦笑した。

「それじゃあ、私、帰ります」

美里が、急ぎ足で支店長室を出ていった。

「さあ、貞務さん、どうしますか」

勇次が、神妙な顔で貞務に問いかけた。

「今回の問題は、先ほど近藤さんがおっしゃったようにすべて久木原頭取に繋がっています。きっと柏木君を拉致している連中も久木原頭取に関係しているでしょうね」

「ぐずぐずしていないで、貞務さん、その国際なんとかに乗り込もうぜ」

藤堂が今にも腰を上げそうな勢いだ。

貞務が、藤堂を睨み、「私も同じ思いですが、どんな状況にいるかが分かりませんので……」と言葉を濁した。

「探りを入れるなら、昔取った杵柄《きねづか》、俺に任せてくれ」

藤堂が立ち上がった。

携帯電話の音が鳴った。貞務の携帯電話だ。

「並川さんからです」

貞務は言い、携帯電話を耳に当てた。

「はい、貞務です」

〈並川です〉

並川の低く、重々しい声が電話口から聞こえてくる。

勇次たちも電話から漏れてくる声を聞き取ろうと、聞き耳を立てている。

〈北川亨君が拉致されてしまったね〉

並川は、少しも驚きもしないで言った。

「はい、申し訳ありません。大井の誘いに乗ったのはいいのですが、彼に捕まってしまったようです。なんの連絡もありません」

亨を大井に近づけようと言ったのは並川の発案だったのだが……。

〈謝ることはないです。予定通りとは行きませんでしたが、亨君を拉致したのも鯖江の手の者だと判明しました。鯖江は大井と対立する側とも組んでいるようですな。私の手下が動きを見張っています〉

「鯖江、ですか?」

貞務は、耳を疑った。

〈貞務流の兵法で言えば、結果的には『これを作《おこ》して動静の理を知り』ってことになりましたね〉

「孫子《そんし》の兵法の一節ですね。敵を誘い出してその行動を探る作戦ですか？　亨君が誘い水になったということですか」

〈その通りです。鯖江の狙いは北川数馬氏、すなわち亨君の父親なのでしょう。亨君を、数馬氏を奪還する取引材料にするつもりじゃないでしょうか？　数馬氏を一番必要としている者から鯖江は依頼を受けているんでしょう。その結果、大井と対立することになっているのではないでしょうか〉

「フヅキ電機？」

　貞務は、並川に問いかけた。

〈それに間違いないでしょう。数馬氏は、フヅキ電機の秘密を握ったまま失踪したわけです。その行方はなんとしても掴まねばならない。そこでフヅキ電機は、過去に関係があった鯖江に依頼したんでしょうな。数馬氏を見つけ出してほしいと、ね〉

「それで亨君はどこにいるんでしょうか？」

〈都内のマンションに匿われています。動きがあれば、またご報告します。きっとすぐに動き出すでしょう。交渉相手がいますからね〉

「交渉相手は、国際経済科学研究所の西念と大井だと思いますが、違いますか」

貞務は、確認するように言った。

〈私も同じ考えです。例の久木原頭取があなたに聞いてきた研究所です。すべてはそこに帰着するようです。数馬氏もそこにいるんでしょうね。恐らく雪乃も……。それで国際経済科学研究所を調べてみました。西念仁三郎とは何者か〉

「何者ですか?」

〈大物です。詐欺師と言えば、卑小な人物に聞こえますが、S資金の管理者を名乗り、財界の大物経営者たちと接点を持っています。騙して金を取る場合もあれば、社長の印鑑証明書などを乱発し、信用を失墜させることもあります。目的は様々ですが、経営者の中には信者が多くいるのも確かです〉

「S資金とはなんでしょうか」

〈蔣介石の秘密資金と言われ、いつか蔣介石が中国大陸に反攻するときのために八兆円もの資金を日本に隠したというもので、その日が来るまでの間、それを世直しのために使うのだというのが西念の主張です〉

「途方もない話です」

〈人というのはおかしなもので小さな嘘には警戒するのですが、途方もない嘘には、コロリと騙されるのです。S資金も、私は嘘だと思っていますが、本当にあるかもしれないという気にならないでもありません〉

「大井との関係は？」

〈それは、まだ分かりません。どこかで二人は結びついたのでしょうな。おそらく大井が西念に心酔しているということではないでしょうか。そして大井が西念と行動を共にしつつ、どういうわけかオレオレ詐欺集団を率いていることは確かです。その手先に亨君が使われたわけですかね。Ｓ資金詐欺とオレオレ詐欺、この詐欺集団が狙っているのは……〉

「フヅキ電機、ですか？」

貞務は聞いた。

〈その線が濃厚だとは思うのですが、私は、違う見方をしていましてね〉

貞務には、並川が深く考え込んでいる様子が浮かんできた。

「並川さんのお考えは、うなばら銀行ではありませんか？」

〈貞務さん、あなたもそう思われますか？〉

「はい、久木原頭取のお母さまである芳江さまがオレオレ詐欺に騙されそうになったのは偶然だとしても、そのお陰で久木原頭取が狙われていることを気付かせてくれたという意味では、僥倖《ぎょうこう》です。とにかく今回の事件はなにもかも久木原頭取に繋がっていきます。鯖江も登場したとなると、間違いなく彼らの狙いはうなばら銀行じゃないかと思うのですが」

〈私も同感です。鯖江はしつこい男です。彼が、数馬氏を手中にして、なにをしようとしているのかはまだはっきりと分かりませんが、フヅキ電機のメイン銀行がうなばら銀行であることが気になっているんです、私にはね〉

並川の電話が終わった。

「貞務さん……」

勇次と藤堂が同時に貞務の名前を呼んだ。

「聞き取れましたか？」

「ああ、聞いた」

藤堂が答えた。

「狙いはうなばら銀行だったのですね」

譲二が言った。

「俺たちも国際経済科学研究所に行くべきだろう。並川の手下にばかり任せられない」

勇次が言った。

「其《そ》の疾《はや》きことは風の如く、その徐《しずか》なることは林の如く、侵掠《しんりゃく》することは火の如く、知り難きことは陰の如く、動かざることは山の如く、動くことは雷の震うが如く……」

貞務は呟き、考え込むかのように目を閉じた。

「武田信玄《たけだしんげん》の風林火山だな。動くなら風のように素早く動き、敵の裏をかかないといけないぜ」

　藤堂が言った。

　貞務が、かっと目を開いた。

「事態は煮詰まっているようですね。『兵は詐を以て立ち、利を以て動き』とも言います。敵がこちらの動きに気付いていないうちに、敵の裏をかき、有利に動けということです。敵の狙いはうなばら銀行、久木原頭取です。私は、さっそく久木原頭取に会いに行きます」

　貞務はすっと立ち上がった。

「俺たちはどうすればいいんだ」

　藤堂が貞務を見上げた。

「並川さんと連絡を取って、国際経済科学研究所を探ってください」

　貞務は言った。

「分かった。並川の手下になったみたいで気に食わねぇがな」

　藤堂が不満顔をした。

「分かりました。それなら勇次さん、藤堂さん、一緒に久木原頭取に会いに行きましょう」

「えっ、俺たちも銀行の頭取に会わせてくれるの？」

藤堂の顔がほころんだ。

「大丈夫かい?」勇次が心配そうに言った。「俺は、昔取った杵柄があるけど、藤堂さんは人相が悪いや」

勇次は、元総会屋。銀行の頭取を何人も脅してきた経験がある。

「ひどいなぁ。人相は多少悪くても、人柄はいいぜ」

藤堂は苦虫を嚙みつぶしたような表情で言った。

「俺は……、俺も連れて行って下さい」

譲二が貞務に頼んだ。

「譲二君、君はここで近藤副支店長と待機していて下さい。何があるか分かりませんからね。さあ、ぐずぐずしていられません」

貞務は、断固とした決意を秘めた表情になり、唇を引き締めた。

——柏木君、もう少しの辛抱だよ。

第十章　人質交換？

千代田区うなばら銀行本店頭取応接室
六月三日（水）午前十一時

久木原は手持無沙汰だった。黒住が急な電話で席を外して、なかなか戻ってこない。西念は、沈黙したままだ。用件は済んだという考えなのだろうか。佐藤が支援を依頼し、手付金とでも称すべき十億円については、久木原の方で用意するという、大筋合意が成立した。後は、実行時期だけだ。

支援は、可能な限り早い方がいいだろう。株主総会は月末だ。それまでにフヅキ電機の不良債権を処理しておかねばならない。それが佐藤が社長に就任する条件でもあるからだ。

黒住が席に戻ってきた。なにやら神妙な表情だ。

「なにか起きたのか」

西念が表情を変えずに聞いた。

「はあ、少し事態が動きました」

黒住は淡々とした様子で答えた。

「そうか……。面白くなってきたのか？」

「はあ、面白いかどうかは、私には分かりかねますが……」

久木原は、西念と黒住とが内密に会話する様子を見ながら十億円の資金を国際経済科学研究所にどのように提供したらいいかを考えていた。

融資の形式を採る必要があるが、分かっているのは住所と名前くらいのものだ。普通なら担保はどうする、保証人はどうする、資金使途はどうするなど、融資を受ける人間をうんざりするほど質問攻めにするのが銀行だ。

しかし今回はそんな質問をするわけにはいかない。分かっているのは、融資先である国際経済科学研究所という名前ぐらいしかない。

久木原は、たった十億円でフヅキ電機やうなばら銀行が助かるのであれば安いものだと簡単に引き受けたが、冷静に考えると、担保もなければ保証人もない融資だ。いくら頭取だからといっても簡単には実行できない。

しかし、このような融資がないわけではない。むしろ頭取特命案件として存在するのが実情なのだ。

政治家や大物官僚などが久木原や歴代の頭取に直接頼んでくる。彼らとは「頼む」「分かりました」のやり取りがあるだけだ。それだけで数億円、数十億円の融資が実行される。こんなことが世間に知れたら銀行も依頼した方も大きなスキャンダルになるのだが、外部に漏えいすることはない。

それは銀行内でごくごく少数のエリートだけがこの融資に関与するからだ。これに関与できることが、エリートの証明でもあるため役員や幹部たちは頭取特命案件を命じられると、いそいそと嬉しそうに事務処理を始める。頭取と秘密を共有できたことで、自分の銀行内での地位や、さらなる出世が約束されたようなものだ。

あいつがいいだろう。久木原は、自分に媚《こ》びを売り、すり寄ってくる営業担当役員の顔を思い浮かべていた。

「そうか？　急ぐのだな」

西念が黒住に言った。

「はい。今日、すぐにでも手続きした方がよろしいかと存じます」

黒住が西念に頭を下げている。

「どうかされましたか」

久木原は聞いた。

西念と黒住は姿勢を正すと、久木原と佐藤に向き合った。

「佐藤さん」

西念が言った。

「はい」

佐藤の顔つきが緊張した。

「フヅキ電機へのご支援は早い方がいいですね」

西念の言葉に、佐藤の表情が明るくなった。

「そりゃもう、今日にでもご支援いただければ幸いです」

佐藤は、涎《よだれ》を流さんばかりに相好を崩している。

もう自分が社長になっている様子を思い浮かべているのだろう。久木原は、単純だとは思いながらも親しい友人である佐藤の前途を祝福してやりたい気持ちになっていた。

「久木原さん」

西念の目が、ぎろりと久木原を見つめた。

鋭いというべきか、恐ろしいというべきか、人の心臓まで抉《えぐ》り出す切っ先の鋭利な刃物のような視線だ。

「はい」

久木原は唾を飲み込んだ。西念の視線に負けないようにと思うと、体に力が入る。

「佐藤さんは、支援は早ければ早い方がいいとのご希望です。もし久木原さんの準備が整うなら今、すぐにでも手付金、すなわち証拠金十億円は準備できますでしょうか」

「今すぐですか」

「無理でしょうか」

「無理と言いますか……。あまりにも急で」

久木原は、十億円を融資することは覚悟していたが、少なくとも数日後だと考えていた。

「そうですか。無理なら仕方がありません。この話はこれで終わりにしたいと思います。他にも私どもの支援を急いでおられる方がいますのでね」

西念は、淡々とした様子で、「では失礼しようか」と黒住に言った。

「ちょっとお待ちください」

久木原は、西念を押しとどめた。

「そう結論を急がれては、こちらが困惑してしまいます。証拠金を今、用意しないとならないのでしょうか。必ず十億円は用意いたしますので、少々お時間をいただくわけにはいきませんか？　証拠金は誠意の証《あかし》でしたね。私は十分、誠意を持っておりますので何卒、ご理解をお願いいたします」

「それはなりません。私たちには厳格なルールがあります。それに従わねば、私たちが、

S資金の運用責任者のポストを外されてしまいます。まず証拠金の入金を確認してからの支援となります」

「と言いますと、西念様はS資金の運用を委託されておられるというわけですね。誰から……」

「当然です。S資金は、人類の資金となっています。蔣介石総統のご子孫様、そして当時の連合国軍のリーダーたちのご子孫様、世界の金融関係者などからなるコミッティから委託を受けております。もう何十年にもなりますがね」西念は、遠くを見つめるように目を細めた。「そのコミッティのメンバーの方々に了承を得るために証拠金が必要なのです」

西念は、ゆっくりと言葉を確かめるように話す。一つ一つの言葉が説得力を持っているように思えてくる。

「コミッティ……ですか」

久木原は思わず呟いた。

「あなたもそのコミッティのメンバーになる資格がございます」

「えっ」

「今、メガバンクの頭取クラスを一人メンバーに追加しようと考えております。あなたを推薦しましょう」

西念は、薄く笑った。

久木原は、この西念の話をどのように理解していいか迷った。自分が、八兆円もの資金を自由に動かすことができるコミッティのメンバーの一人になることができる。本当に信じていい話なのだろうか。

いや、今、自分は目の前にいる西念を信じて十億円を用意しようとしているではないか。今更、信じる、信じないという話ではない。もう賽《さい》は投げられた。この西念という得体の知れない怪物と一緒に進む以外に道はないのだ。

人間とは不思議な生き物だ。知性と経験が豊富で、メガバンクの頭取の座まで登り詰めた久木原でさえ、ある一つの考えに捕らわれてしまうとそれから逃げられなくなってしまう。

西念という男に支援してもらわねば、フヅキ電機もうならば銀行も、そして鯖江の名前まで出されては自分自身も守ることができない。そんな気になってしまったのだ。

「久木原頭取、なんとかしてくれないか。私は、この不良債権問題を解決しなければ破滅なのだ。桧垣会長や木川社長が破滅するのではない。私が破滅するのだ。なんとか、この通りだ」

佐藤が急に腰を上げたかと思うと、跪《ひざまず》き、頭を床にこすりつけた。

「佐藤！　止めろ！」

久木原もソファから立ち上がり、佐藤の両脇を抱えた。

「立てよ。佐藤。みっともない」

「いや、久木原、こんな俺が頭を下げてなんとかなるならいくらでも下げる」

佐藤の額はわずかに赤くなっていた。床にこすりつけたせいだろう。久木原は、胸が締め付けられるような気がした。大学時代、一緒に酒を酌み交わし、夢を語り合った仲だ。あれから三十年以上が過ぎた。お互いそれぞれの世界で努力し、頂上を目指してきた。そしてようやく辿り着いたと思ったら、そこは崖っぷちだった。一歩、間違えば谷底に転落する。絶対に足を踏み外してはならないのだ。

ふともう一人の大学時代の仲間の顔が浮かんだ。貞務だ。

あいつは、頂上を目指さなかった。だから崖っぷちには立っていないのだろう。あいつのことを考えるとわずかに苛立ちを覚える。一方で、いつも飄々《ひょうひょう》としている姿を想像すると、羨ましくもある。この問題が片づいたら、佐藤と貞務と三人で昔話をしたいものだ。

「分かった。佐藤、約束は守る」

久木原は強い口調で言った。

「ありがとう。一生、恩に着る」

佐藤は、久木原の手を強く握った。

「俺とお前の仲じゃないか」

久木原は、いつのまにか銀行の頭取と取引先企業の次期社長という関係を忘れていた。

「久木原、お前に迷惑が掛かったら申し訳ない。融資の書類と一緒に、俺が十億円の保証人になる。保証書も持ってきてくれるか」

「佐藤、いいのか。それで」

「ああ、いい。俺は、西念様に賭ける」佐藤は、久木原に言い、西念の方を振り向き、

「よろしくお願いします」と頭を下げた。

「あなた方の友情は美しい。私はあなた方を裏切りはしません。久木原頭取、では手続きをお願いします。コミッティのメンバーの件は、これが落ち着きましたら、ご相談させてください」

西念は視線をやわらげ、微笑した。

久木原は、卓上電話で営業担当役員を呼び出した。そしてすぐに融資の書類と保証書を持ってくるように命じた。

「皆さん、万事、上手く行くでしょう」

西念は言った。

同時に営業担当役員が慌てた様子で書類を持って、応接室に飛び込んできた。

「さあ、手続きを始めましょう」

久木原が語気強く言った。

新宿区T町外れの住宅街
同日午前十一時

藤堂は、住宅街の中に建つ低層の白い建物を見ていた。

「四階建てのマンションか。あの中に国際経済科学研究所があるのか」

真ん中に階段があり、左右に部屋が並んでいる構造だ。

貞務にうなばら銀行の頭取に会いに行こうと言われたが、やっぱりガラじゃないと断った。うなばら銀行へは貞務と勇次が行った。

藤堂は、国際経済科学研究所を張り込むことにした。張り込みなら、昔取った杵柄だ。慣れたもんよ、と言ってみたものの、周りを眺めても身を隠してくれるようなところはない。

人通りの少ない通りと住宅が並んでいるだけだ。こんな場所で藤堂がぽつねんと立っていたら、怪しいと警察に通報されてしまう。

マンションの前には、駐車スペースがあり、ワゴンが一台駐車しているが、今のところ動きはない。

「あれ？」

通りを杖を突きながらゆっくり歩いてくる男がいる。羽織と袴という和服姿で、目立っている。

「あれ？　並川の親父？」

間違いない。あれは並川弥太郎だ。あんな姿では、怪しいから自分を見てくれと言っているようなものじゃないか。

藤堂は、並川に視線を合わせた。そして歩き始めた。

並川も藤堂に気づいた。小さく頭を下げ、立ち止まって杖を持ち上げた。こっちへ来いと言っているようだ。

藤堂は小走りに並川に駆け寄った。

「藤堂さん、お疲れさまです」

並川が静かな口調で言った。

「並川さん、散歩ですか。随分、目立っていますよ」

藤堂が笑いをこぼした。

「それはそうと、まあ、どうぞ。お入りください」

並川は藤堂の言葉を軽くいなすと、目の前の家の小さな門を開け、中に入っていった。

「ここは？」

「貞務さんからお聞きした後、すぐに国際経済科学研究所を調べましてね。所在が判明しましたので配下の者が監視しています」

並川は、平然と言った。

家は、二階建てだ。この二階からだと、国際経済科学研究所が入る建物をよく眺めることができる。さすが、並川だ。引退したとはいえ、張り込み用の場所と人材を確保できる力がある。

並川が玄関の前に立つと、ドアが中から開いた。

「お待ちしていました」

スーツ姿の男が立っていた。

「ご苦労、どうだ？　動きはあるか」

「はい、なにやらバタバタとしておりましたが、今は収まっています」

「そうか。では上がらせてもらう。藤堂さんも二階へどうぞ」

並川は、履物を脱いできちんとそろえると部屋に上がった。

「おう、失礼させてもらうよ」

藤堂が革靴を脱ごうとした時、二階から別の男が急いで階段を駆け下りてきた。

「今、連中が動き出しました」

男が言った。

「藤堂さん、早く。靴は履いたままでいい」

並川が、二階へ駆け上がる。杖を突いていたのが嘘のようだ。実際、嘘なのかもしれない。

藤堂は、言われた通り靴を履いたまま部屋に上がり、並川の後に続いた。

二階には、もう一人別の男がいた。望遠レンズを装着したカメラを窓に向けている。

監視用に家を借り、三人の男を配置する並川の力は尋常ではないと藤堂は改めて認識した。

「親父、見てくれ」

男が並川に双眼鏡を渡した。窓が半分開いている。並川が、双眼鏡で外を覗く。藤堂は並川の傍に立った。

斜め右前方にマンションが見える。相手からは、こちらは見えにくい。よもや監視されているとは気づかないだろう。

駐車スペースに停められているワゴン車のドアのところに四人の黒いスーツ姿の男がいる。

彼らが一人の男を取り囲んでいる。ワゴン車に乗せようとしている。

「車の手配は？」

並川が鋭い目を玄関で出迎えてくれた男に向けた。

「追跡用のバイク、それとワゴンを一台準備してあります」

男が言った。

「あのワゴンがどこに行くかすぐにつけろ」

並川が指示した。

「分かりました」と男は、携帯電話を取り出し、誰かに連絡をした。

「たいしたものだなぁ」

藤堂は、並川の組織力に感心した。引退などしていないのではないだろうか。警察に対して、表向きは並川組を解散し、本人は引退を届け出たはずだが、虚偽に違いない。

「あの取り囲まれている男が、北川数馬ですよ、藤堂さん」

並川が、双眼鏡を藤堂に手渡した。

藤堂が双眼鏡のピントを調整すると、しおれたようにうなだれている男の横顔が大写しになった。北川数馬の顔を藤堂は知らない。しかし、どことなく息子の北川亭に似てなくもない。

並川が写真を差し出した。

「これが北川数馬です。元フヅキ電機社員」

写真は、社員証に添付してある正面からの写真を大きく引き伸ばしたものだ。また並川の力を感じた。どこからであろうともターゲットの情報を入手してくる。ある面では警察力以上だ。敵に回したくない相手だとしみじみと思った。

藤堂は、写真を手に取った。横顔しか見えなかったが、写真の男で間違いない。

「おっ、車に乗せられたよ。どこに連れていくんだろう」

藤堂の表情に動揺が表れた。追跡は、大丈夫か。

「配下の者が、間違いなく追跡します。大丈夫です。それより藤堂さん、行きますよ」

並川が言った。

「どこへ行くんだ」

藤堂が聞いた。

「あの建物に乗り込みます。藤堂さん、警察だと恫喝《どうかつ》してください」

並川がにやりとした。

「分かった。やはりあの中に雪乃がいるんだな。しかし、マンションのいったいどこに雪乃がいるかは分かっているのか」

藤堂は、並川を見つめた。

「あのマンション全体が、オレオレ詐欺集団のアジトです」

並川は言った。

「なんだって。マンション一棟まるごとが詐欺の巣窟か」

「調べたところによりますと、あのマンションの郵便受けには、山木、桂、関東産業、火の玉興業、国際経済科学研究所といろいろな個人や会社が入居しているように装っていますが、すべて同じ詐欺グループです。雪乃は、オレオレ詐欺の男を追跡し、あのマンションに辿り着き、捕らわれたのだと思います。北川と同じようにあのマンションのどこかに監禁されているに違いありません」

並川の視線が強くなった。愛する雪乃を監禁している連中への怒りが噴出している。

「おっ、ワゴンがスタートしたぞ」

藤堂が窓から外を見て、言った。

「ワゴン車に三人乗り込みましたね。マンションにはまだ仲間が残っているでしょう。藤堂さんの『警察だぁ』と言う声が、効果的な脅しになるでしょう」

「よし、分かった」

藤堂が返事をすると、並川が背後を二人の男にガードされて動き出した。藤堂は、彼らを先導する形で階段を下りた。

「さあ行くぞ」

藤堂は、腹を両手でポンと叩くと、国際経済科学研究所の入るマンションに向かって大股で歩く。並川は、後ろに二人の男を従えて、ゆっくり歩いてくる。その後ろには、いつ集まったのか数人の男が続いている。助っ人を呼んできたのだ。

藤堂は、マンションの階段に足をかけた。一階の右の部屋には山木という個人の表札がかかっている。

電力メーターが動いていない。誰もいないようだ。藤堂たちは、二階へ急ぐ。関東産業の表札がかかった部屋がある。

電力メーターを見る。忙しく動いている。中に人がいて、なんらかの作業をしている証拠だ。

並川に目配せを送る。インターフォンを押す。数秒……。

「はい……どちら様ですか」

中から男の声がする。

「近所の者です。お話がありまして」

藤堂は言った。宅配便だとか郵便局だとか名乗っても、どこかで監視カメラが動いているはずだから、相手にはすぐに嘘だとバレる。警察だと言ってもいいが、逃げられたり、もしこの中に雪乃がいて、危害を加えられたら困る。考え抜いた挙句、一番、怪しまれない『近所の人』に成りすますことにした。

「今、忙しくしていますので申し訳ありませんが」

「少しだけ時間を頂けませんか。お手間をとらせませんから」

藤堂は可能な限り、下手に出た。

「仕方ないなぁ」

中の男が、愚痴をこぼしているのが聞こえる。

並川の指示で男たちが、ドアのところの壁に張り付いた。

カチリと鍵を外す音がした。警戒しているのか、ドアが少し開いた。

「なんでしょうか」

男が顔を出した。若い男で、きちんと黒いスーツを着ているが、どことなくだらしない雰囲気が漂う。左目の下にホクロがあるが、半分剝がれている。ホクロのシールなのだろう。

「すみません。お忙しいところお邪魔しまして」と藤堂が言い終わらないうちに、隠れていた男たちが一斉に手を伸ばし、ドアを摑む。無理やりこじ開けるのだ。一人の男は、チェーン切断用のチェーンカッターを持っている。もしチェーンがかけられていたら、それで切断する考えだったのだろう。もう一人は、大きなドリルを担いでいる。まさかあれでドアに穴をあけるつもりだったのでは……。

藤堂は、並川の用意周到振りに感心しながらも、男たちと一緒にドアをこじ開けた。

「な、なにするんですか」

若い男が驚いた声を発する。ドアノブを摑んで離さない。

「警察だぁ！　おとなしくしろ」

この時とばかりに藤堂が叫んだ。若い男が、面食らったように目をみひらき、口をぽかんと開けた。ドアノブを摑んでいた手が緩んだ。

「今だ！」

藤堂の合図で、男たちがさらに力を込めた。ドアが壊れんばかりの勢いで開いた。

「貴様、雪乃はどこにいる」

藤堂は、若い男の胸元を摑み、床に押し倒した。並川の配下の男たちが部屋になだれ込んだ。

「ゆ、雪乃？」

若い男は動揺してまともに返事ができない。

「うなばら銀行の女子行員だ。この中にいるだろう」

藤堂は詰め寄った。

「こっちだ。こっちの部屋にいるぞ」

並川の配下の男が叫んだ。

「雪乃がいたのか！」

藤堂は、声のする方向を見ながら若い男の鳩尾《みぞおち》を思い切り、こぶしで殴りつけた。

「うっ」

若い男は、白目を剝き、口から泡を吹いて気絶した。

「雪乃！」

藤堂が叫んだ。

「藤堂さん！」

並川の配下の男たちに取り囲まれていた雪乃は藤堂を見つけると、涙を流しながら駆け寄ってきた。

部屋の中には、倒れている若い男以外には誰もいなかった。

ここは変わった造りの部屋になっている。いわば仮眠所のようで執務をする部屋ではないようだ。

部屋の中心を幾つかの小さな部屋が取り囲むように造られている。真ん中は共有スペースなのか、小さなテーブルが置かれ、雑誌や空き缶が散乱していた。

「ここはどこ？」

「T町のマンションだ。国際経済科学研究所なんかが入っている」

「私、どこか知らないところに連れ去られたと思っていたのに……、結局、最初に忍び込んだマンションにいたんだわ」

雪乃が涙をぬぐいながら言った。

「大丈夫だったか。怪我はないか」

藤堂は雪乃を抱きしめて優しく聞いた。

「大丈夫」と雪乃は言い、その視線が藤堂の肩越しに並川の姿をとらえていた。

「並川のおじさん」

雪乃は言った。

藤堂が力を緩めた。雪乃は、藤堂から離れ、並川に近づき、その胸に顔を埋《うず》めた。

「必ず、助けに来てくれると信じていた……」

雪乃は、並川を見つめて呟いた。

並川は、雪乃の背中を優しく摩《さす》りながら、「よかった、よかった」と微笑んだ。

「あっ、私、こんなことしてられない。北川さんが大変なの。すぐに追いかけなきゃ。北川さんを助けなきゃ」

並川から、体を離し、雪乃は慌て始めた。

「北川なら、つい先ほどワゴン車に乗せられてどこかに連れていかれたぜ。並川の親父の部下が追跡している」

藤堂が言った。

「殺されちゃうの。助けなきゃ」

雪乃が深刻な顔になった。

「大丈夫だ。連絡が入るから、少し待つんだ」

並川が言った。

「全室、制圧しました。各部屋にいた者は、七名。全員、縛りあげています」

男が並川に報告した。

「よし」並川が男に答えた。「ところで西念と大井はいたのか」

「それらしき人間は見つかりません」

男はかぶりを振った。

「ここはオレオレ詐欺のアジトね。私、久木原芳江さんを騙そうとした男を追跡してここに来たら、拉致されてしまったの。ここでは騙す対象のデータ収集、オレオレ詐欺の電話する訓練なども行われているみたい。若い人を集めて、詐欺を働いているの」と言い、玄関先に倒れている若い男を見た。「あら、彼、どうしたの？」

「俺が、当て身をくらわしたら、気を失った」

藤堂が薄く笑った。

「結構、親切な人なのに。かわいそう。彼にいろいろ教えてもらったのよ」

雪乃は、倒れている若い男の頬からホクロのシールを剝ぎ取った。

「その偽ホクロはいったいなんのためだ」

藤堂が笑って聞いた。

「なにかのサインなのかな。仲間のサインとか。この人がサボローのコーヒーの差し入れをしてくれたんです」

「そのサボローのおかげでここに辿り着けたんだ」

「よかった。じゃあああのポットのメッセージが伝わったんだ」

「ああ、貞務さんたちと一緒になんとか解明したんだ」

藤堂は、自慢気に言った。

「支店長は？」

雪乃はなにか思い当たったのか、はっとして藤堂を見つめた。

「貞務さんは勇次と一緒に久木原頭取に会いに行った。この詐欺集団の狙いはうなばら銀行だと貞務さんは考えている」

「フヅキ電機が危ないんです」

「北川の勤務していた会社だろう」

「そうです。北川さんは、フヅキ電機の不正のデータを持って逃げているんです。その不正を告発しようとしたら命を狙われて、ここにやってきたのですが、結局、捕らわれてしまったのです」

「どうせそんなことだろうと思っていた」藤堂は言った。「雪乃ちゃん、並川の親父に感謝しな。必死であんたを探してくれたんだから」

藤堂に言われて、改めて雪乃は並川に、「ありがとうございます」と言い、両手を広げて並川に抱きついた。

「おいおい、重いじゃないか」

並川は体をよろめかせながらも表情は嬉しさに崩れてしまっている。

雪乃は並川から離れると、「北川さんは、どこに連れていかれたのかな」と心配そうに言った。

「息子の亨と交換するのだろう」

並川が、なにもかも見通しているという口ぶりだ。

「詳しく説明してくれるか?」

藤堂が並川に頼んだ。

「私たちは亨を餌にして大井を呼び出し、大井の動向を探らせようとしましたね」

「ああ、そうだ。亨に大井と接触させて、その動向を探れば、父親の数馬、そして雪乃の消息が摑めると考えた……」

「ところが何者かに拉致されてしまった。大井にしてみればわざわざ荒っぽい手段を講じて亨を拉致する必要はありません。亨のことを怪しまなければ、そのまま連れて帰ればいいですし、私たちの意図と反しますが、連れて帰らないとしてもオレオレ詐欺集団のことを漏らすなかれと注意くらいしたいでしょう。いずれにしても話し合うことなく拉致する必要がない。となると亨を拉致したのは別の人間ということになる。それは数馬を必要としている者で、彼が大井に捕らわれていると知った上での犯行です。大井にとって亨は、ただ利用するだけの若者じゃない。可愛い後輩でもあるのです。そんな亨が何者かに捕まった。助けるためには彼らの要求である数馬を渡す必要があるんでしょう」

「しかし、大井が亨を見捨てたら？」

「見捨てないと見越した上での犯行でしょう」

「それじゃあ大井のことをよく知っている者の犯行ということか」

藤堂は並川の顔を穴があくほど見つめた。

「なおかつ、フヅキ電機に依頼された者でしょう。彼らは数馬からデータを奪い取り、数馬を亡き者にして、告発を止めさせる必要がありますからね。私は鯖江の手の者ではないかと推察しました」

並川はジロリと目を見開き、藤堂を見つめ返した。

「しかし並川さん。鯖江は大井とつながっているんじゃないのか」

「鯖江伸治の名前は、北川さんからも聞いたわ」

雪乃が深刻そうな顔で言った。

「やっぱり数馬は鯖江を知っていたか」

藤堂が驚いて聞いた。

「ええ、北川さんは、フヅキ電機の野村専務という人が鯖江と親しいって……」

「鯖江は大井ともフヅキ電機とも繋がっているってわけか……」

藤堂は眉間に皺を寄せた。

「おっ、連絡があったようです」

並川の傍に男が近づき、耳打ちをした。

「北川の行き先か」

藤堂の顔に緊張が走った。

「ええ、セントラルシティホテルに向かったようです。私は、ここを始末しますから、藤堂さん、行ってください。きっと大井や西念もそこに来るはずです」

「奴らも来るのか」

「ええ、必ず。そしてそこで鯖江の目的が明白になるでしょう」

「分かった。後始末はあんたたちに任せて、俺はセントラルシティホテルに向かい、北川を救い出す」

藤堂は並川に言った。考えるより行動する方が藤堂には向いている。

「私も行く」

雪乃が言った。

「おいおい、また捕まるぞ」

藤堂は、苦笑いを浮かべた。

「そんな間抜けじゃない」

雪乃は、ぷっと頬を膨らませ、不満をあらわにした。

「部下には、藤堂さんに連絡するように言っておきます。私もすぐに参ります」

「それはそうと、ここの始末を警察に連絡しておこうか」

藤堂の問いかけに並川は笑って、「ははは、失礼ですが警察のことは藤堂さんより知っておるかと思います。ここが二度と詐欺の拠点に使われないようにしておきますから任せてください」

並川は笑って言った。

「行くぞ。雪乃」

藤堂は、雪乃の手をしっかりと握った。

千代田区うなばら銀行本店頭取応接室
同日午前十一時三十分

久木原は佐藤と顔を見合わせてはいたが、無言だった。

先ほどまでこの部屋の空気を完全に支配していた西念と黒住はもう姿を消した。しかし姿はないが、その存在感だけはまだ残っている。二人が座っていた場所は、空気が淀《よど》み、人形《ひとがた》を作っているようだ。それが二人が沈黙している理由でもある。余計なことを話すと、二人に、その中でも特に西念に聞かれてしまうという恐れに似た気持ちに捉われてしまう。

「おい」

佐藤がようやく口を開いた。

「なんだ」

久木原が顔を上げた。

銀行の頭取と大企業の社長候補との会話だが、すっかり友達口調になっている。

「大丈夫だろうか」

「心配するな。十億円は払ったんだから」

「心配になってきた」

佐藤が、憑《つ》き物が落ちたような、気の抜けた顔になっている。先ほどまでは緊張した固い顔だったのだが、一変してしまった。

「なに言っているんだ。生島さんの紹介だぞ。騙されているはずがないだろう。ジタバタするなよ」

久木原はいらついた口調で返した。実は、ジタバタしたいのは久木原の方かもしれないのだ。

つい先ほど、自分の言いなりになる営業担当役員を呼び、西念の主宰する国際経済科学研究所の口座に十億円の融資を実行するように命じたのだ。

必要な書類は、融資の契約書だけだ。稟議書《りんぎしょ》は、役員が適当に作成するだろう。いつもやっている通りだ。契約書に貼る印紙さえ、銀行で用意した。融資を保証したのは、佐藤だ。佐藤は、個人で保証した。保証書には念には念を入れるためと「久木原善彦頭取の依頼により」と西念が記入し、そこに久木原はサインをさせられた。

冷静に考えれば、西念はなんのリスクも負わずに十億円を手に入れたことになる。久木原は、佐藤ばかりじゃなく、自分の方こそなにかに魅入られ、精神をコントロールされてしまっていたのだろうかと思った。しかし、今更、後悔しても遅い。

いや、後悔することなどない。西念を信じていればいいのだ。万事好都合。上手く行くに違いない。西念は帰り際に「安心して待ちなさい」と言ったではないか。

それに……。頭取の俺にとって十億円くらいはした金だ。もし万が一、焦げ付いたとしても、さっさと償却してしまえばいい。ただその時はフヅキ電機がどうなっているかだ。そっちの方が問題だ。

いや、もしこの十億円が騙されたとしたら、俺は失脚するだろう。行内外から頭取の資質なしという批判にさらされる。ただでさえスキャンダルが多いのだ。もはや耐えられないだろう。

頭を抱えた。信じる心と疑う心とが瞬時に入れ替わる。不安で心が揺れ動いている。

佐藤の視線も泳いでいるようだ。同じような心境にいるのだろうか。

「待ってください。頭取は今、来客中です」

なにやら応接室の外が騒がしい。

「おい、久木原、騒がしいぞ」

「分かっている」

久木原は不機嫌そうに立ち上がって、ドアの方に向かった。

「気をつけろ。暴漢かもしれないぞ」

「ああ、心配するな」

久木原がドアノブに手をかけたと思ったら、急にドアが開いた。久木原は体ごと引っ張られ、よろよろと前のめりに揺らいだ。

「貞務！　貞務じゃないか！」

応接室に入ってきた男を見て、佐藤が声を上げた。

「どうした？　貞務」

久木原も面食らった顔で聞いた。

「困ります」

女性秘書は困惑気味に貞務に言った。

予約もないのに頭取に会いに来た貞務の行動を非難しているのだ。

「勘弁だって言っているでしょうが。緊急事態なんだからね」

貞務の隣にいる勇次が女性秘書を必死で宥《なだ》めている。

「いいよ、君。彼はいい」

久木原が、女性秘書に告げると、彼女は不服顔で引き下がっていった。

「貞務、お前もここに勤務していたんだな。すっかり忘れていたけど、常務か専務になっているのか」

佐藤が、貞務ににこやかに近づいてきて、握手を求めた。

「佐藤、久しぶりだな。ニュースで聞いたけど、今度、社長になるんだってね。おめでとう。俺は、まだ一介の支店長にすぎんのさ」

貞務は卑屈にならずに言った。もともと出世を望んでいないのだから支店長でいることさえ、僥倖に思っていた。

「そうか。お前は久木原と違って要領が悪かったからな」

「おいおい、俺は要領だけで頭取になったのかよ」久木原は苦笑いをしながら、「急に貞務が現れたってことはなにかあったのか。そちらは確か……木下さん」と勇次に言った。

「木下勇次です。以前、頭取とはご面識を賜りました」

勇次は軽く低頭した。

「久木原、お前に話しがある」

貞務は久木原に頭取と呼びかけなかった。

「ああ、お前が来るには理由があるはずだ。話を聞かせてくれ」久木原は余裕を見せるかのように笑みを浮かべた。

佐藤は、同窓同期とは言え、頭取と一介の支店長の関係を超えた久木原と貞務の醸し出す雰囲気に戸惑っているようだ。

貞務と勇次は、久木原と佐藤に向き合ってソファに座った。

「佐藤に話しておくが、貞務はただの支店長とは違う。俺をなにかと守ってくれているんだ」

「そうなのか」

佐藤は関心を持ったように貞務を見た。

「守っているなどというのは嘘だ。久木原が問題を起こさねば、静かで平穏に暮らせるんだけどね。今日、ここに来たのは佐藤、お前にも関係がある」

貞務もいつもの丁寧な口調はどこかに消えてしまっている。貞務は久木原と佐藤と会い、すっかり同窓会気分になっているのだ。

「俺に？」

「佐藤が、久木原のところに相談に来るのは想定内だった。まさか今日一緒にいるとは思わなかったがね。時間がないので本題に入らせてもらう」

　貞務は二人を見つめた。二人は、貞務がなにを言い出すのかと緊張気味の表情をしている。

「話してくれ」

　久木原が真剣な顔で言った。

「久木原のところに西念仁三郎と大井健介が面会を求めてこなかったか」

　貞務の話に久木原と佐藤は顔を見合わせた。いきなり西念の名前が登場してきたので、どう答えるべきか迷っている様子だ。

「来た」久木原と佐藤が同時に答えた。

「ただし大井健介は知らない。一緒に来たのは黒住喜三郎というホクロのある男だ」

　久木原が言った。

「それが大井健介だ。それで二人はなにか話していったか。正直に話してくれ。いや、話すんだ。今すぐ」

　貞務の厳しさを伴った問いかけに、久木原と佐藤は再び顔を見合わせた。

「実は、二人は、今、帰ったところだ。少し急いでいた。実は、佐藤の会社に困ったことがあって、その支援を西念様に頼んだ。財界の大物、生島赳夫氏の紹介だ」

　久木原の言葉に、「西念様だってさ。完全にやられてるぜ」と勇次が表情を歪めて呟いた。貞務はうなずき、「それで」と話を促した。

「西念様は、佐藤の会社、フヅキ電機への支援を約束してくれた……」

久木原は顔を歪ませた。

「それだけじゃないだろう」

貞務は責める。

「ああ、それだけじゃない。支援の条件として十億円の証拠金を出すように言われた」

「出したのか」

貞務は冷静に言った。

久木原の表情が歪んだまま強張っている。口がまともに開かない。

「俺が、俺が頼んだんだ。助けてくれるって言うから」

佐藤が叫んだ。大企業の次期社長とは思えないほど取り乱している。

「久木原、出したのか」

貞務が強い口調で問いただした。

久木原の首が、がくりと折れた。「出した。出さないとなにもかもうまくいかないような気になっていた。説明させてくれ。フヅキ電機はメイン……」

「もういい。時間がない」

貞務が言った。

「あいつらは詐欺師だぜ。すっかり騙されてやがる」

　勇次が吐き捨てるように言った。

「『敵の情を知らざる者は、不仁の至りなり。人の将に非《あら》ざるなり』。孫子の言葉だが、久木原、相手をどうしてもっと調べなかったのだ。私に『国際経済科学研究所とはなにか』と聞いてきたではないか。どうしてその答えを待てなかったんだ。頭取に対して非礼だとは分かった上で、あえて言わせてもらうが、孫子の言葉通り、それでは人の上には立てないぞ」

　貞務は、あまり怒りを表に出さない。しかし、今回ばかりは違った。それは久木原への怒りでもあるが、西念に対して後手に回った自分への怒りだ。

「詐欺師じゃない。生島氏からの紹介だ」

「生島氏も騙されているんだ」

「西念様は、鯖江の名前まで出したんだぞ。俺はフヅキ電機も助けなきゃならんし、自分も守らにゃならんのだ。頭取だからな」

「頭取すなわち将。『将とは、智・信・仁・勇・厳なり』。久木原、お前はそのどれにも当てはまらない。西念は、フヅキ電機を利用し、お前に接触し、お前を失脚させようとしているのだ。その罠にみすみすはまったのだ」

「俺を失脚させようとしている？　なぜ？」

「鯖江がどう絡んでいるかは分からない。しかし西念の意図は、お前を失脚させる方向にすべて向かっている」

貞務が、強い口調で言った時、勇次の携帯電話が鳴った。

「藤堂さんからだ」勇次が携帯電話を耳に当てた。「分かった。貞務さんとすぐに行く」

「藤堂さんは、どこにいるのですか」

貞務は聞いた。

「新宿のセントラルシティホテルに到着する。そこに北川数馬が連れて行かれた。我々もそこに行こう。並川情報だと、そこに西念や大井も現れるだろうということだ」

勇次が言った。

「北川だって！」

佐藤が驚いて立ち上がった。

「彼は、西念らに監禁されていたんだ」

貞務は言った。

「だから西念様は北川の写真を持っていたのか。今回のことはすべて北川が仕組んだのか」

佐藤は憎しみがこもった顔になった。

「違う。説明は後だが、黒幕はフヅキ電機の桧垣会長たちだろう。そして佐藤」貞務は、佐藤を見つめ、「お前にも責任がある。問題を告発しようとする者の声にきっちりと耳を傾けるべきだ」と強い口調で言った。

「俺はなにも知らない。なにも聞かされていない。ただ社長に指名されただけ……」

佐藤は慄いた表情で言った。

「リーダーになろうとする者がそんな姿勢で済まされるか。とにかく北川数馬を救出に行く。彼の息子も拉致されているのだ」

貞務は、ソファから立ち上がった。

「俺たちも行っていいか」

久木原が懇願するように言った。

「来なくていい。そんなことより十億円の支払いを止めるべきだ。手遅れになったら、もうお前を守ることはできない。私は悔しい。もう少し早くここに来ていれば、そしてもう少しお前が賢ければと思い、残念に思っている。佐藤は、桧垣会長にフヅキ電機の問題を公表することを説得しろ」

「そんな……」

佐藤は、再び久木原と顔を見合わせると情けない声で呟いた。

「『君命に受けざる所あり』と孫子も言っている。受けるべきではない命令もあるんだ。それが分からないでトップに立つんじゃない」

「貞務さん、行くよ」

勇次が急がせた。

「分かりました。行きましょう」

貞務は勇次に答えた。

「貞務、俺は騙されたのか?」

久木原は泣き出しそうになりながら言う。

「自分で考えろ。何度も幸運は訪れない」

貞務は、久木原に言い放った。

新宿区セントラルシティホテル近く
同日午前十一時五十分

「もうすぐ到着です。約束の時間に間に合うかどうか微妙です」

黒住喜三郎こと大井健介は、西念に囁くように言った。

「相手は北川数馬をデータと一緒にどうしても奪いたいのですから待っているでしょう。それにしても大井さん、あなたは優しいですね。北川の息子を取り戻したいんでしょう?」

　西念は、口調を大井に対するものに戻して、薄く笑った。

「はい、どうしても救い出したいと思っています。私は、彼らを守る責任がありますから」

「分かりました。いったい誰が北川の息子を拉致して、父親との交換を要求してきたと思いますか」

「フヅキ電機の関係者でしょうか？」

「それには違いないですが、拉致などと荒っぽい手段を講じるのはヤクザですよ。鯖江伸治のことを話したことがありましたね。あなたはあの時、『鯖江という男もご存じなのですか』とちょっととぼけられましたね。あなたは彼を知っているんでしょう」

　西念は大井の心の中を読み取っているかのような薄笑いを浮かべた。

「はあ、まあ、知っているというほどではないですが、名前くらいは」

　大井は動揺した。

「まあ、いいことにしましょう。鯖江は、久木原頭取の暗部を握っています。彼を利用するだけ利用して自分だけは安穏と頭取の座に座っている。彼はそれが許せないのです。スキャンダルまみれにして失脚させたいと思っています」

「それならどうしてこんなことをしているのでしょうか」

「恐らくフヅキ電機にも鯖江と親しい人間がいて、北川数馬の捜索を依頼したんでしょう。それがこんな手段となったのです。ホテルに着いたら、鯖江の配下の者におとなしく北川を渡しなさい。そして息子を返してもらえばよい」

「北川はどうなりますか」

「さあ、でも依頼した相手がフヅキ電機でしょうから、殺したりはしないでしょう。こんな荒っぽい事態になったことを後悔しているんじゃないですか。彼らはデータさえ手に入ればいいんですから」

「北川は、命懸けでフヅキ電機の不正を告発しようとしたんでしょうが、あえなく頓挫するわけですね」

大井が言うと、西念は、にやりとして、「どうでしょうかね」と囁いた。

「到着しました」

大井が言った。

「さあ、面白くなりますよ」

西念が語気強く言った。

新宿区セントラルシティホテル一階ロビー
同日午前十一時五十分

セントラルシティホテルの一階ロビーは観光客でごった返していた。ロビーに配置されたソファは、待ち合わせの人や、大きな旅行用トランクを立てかけた外国人観光客で占領されている。

藤堂と雪乃は、観光客に紛れて、一点を見つめていた。その先には、亨が所在なげに立っている。その両脇には屈強な男がいて、亨の腕を掴んでいた。

入り口近くのソファには、北川数馬が座っている。やはり亨と同じように両側に大井の配下の者が座り、目の前にも行方を阻むように男が立っていた。

「貞務さんと勇次はなにをしているんだ。早く来ないのかなぁ」

藤堂は、北川親子が人混みに見え隠れしながらもなんとか確認できるロビー中ほどの壁際に雪乃と一緒に立っていた。

「北川さんから亨君は見えているんでしょうね。大きな声で叫びたいでしょうにねぇ」

雪乃が北川の気持ちをおもんばかる。

「奴らは、待っているんだ。主役をね」

藤堂は言った。

彼らが、こんな雑踏のような場所を選んだのは、最も目立たないからだ。

「木は森に隠せ」と言うように最も目立たないのが人混みなのだ。薬物の取引なども人が大勢いるところでなされる場合が多い。

今、人質交換をしようとしているのだが、誰も怪しむ者はいない。実際、藤堂たちをこの場所に案内してくれた並川の配下の者たちも人混みの中に多くいるはずなのだが、どこにいるかはまったく分からない。いざ、鎌倉となったら、突然、壁の中からでも現れるのだろう。

「どうですか？　情勢は」

背後から声をかけられた藤堂が振り向くと、並川が立っていた。

「まだ動きはない。にらみ合いながら立っているだけだ」

「私は、座らせてもらいますよ」

並川は、鋭い視線を亭の傍にいる男たちに送った。「やはりね」

「知っているのかい」

「あの亭君の向かって右の男は、鯖江の配下の者ですね。鯖江の命令に忠実な男です」

「顔見知りかい？」

「いえ、向こうは私のような老人のことは知りませんよ。きっとね」

並川は薄く笑った。

なにが老人だと藤堂は思った。いまだに何人もの男たちを動かすことができる力は、決して衰えていない。

「おっ、あれは？」

ホテルの入り口に二人の男が現れた。北川数馬のところに近づいていく。一人は若いが、もう一人はやせた老人だ。ゆっくりとした足取りで、妙な圧迫感を周囲に感じさせている。ただ者ではない。

「あっ」

雪乃が小さく叫んだ。

「どうした？　雪乃」

藤堂が聞いた。

「あの人、マンションで私を捕まえた人だ」

雪乃が指さしたのは、若い男の方だ。

「あれが大井健介、今の名前は黒住喜三郎、そして隣の老人が西念仁三郎だよ」

並川が答えた。

「私、ちょっと行ってきます」

雪乃が飛び出した。

「おいおい！　待てよ」

藤堂が慌てて手を伸ばしたが、雪乃は振り切って、ロビーを駆け抜け大井の目の前に立った。

「ちょっと、あなた。私のこと覚えている？」

雪乃はちょっと胸を反らした。大きな胸が、大井の視界を邪魔した。

「あなたは……うなばら銀行の方ですね」

大井は、一瞬、胸に気を奪われたようだが、雪乃のことは覚えていた。

「そうです。よくもあんな部屋に閉じ込めたわね」

雪乃は怒りを込めて言った。

「申し訳ありません。本意じゃなかったのですが、仕方がありませんでした。逃げ出せたんですね。それはよかった」

大井は、微笑んだ。

「なにがそれはよかっただ。ばかやろう。刑事事件だぞ」

雪乃に加勢して、傍にやってきた藤堂が言った。

「あなたは？」

大井が不思議なものでも見るように首を傾げた。

「雪乃の保護者だ」

「ああ、お父さんですか。この度は、ご心配をかけまして申し訳ありません」

大井は頭を下げた。

「親父じゃない。保護者だ」

藤堂は言った。

「黒住、行こうか」

西念が促した。

「はい」

大井が答えた。

「待った！」

大井と西念の背後から声がかかった。

「支店長！」

雪乃は、貞務の胸に飛び込んだ。

「柏木君、大丈夫でしたか」

貞務は、雪乃を抱きしめた。

「はい、この人たちです。私を監禁したのは」

雪乃は、大井と西念を指さした。

「おい、警察に行こうか」

貞務と一緒にやってきた勇次が迫った。

「遅かったじゃないか。いらいらしながら待ったぞ」

藤堂が勇次に言った。

「これでも猛烈に追いかけたんだ。うなばら銀行の久木原は、この二人に騙された後だった」

勇次が悔しそうに言った。

「申し訳ありませんが、いろいろなことは後にしてくれませんか。今は、北川亨君を助けねばなりません。あちらに」大井が指さすと、人混みの中にちらりと亨の姿が見えた。

「彼と、彼の父親とを交換せねばならないんです」と言った。

「北川亨君を拉致したのは、フヅキ電機の関係者だと思っているのですが、そうなんですね」

貞務が言った。

「その通りです。私たちも想定外でした」

大井が渋い表情で答えた。

「大井さん、あなたは彼らの要求に素直に従い、北川数馬氏を引き渡し、亨君を奪還してくれるのですね。間違いありませんね」

貞務は、焦る気持ちを抑えて強い口調で言った。

「私は、亨を傷つけるのは本意じゃありません。仲間ですから」

大井は、貞務の目を見つめた。

「あなたは支店長なのか？」

西念が貞務に視線を向けた。

「はい、うなばら銀行T支店の支店長、貞務と申します」

　貞務は西念に厳しい視線を向けた。

「それはそれは、久木原頭取の部下の方ですな。あの方は、欲の塊のような方で、他人を利用しようとはされますが、他人を信用しようとはされないところがあると見受けました。先ほど、親し気にお話をしてまいりましたが、信用しているのか、していないのか。ただ欲に負けただけなのか、自分の責任を回避されたいだけなのか。ほほほほ、分かりかねますな」

　西念は、まるで禅問答のように話した。

「頭取の性格には関心はありません。それよりも私は、あなたが頭取を騙そうとされ、今のところ騙すことに成功されたのではないかと思っております」

　貞務は言った。

「ほほほほ、それはそれは……。その推測は当たっているような、当たっていないような。私のようなものが、大銀行の頭取を騙すことなどできませんがね。まあ、あの方は欲深い方ですから、どのように思われるかは知りません。見たところ、あなたは人を信用し、信頼し、部下の方々にも好かれているようですな」

「当然よ。貞務支店長は、最高の人よ」

　西念の言葉に、雪乃が割って入った。

「ならば、この黒住を信用しなさい。人を信用してこそ、人を使うことができるのではないですかな」

西念は、大きく目を見開いて、貞務を見つめた。

「分かりました」貞務は言い、「勇次さん、藤堂さん、柏木君、すべては亨君を救出してからにしましょう。少しの間、我々は背後に隠れていましょう」

「信用していいのか」

勇次が言った。

「とりあえず呉越同舟《ごえつどうしゅう》です。敵同士ですが亨君救出という同じ船に乗りましょう」

貞務は言った。

「大井さん、西念さん」

貞務は、厳しい顔で二人に向き合った。「久木原頭取や佐藤さんを騙したようなことはしないでください。たとえここがパブリックな場所であっても私たちは容赦しませんので」

「ほほほ、容赦しないとは恐ろしいことをおっしゃるものですな。私たちは誰も騙しやしません。信用第一です」

西念が含み笑いを漏らした。「さあ、黒住、行くか」

「はい。行きましょう」

西念と大井は、貞務たちをかき分けるようにして北川数馬のところに向かった。

「北川さんに、必ず助けるからと言いたい」

雪乃が、彼らの後を追いかけそうになった。

「柏木君、待ちなさい。必ず北川数馬氏も救出しますから」

貞務は雪乃の肩を摑んで、止めた。

新宿区セントラルシティホテル一階ロビー
同日午後零時十五分

「ずいぶん、遅いじゃないか」

亨を摑んでいる男は、こめかみをぴくぴくさせながら、怒りを大井にぶつけてきた。

「今、そこで知り合いにあってしまってね。時間を食ってしまった。済まない。あなたが何者かは知らないが、きっと待ってくださるだろうと思っていた」

大井は、ゆっくりとした口調で話した。

「亨！」

北川数馬が、大井の制止を振り切って飛び出そうとした。

「待ちなさい！」

西念が一喝した。数馬の足が止まった。

「お父さん！」

亭も男の手を振り切ろうとするが、締め付けが強く、動けない。

「さあ、北川数馬をこちらに渡してもらおうか。あまり時間がない。急いでくれ」

男が言った。

「まず、亭を解放してくれ」

数馬が懇願した。

「北川さん、騒がないでください。他の客が変な顔をします。ホテルの従業員が来たら、問題になりますからね」

大井が諭した。

西念が大井の前に出た。「あなたの名前は存じ上げないが、鯖江さんの指示で動いておられるのかな」

「鯖江？　そんな人間は知らない」

男はとぼけた。

「鯖江さんとは、私も黒住も親しくさせてもらっている。彼の考えはよく分かっている。欲しいのは、北川数馬さんの持っているフヅキ電機のデータだけなんだろう？」

西念は男を諭すような威圧するような口調で言った。

「ぐずぐず言うな。早くしろ」

　男の表情が苛立っている。

「そうですか？　それなら仕方がない。大井さん、北川数馬氏を渡してやりなさい」

「早くしてくれ。私はどうなってもいい。亭を助けてくれ」

　数馬が西念に言った。

「もうすぐです」西念は、男に、「では同時に交換しましょう」と提案した。

「分かった」

　男は、亭の腕を摑んだまま、じりじりと前に進んだ。

　大井も数馬の腕を摑み、前に進む。

「では、三つ、カウントする。三で同時に引き渡しだ。いいな」

　大井が言った。

「よし」

　男が頷いた。

「一、二」と大井がカウントした。「三」と言った瞬間に大井が北川数馬の背中を押した。よろよろとした足取りで前に転ぶように歩く。すると男の仲間二人が数馬を抱きかかえるように捕まえた。

　男は大井と同じタイミングで亭の背中をポンと押した。大井の配下の男が、亭をぐいっと捕まえ、引き寄せた。

「亨！」

大井が亨を抱きしめた。

「大井さん！」

亨が大井にしがみ付き、叫んだ。

「済まなかったなぁ。怖い思いをさせて悪かった」

大井は、亨を抱きしめながら、言った。

男たちが北川数馬を連れて行こうとした時、「待て」と静かな声が響いた。

男たちの周囲を、数人の屈強な男たちが取り囲んだ。

「私は、お前の顔は知らないが、お前は私の顔を知っているだろう」

並川が言った。

「な、並川の親分さん」

男は震え声で言った。

並川の傍には、貞務や勇次、藤堂、雪乃がいる。

「今は、親分は廃業しているがね。おい、鯖江になにを頼まれたか知らないが、騒ぎになる前に、その北川さんを解放するんだ」

並川が、一歩前に出た。

「あなたが噂に聞く並川弥太郎さんですか。これはいいところでお会いできました」

西念が並川に近づいた。

「挨拶は後だ、西念さん。まあ、あんたもうこの場を去ったらどうかね」

「分かりました。私もあなたの敵対する鯖江とは面識がありましてね。よく頼まれごとをします。それがもう少し残っておりますので、これで失礼します」西念は言い、大井に、「行きますよ。その若い人は彼らに渡しなさい」と命じた。

「分かりました」大井は、亨に、「今回は迷惑をかけたな。もし、お前がなにか起業したいと思った時には応援するから、いつでも連絡をくれ」と言った。

「分かりました」

亨は、大井から離れ、貞務の傍に立った。

「さあ、鯖江のお味方の方々、北川さんをおいてこの場から去りなさい。そうでないと警察が来ますよ」

貞務が言った。

「そういうわけにはいかないんだよ。依頼されたことはきちんとやるのが鯖江流でね」

男は、二人の仲間に、「行け」と命じ、強引に数馬を連れていこうとした。

「藤堂さん、出番です」

貞務が言った。

「おいおい、待ちやがれ。警察だ」

藤堂が男たちの前に立ちふさがった。勇次も行手を塞いだ。並川の配下の者たちも並んだ。

「構わない。突破しろ。連れていけ」

男は険しい表情で命じた。

「俺もやることをやらないといけないんだ」

「馬鹿なことは止めなさい」

貞務は言い、雪乃を背後に隠した。

「手出しをするんじゃない。他の客にも迷惑がかかる」

並川が配下の者の動きを制した。

「悪いが、行かせてもらう。依頼主が待っているんでね。もしその場を一歩でも動いたら、この男の命はない。俺は、依頼主からこいつを殺してもいいと言われているんだ」

数馬は恐怖に目は泳ぎ、唇が震えている。

仲間の二人の男が数馬を抱え込むようにして歩き始めた。

行く手を阻んでいた藤堂や勇次たちはやむを得ず道を空けた。

「急げ。急ぐんだ」

男が仲間に指示を出した。

その時、「キェーッ」と奇声を発して貞務の背後に隠れていた亨が、男の体に飛びついた。

「父さん、逃げて！」

亨が叫んだ。

「なにしやがる」

男が慌てた。亨の勢いに押されてよろめき、床にしたたか尻を打った。

「かかれ！」

並川が叫んだ。配下の者たちがたちまち男を抑え込んだ。

仲間の二人は、男が抑え込まれたのを見て、数馬をその場に放り出して逃走してしまった。

「追いかけますか」

並川が貞務に問いかけた。

「どうせチンピラでしょうから。いいでしょう」

貞務が答えた。

「父さん」

亨が、床に座り込んで数馬と抱き合って泣いている。

「こいつはどうする？」

勇次が、抑え込まれている男を見て、貞務に意見を求めた。

「どうしましょうかねぇ。藤堂さん、警察に引き渡しますか」

「そうだな。それが一番かもな」

藤堂が答えた。

「支店長、もしよろしければ、私に預けてくれませんか。もう二度と鯖江の指示に従って悪さをしないように躾《しつ》けますから」

並川が貞務に言った。

「躾《しつけ》、ですか」

貞務が、並川の真意を計りかねるような表情で聞いた。

「はい、躾です」

並川は薄く笑った。

「預けようぜ。親父に厳しく躾けてもらえばいいさ」

藤堂が並川の配下の者に男を渡した。男は、がっくりとうなだれた。「ところで西念と大井はどこに行ったんだ」

「いないですね。まさに孫子の兵法通りですよ」

貞務は呟いた。

「こんな状況も孫子はアドバイスしているのですか?」

雪乃が興味深そうに聞いた。

「『退きて追うべからざる者は、速《すみや》かにして及ぶべからざればなり』って言っています
ね。要するに逃げるときは、素早く逃げること。相手が追いかけられないほど速くね。
これは経営にも言えますが、今の私たちにも言えますよ。さっさとここを逃げないとホ
テルの人が、ほら」貞務の示す方向から、数人のホテルの従業員が厳しい顔でこちらに
向かって歩いてくるのが見える。

「さあ、私たちもこの場から退散いたしましょう。支店で譲二君が柏木君を心配して待
っていますから」

貞務は雪乃の手を取って早足で歩き始めた。

新宿区うなばら銀行T支店

六月三十日（火）午前十時

「フヅキ電機の株主総会は最悪だったな」

勇次が、貞務に言った。

昨日開催された株主総会の記事が掲載されている新聞が、支店長室のテーブルに広げ
られている。

「まさか株主総会で次期社長になる佐藤さんが、不良債権の飛ばしを告発するとは思わなかったな」

藤堂が記事を見つめて呟いた。

昨日、開催されたフヅキ電機の株主総会で社長候補に指名された佐藤は、突然、千二百億円の不良債権飛ばしのことを発表したのだ。彼は、補助役に北川数馬を置き、飛ばしの実態を詳細に語った。そして経営側からの緊急動議として、桧垣泰助会長と野村一美専務の取締役解任及び特別背任での追及を提出した。

議場は混乱し、議長を務めていた桧垣は、その場で卒倒する始末。順番では次に議長に指名されるはずの社長の木川道尚も体調不良で議長に就任できず。結局、次期社長候補の佐藤が議長を務めることになった。その結果、彼が提案した緊急動議は賛成多数で可決された。

佐藤は、株主総会後の取締役会で社長指名を辞退しようとしたが、社外取締役を含む取締役全員から圧倒的な支持を得て、社長就任となった。

「あの北川が佐藤のサポートに回るとは驚きだ」

藤堂が感慨深く呟いた。北川は、佐藤のたっての依頼でフヅキ電機に復職したという。

「よかったんじゃないですか」

貞務は言った。

「しかし、北川が隠していたデータはUSBメモリごと西念と大井に奪われてしまった……」

勇次が言った。

セントラルシティホテルへ向かう車の中で北川は、大井から、「亨を助けるためだ。データを渡してほしい」と電話で言われた。北川は、迷ったが、もともと大井を頼って匿ってほしいと頼んだこともあり、ここはもう一度、彼を信用して大井の部下にUSBメモリを渡した。

勇次は「奪われた」との認識だが、北川は「渡したのだ」と考えている。

もし亨との人質交換で北川が相手側、すなわちフヅキ電機側に捕らわれてしまえば、USBメモリは彼らの手に渡り、破壊されてしまっただろう。それなら自分の手でこれを公表して、フヅキ電機を告発するかといえば、迷いに迷って、なかなか決断ができない。それならいっそのこと「毒をもって毒を制する」ではないが、悪の道に長《た》けた西念たちに「渡す」方がいいのではと、その時、ふと思ったのだ。北川は、株主総会の前に貞務に挨拶に来て、その時の考えを語った。

フヅキ電機の不良債権飛ばしの詳細を記録したデータは、西念の手に渡った。しかし、そのデータは公表されることなく株主総会の当日を迎えることになった。

「西念と大井は、あのデータを公表や脅迫に使ったりしなかった。いや、ひょっとしたらフヅキ電機を脅迫したが、失敗したのか」

藤堂が貞務の顔を見た。

「藤堂さんのおっしゃる通り、西念と大井は佐藤を脅したのです。そして、その脅しに佐藤は乗ったのでしょう」

「というと?」

「最も効果的な方法で不正を告発しなければ、こちらで世間に公表するってね。そして最も効果的な方法とは株主総会だとね。それによって佐藤自身が大きく傷つくことがあるかもしれないが、それは覚悟しろと。それで佐藤は、株主総会の場で、ああいう行動にでたのです」

貞務は言った。

「脅迫すれば、金になったのではないのか」

勇次が新たな疑問を言った。

「まず佐藤ですが、私は、彼をこっぴどく叱りました。同窓同期としてね。不良債権を隠蔽したまま社長になっても絶対に失敗すると言いました。だから西念たちが脅迫しても金を払って、隠蔽する気はなかった。もっとも西念たちもそんなことを望んではいなかった。西念の目的は、うなばら銀行の久木原を追い詰めることでしたからね。あの衝撃的な株主総会での不良債権公表のせいでメインバンクであるうなばら銀行は、フヅキ電機を支援するのかどうかと、決断を迫られた。かつて大手の山路証券が破たんする際、メインバンクの扶桑銀行が支援するか否かと決断を迫られたことがありましたが、あれと同じようなことが起きたのです。フヅキ電機のメインバンクということでうならば銀行の株価は急落した。久木原は、窮地に晒された。不良債権飛ばしを知っていたのか、隠蔽に加担したのではないかとマスコミや株主から追及され、たじたじになった。これからが本番です。支援せざるをえないとは思われますが、どうするか、久木原は、世間が注目するなかで判断していかねばならない」

貞務は言った。

「やはり西念は、久木原を追い詰めることが目的だったのか」

勇次が言った。

「西念は鯖江とつながっています。亨を拉致したのは、フヅキ電機の桧垣会長や野村専務から鯖江が依頼されたのでしょうね。鯖江は複雑な男です。フヅキ電機から依頼を受ける、その一方で西念にフヅキ電機の問題を伝えたのでしょう。フヅキ電機の苦境を材料にしてメインバンクであるうならば銀行を追い詰めてほしいと頼んだのです。方法は一任するからとね。これはあくまで私の推測ですよ。しかし、これで久木原は、これからも鯖江や西念に脅され続けることになるでしょうね」

貞務が苦悩に眉根を寄せた。

「あの十億円はどうなったのかな」

勇次が言った。

「彼らに奪われたようです。久木原はなんとかすると言っていましたから、不良債権で処理するのでしょう。そんなことはよくあることですから、頭取の力をもってすればできないことではない。しかし、それはあくまで行内的処理の話です。問題なのは、保証書に佐藤と久木原の名前を書いたこと、彼らに名刺を渡したこと、そして必ずや彼らとの協議が録音されているに違いないことです。録音は致命的です。いずれ爆発するに違いありません。頭取自ら不良債権隠蔽に加担して、詐欺師に十億円もの大金をくれてやったのですから、週刊誌の格好のネタです。憂鬱なことです」

「『週刊センテンススプリング』の餌食になるのも近いな。久木原は、そのことになんて言っているんだ」

藤堂が聞いた。

「その時は、その時だって言っています。私にはつよがりにしか聞こえませんが……」

貞務が言うと、「相変わらず懲りない奴だ」と勇次が吐き捨てるように言い、藤堂と顔を見合わせ、ため息をついた。

「ところで西念たちが言うS資金は本当にあるんだろうか」

藤堂が聞いた。

「さあどうでしょうか。佐藤は、信じていましたね。久木原は、目が覚めたように、『騙された。生島会長に騙された』と他人のせいにしていましたが。もしフヅキ電機が今回の問題を乗り切ったら、S資金が働いたからかもしれません。佐藤は、そのことを見越して西念の言う通りに動いたのでしょうから。でも結局は会社というのは、経営者と従業員が一体になって同じ方向を見なければ、再建はできませんよね。金がすべてではありません。佐藤の本当の手腕が問われるのはこれからでしょう」貞務は感慨深げに大きく息を吐いた。「S資金は、逃げ水……みたいなものですかね」

「逃げ水？」

勇次が聞いた。

「追いかけても追いかけても実体が見えない逃げ水。S資金を追う者たちは、そんな逃げ水を追っているんでしょう」

貞務は言った。

「支店長」雪乃が支店長室に飛び込んできた。

「どうした？　また詐欺師が来たのかね？」

「いえ、久木原芳江様が来られて支店長にお会いしたいとおっしゃっています。今、私の窓口におられます。来てください」

「分かりました。ちょっと失礼します」

貞務は支店長室を出て、雪乃の窓口に向かった。そこには上品な着物姿の芳江が座っていた。

「お待たせしました」

「その節は、大変お世話になりました」

芳江はオレオレ詐欺を未然に防いでくれた礼を言った。

そして、「なにやら善彦に聞きますと、あの子が随分、あなたにお世話になったようで……。一言、お礼を言わないと気が済まなかったものですから参りましたの」

芳江は神妙な顔で頭を下げた。

「お礼には及びませんよ」

貞務は恐縮した。

芳江は、きりりとした表情で貞務を見つめて、「お礼ついでに申し訳ありませんが、お願いがあります」と言った。

「はい、なんなりとおっしゃってください」

貞務は真剣な表情で芳江を見つめた。

「あの子は、頭取には向きません。早く辞めるように言ってくださいませんか」

芳江は再び頭を下げた。

「お母さん、ご心配なさらないように」と貞務は言いながらも、心の中で思った。さすが母親だ、久木原の危機がいずれ訪れる、いや、すでに訪れていることを察知しているのだ。

「なにか恐ろしいことが起きて、あの子がボロボロになってしまう夢をみましたの。もう怖くて目が覚めてしまいました。眠れなくなりましてね」

芳江は不安におびえた顔をした。

「大丈夫ですよ。あまりご心配なさらぬようにしてください。私が、その時は助けますから」

貞務は、固い笑みを浮かべた。

「ぜひともよろしくお願いします。その言葉をうかがって、少し安心しました。これで眠ることができます。ところで支店長は孫子の兵法に詳しいとか？」

芳江が小首を傾げた。

「詳しいというほどではございませんが」

「私ね、孫子の兵法の中で『迂直《うちょく》の計』というのが好きなのです」

「ほほう、私も好きな言葉の一つです。『迂を以て直と為し、患を以て利と為す』というやつですね。回り道を近道にし、害のあるものを利益にすること。それはまたどうしてですか？」

「それって人生そのものでしょう。急いでも後れをとったり、回り道をしても結局、早く着いたり。急いでも回り道でも行きつく先は同じという意味に解釈できるんじゃないかって思うのです。どんなに権勢を誇ろうとも、死は誰に対しても平等に訪れますものね。あの子は、昔から急ぎすぎなんですよ。それで頭取なんかになってしまいましたが、もっと回り道をしてもよかったんじゃないかって……。こんなことを言っても、もはや私などが心配する年ではないんですが」

芳江は、悲しそうな笑みを漏らした。

いつまでも我が子のことを心掛ける母親の姿に、貞務は感激した。

「迂を以て直と為す」を人生に見立てるなど、芳江は、見かけは上品でなんの苦労もないように見えるが、それなりに苦難の人生があったのだろうと推察される。

一方、貞務にとってもうならば銀行は我が子同様にいつまでも気がかりであることには変わりない。

——この銀行の航海は、この先荒い波を何度も越えなければならないのだろう……。

貞務は、暗い思いを振り払うかのように芳江に向かって「大丈夫ですよ」と繰り返していた。

〔参考ならびに引用文献〕

『新訂　孫子』金谷治訳注　岩波文庫
『老子　無知無欲のすすめ』金谷治著　講談社学術文庫
『孫子の兵法』守屋洋著　産業能率大学出版部

〔初出誌〕
月刊「ジェイ・ノベル」二〇一六年一月号から二〇一六年一〇月号。

本作品はフィクションです。登場する企業、団体、人物などは実在のものといっさい関係がありません。
（編集部）

文日実
庫本業 え13
社之

銀行《ぎんこう》支店長《してんちょう》、追《お》う

2017年2月15日　初版第1刷発行

著　者　江上《えがみ》 剛《ごう》

発行者　岩野裕一
発行所　株式会社実業之日本社
〒153-0044　東京都目黒区大橋 1-5-1
クロスエアタワー 8 階
電話 [編集]03(6809)0473 [販売]03(6809)0495
ホームページ　http://www.j-n.co.jp/
DTP　株式会社ラッシュ
印刷所　大日本印刷株式会社
製本所　大日本印刷株式会社

フォーマットデザイン　鈴木正道（Suzuki Design）

ISBN978-4-408-55338-2（第二文芸）